La vraie vie est ailleurs

DU MÊME AUTEUR

CHEZ LE MÊME ÉDITEUR

La Cendre aux yeux, 2009.
Les Sables mouvants, 1997.
L'Enfant roi, 1995.

CHEZ D'AUTRES ÉDITEURS

Sainte famille, Finitude, 2009.
Jours de chaleur, Finitude, 2003.
Pour passer le temps, Finitude, 2002.
Les Sables mouvants, Gallimard, 1966.
L'Épingle du jeu, Gallimard, 1960; « L'Imaginaire », 2001.
Le Grand Mal, Gallimard, 1959.
Cantemerle, Gallimard, 1957.
La Cendre aux yeux, Gallimard, 1957.
L'Oncle Léon, Gallimard, 1956.
L'Herbe haute, Gallimard, 1955.
La Fuite, Gallimard, 1954.
Le Terrain vague, Pierre Seghers, 1951.

SUR L'AUTEUR

Jean Forton, un écrivain dans la ville, Le Festin, 2000.

Jean Forton

La vraie vie est ailleurs

le dilettante
19 rue Racine
Paris 6^e^

ISBN 978-2-84263-738-5

Pour Didier
cette lettre de Tombouctou.

C'est à la piscine municipale que je suis devenu l'ami de Juredieu, un après-midi de novembre. Sous la haute verrière, amplifiés par l'écho, les plus légers cris devenaient hurlements, les moindres chocs, explosions. Ahuri par tant de vacarme, je m'étais réfugié au sommet du grand plongeoir. Jambes dans le vide, mains agrippées au rebord de ciment, depuis près d'un quart d'heure j'étais assis là, l'esprit occupé à tisser d'aimables niaiseries : cette piscine n'était point la piscine municipale, mais le bassin olympique. La finale du cent mètres se préparait. On me donnait favori. J'allais gagner. Je venais d'avoir dix-huit ans, j'étais grand, athlétique, large d'épaules et de crinière sombre, et de tous côtés me cernaient les caméras de la télévision. En son for intérieur le gamin de quinze ans que j'étais alors se pourléchait de ces préparatifs. Un instant je fermai les yeux, et les copains hurleurs, tout autour, devinrent l'immense foule s'apprêtant à acclamer mon exploit. Cependant j'avais beau savoir ma victoire inéluctable, j'ignorais encore de quelle façon j'allais l'obtenir. J'hésitais, et cette hésitation était en soi-même délicieuse. Ridiculiser mes adversaires, les dominer sans appel ! Voilà qui me tentait. J'en avais une petite fièvre, un pinçon au cœur. Décidément le jeu prenait tournure, un jeu bien agréable. Écraser mes rivaux : être le seul, l'unique, l'énorme étoile concentrant sur elle ces millions de regards épars de par le monde.

J'aurais goûté sans mélange ce fabuleux dénouement si quelque scrupule ne m'avait pris. Une victoire trop facile laisse toujours un doute, un malaise, on parle de phénomène, et les phénomènes étonnent plus qu'ils ne touchent, il leur manquera toujours cette fragilité émouvante qui, dominée, emporte le cœur des foules. Et j'avais besoin d'être aimé. Je souhaitais d'être admiré, mais je voulais plus encore être aimé.

Je rouvris les yeux. Cinq mètres plus bas, sous l'éclat des projecteurs, l'eau couleur de turquoise berçait les mouvantes lignes parallèles qui délimitaient les couloirs de nage. Un léger vertige m'envahit. Et brusquement je me décidai : c'était dans la douleur que j'allais vaincre, à l'arraché. Jusqu'au dernier instant le cœur de ceux qui espéraient en moi battrait d'angoisse, jusqu'à cet ultime sursaut qui m'assurerait le triomphe. En moi-même je souris. Divaguer, voilà qui était fameusement bon, se conter des histoires... Cela aidait à vivre. Cela seul aidait à vivre. Certes j'aurais pu, au lieu de demeurer à l'écart, m'amuser avec les copains. Mais en vérité je redoutais un peu les autres. *Les autres*, ce ramassis de braillards qui ne pensaient qu'à vous faire des farces méchantes. Et puis j'étais assez méprisant en ce temps, un peu vaniteux. Les garçons de mon âge m'apparaissaient stupides, leurs conversations m'ennuyaient. Tous, me semblait-il, n'avaient d'autre ambition que de se refléter les uns les autres, inlassablement. Leurs propos tournaient en rond, ce qu'ils disaient je l'avais entendu mille fois, ils ne m'apportaient rien.

Je m'apprêtais à redescendre lorsque apparut Juredieu. Je n'aimais pas Juredieu. L'enfant honteux que j'étais alors détestait d'instinct cette espèce d'archange. Sa musculature déliée suscitait mon dépit, ses triomphes scolaires m'humiliaient. Nous étions du même âge et de taille à peu près semblable, mais alors qu'en moi tout évoquait l'enfance, à ma grande honte, mes côtes saillantes et mes jambes fluettes, lui-même avait déjà l'apparence d'un homme, il se rasait, portait un soupçon de moustache et avançait dans la vie avec cette assurance de qui a fait définitivement sa mue. À la fois puissant et souple, on le devinait habile à tous les exercices du corps. Son visage allongé était beau : joues creuses, yeux gris comme embués, cils trop longs. On aurait aimé que tant de charme fût tempéré par un peu de sottise, cela nous eût soulagés, nous autres les médiocres. Hélas Juredieu nous refusait cette ultime consolation, dominant les meilleurs sans effort apparent. Ses moqueries étaient redoutables, et son rire plein de santé.

– Hé, Lajus ! me dit-il. Qu'est-ce que tu fais là, vieux !

– Ça te regarde ?

– Pas chiche en tout cas de sauter, pauvre cloche.

Pour me marquer son mépris il haussa les épaules, puis il s'avança jusqu'au bord du plongeoir. Talons joints, bras levés, un instant il demeura immobile, tendu, le ventre creusé, le dos arrondi. Je ne pus m'empêcher de l'admirer, en même temps que j'étais rongé de dépit. Tant de sûreté de soi, de maîtrise. Il se pencha plus avant, mais au moment de sauter d'un mouvement brusque il se rejeta en arrière, m'agrippa par les chevilles et me précipita dans le vide.

Une seconde je formulai la pensée que j'allais mourir, cependant que cette pensée ne m'affectait absolument pas. Je percutai l'eau dans un grand désordre de bras et de jambes, entraînant dans ma plongée un petit de sixième qui barbotait malencontreusement dans les parages. Nous coulâmes tous deux à pic. Aveuglé, les oreilles bourdonnantes, je me débattis furieusement. Très vite je revins à la surface. Je ne me sentais même pas contrarié, plutôt amusé de cette mésaventure dont je sortais sans dommage. Amusé et content de moi.

Cependant le petit que j'avais entraîné avec moi refaisait surface à son tour.

– Salaud ! me cria-t-il. Tu vas voir ça, salaud !

– Hé, quoi ! Qu'est-ce que j'y peux, moi !

– Salaud ! dit encore l'enfant en s'éloignant.

Je le connaissais de vue, c'était le petit Cros, un gamin chétif et noiraud que rien n'aurait désigné à l'attention s'il n'avait été le frère du grand Cros, une brute sanguinaire connue de tout le lycée pour sa férocité. L'incident me tracassait. J'étais de tempérament paisible, fuyant de mon mieux toute occasion de querelle. Sans être lâche, j'avais conscience que la nature m'avait mieux pourvu de jugement que de muscles. Entrer en conflit avec le grand Cros n'avait rien de réjouissant.

En trois brasses je fus hors de l'eau. Tout ruisselant, je gagnai une sorte de podium, à proximité du grand bain, où l'on avait aménagé un bar, à cette heure fermé. Traînaient là, inutilisées, quelques tables et des chaises métalliques. Je m'assis. L'horloge, au-dessus du plongeoir, marquait six heures moins le quart. La nuit depuis un bon moment déjà commençait à tomber et la haute verrière ne laissait plus filtrer qu'un jour diffus, un crépuscule d'autant plus sensible que les projecteurs, tout autour du bassin, semblaient en contrepartie dispenser une lumière plus vive. Dans moins d'un quart d'heure le prof de gymnastique, Julien, sifflerait la fin de la séance et l'on pourrait rentrer chez soi. Je n'éprouvais aucune impatience, tout au plus un léger ennui. J'aimais bien ces deux heures hebdomadaires de piscine, l'odeur du chlore, le bruit du tremplin, mais je me lassais vite de tout et j'acceptais mal qu'on m'obligeât à persévérer dans un exercice que je ne goûtais plus.

J'essayai de reprendre le jeu, tâchant de ressaisir ma rêverie à l'instant même où je l'avais abandonnée. Mais je n'arrivai pas à décoller convenablement, la réalité des choses me cernait, cette chaise dont le dossier me meurtrissait les reins, ce vacarme trop juvénile pour être longtemps confondu avec la clameur d'un stade. Il y avait aussi que la trop précise notion de l'heure me gênait. Pour divaguer à votre aise, il ne faut surtout pas que le temps vous soit mesuré, il vous faut être libre, sans contrainte, sans cette menace d'un coup de sifflet qui viendra tout gâcher à l'instant le meilleur. Il y avait encore que depuis un moment j'observais le manège de Juredieu. Non loin de moi il rôdait, comme à la recherche de quelqu'un. Je n'éprouvais envers lui aucune animosité particulière, mais je redoutais ses tracasseries. Juredieu était un farceur. Passe encore ce plongeon, j'en aurais plutôt ri, mais il arrivait par exemple que Juredieu, au vestiaire, subtilisât votre pantalon, ou cachât vos chaussures. La farce n'allait jamais très loin, on finissait toujours par retrouver son bien, mais je détestais cette sorte de plaisanterie qui provoquait en moi un sentiment proche de l'angoisse, la sensation de n'être plus que le jouet d'autrui. Au reste je n'avais pas à me plaindre plus qu'un autre de Juredieu. Juredieu n'avait pas de tête de Turc attitrée, il s'employait à répartir équitablement ses agaceries, au gré de son humeur, sans se soucier d'accabler l'un plus que l'autre. Mais la prudence dictait qu'on l'évitât. Et voici qu'il semblait chercher quelque nouvelle victime.

À l'instant même il me repéra.

– Alors, vieux, remis de tes émotions ?

– C'est malin !

– Râle pas, Lajus. C'était pour ton bien.

– J'aurais pu me tuer. Si j'étais mal tombé, je pouvais me tuer.

– Pourquoi pas ?

Il saisit une chaise et s'assit à côté de moi.

– Sais-tu à quoi je pense ?

– Dis toujours.

– Derrière cette porte, il y a une échelle. C'est par là qu'on règle la pendule. Ça ne doit pas être bien difficile de bloquer le mécanisme. Imagine la tête de Julien, dans une heure, lorsqu'il s'en apercevra.

– Comme trouvaille, tu repasseras. Une heure de rabiot, merci.

Malgré moi j'étais agressif, sur la défensive. Et voici que Juredieu brusquement se mit à m'examiner avec le plus grand soin, comme s'il me voyait pour la première fois. Je me recroquevillai. Je n'aimais pas ce regard.

Juredieu pour sûr venait d'avoir une autre idée, Juredieu n'était jamais à court d'idées, et celle-ci de toute évidence me concernait.

– Au fond, dis-je, ça n'est pas tellement bête, ton truc d'arrêter la pendule.

– Crois-tu ? répondit-il avec l'air décidément de songer à quelque farce plus savoureuse.

Et il y avait dans ses yeux une petite lueur que je connaissais bien, petite lueur guillerette et perverse qui vous glaçait l'âme.

Mais je n'eus pas le loisir d'approfondir mon inquiétude. Un danger beaucoup plus précis venait de surgir, brusquement, sous la froide apparence des deux frères Cros, le petit et le grand.

Le petit se tenait en retrait, noiraud et maigre, et tout en lui clamait la haine et l'excitation de la proche vengeance. Une mèche poisseuse barrait son vilain visage, il louchait un peu et il lui manquait une canine. Pauvre chose plaignante, pauvre être mal venu, mal armé. Mais il avait son frère, et en le détaillant j'éprouvai comme la montée d'un sanglot. Malgré son surnom, le grand Cros était plutôt court de taille, trapu, comme replié sur lui-même, mais de tout son corps mal proportionné, presque difforme, émanait une impression de puissance et de force. Une brute. Et ce n'était certes pas son visage qui pouvait atténuer cette mauvaise impression, un visage carré, comme aplati, d'une saisissante laideur et qui suait la méchanceté, la bêtise. Il habitait derrière l'église Saint-Paul, un quartier de voyous desquels il avait le balancement des épaules, le froid du regard. Soit mimétisme soit souci de ne point trahir les siens, on aurait dit qu'il s'appliquait à bien marquer ses origines, exagérant son maintien agressif, cette façon d'avancer comme écartant chacun du couteau.

– Qu'est-ce qui t'a pris d'emmerder mon frère, dit-il.

– Je ne l'ai pas fait exprès. On m'a poussé.

– Sale con. Je vais t'apprendre à emmerder mon frère, moi.

– Mais puisque je te dis que je ne l'ai pas fait exprès !

Il m'attrapa par un poignet, m'attira vers lui et de toutes ses forces me gifla, sur les dents. Je sentis dans ma bouche un goût de sang. De mon poing libre j'essayai de le frapper, mais je dérapai sur le carreau humide et tombai. Aussitôt je me relevai et me précipitai sur lui, en moi la rage d'être aussi faible et maladroit se fondait avec la douleur, si j'avais pu je l'aurais tué, à tour de bras je frappais, au hasard, mais un formidable coup de poing sur le nez me jeta de nouveau à terre. Le grand Cros bondit sur moi.

– Dis que tu en as marre ! Dis que tu en as marre ou je te crève !

Ses genoux m'écrasaient la poitrine. Je respirais à grand-peine et un caillot de sang me bouchait les narines.

– Va te faire voir, murmurai-je.

– Je te crève, Lajus !

Et de ses deux mains il me saisit la gorge. Il serra. Je sentis venir une nausée.

– Je te crève ! Je te crève, dit le grand Cros.

– Laisse-le, fit Juredieu qui jusqu'alors n'était pas intervenu.

– Fous le camp, toi !

Je respirais avec de plus en plus de peine. Juredieu, calmement, saisit l'une des chaises métalliques par son dossier et frappa le grand Cros à la tête. Le petit Cros hurla. Le grand Cros me lâcha et mollement glissa sur le sol. Sa joue ouverte saignait abondamment, il y porta la main puis regarda comme étonné ses doigts gluants. Maintenant on faisait cercle autour de nous. Une vingtaine de gamins se bousculaient pour mieux voir. Le petit Cros sanglotait. Je ne parvenais pas à maîtriser un tremblement de peur rétrospective.

– Que se passe-t-il? dit monsieur Julien. Ah, c'est encore vous, Cros!

Il examina la blessure et jugea qu'elle n'était que superficielle.

– Allez vous faire laver ça chez la concierge. Et tâchez de rester tranquille, compris?

Monsieur Julien regarda la pendule et constata qu'il était temps de libérer son monde. Il siffla.

*

J'accompagnai Juredieu dans les vestiaires. Après ce qu'il venait de faire pour moi, je trouvais naturel de le suivre. Peu à peu je reprenais mon souffle, mais ce désagréable tremblement persistait.

– J'ai bien cru que j'y passais, dis-je. Sans toi, je crois que j'y avais droit.

– Penses-tu. Il voulait simplement t'intimider.

– N'empêche. J'ai eu chaud.

– N'en parlons plus, veux-tu? C'est une affaire terminée.

J'aurais bien voulu exprimer à Juredieu ma reconnaissance, mais je craignais de l'agacer.

– Qu'est-ce que tu crois qu'il va faire, maintenant?

– Maintenant? Rien. Il a eu son compte.

– Tu ne crois pas qu'il va chercher à se venger?

– Qu'il essaye. Je l'attends.

Juredieu paraissait dénué d'inquiétude, sûr de lui. La veille encore j'aurais pris ce calme pour de la fanfaronnade, mais soudain mon jugement évoluait.

– J'ai eu sacrément peur, dis-je. Pas toi?

– Je n'ai jamais peur.

– Tu as bien de la veine. Moi c'est tout le temps que j'ai peur.

– Ce ne sont pas des choses qui se disent, fit Juredieu.

– Pourquoi?

Il me regarda. Dans ses yeux il y avait comme de la moquerie, mais aussi de la curiosité. Je l'intéressais. Qu'avais-je représenté pour lui, jusqu'alors? Rien d'autre sans doute qu'une quantité négligeable, un enfant sage, un élève studieux, un gamin. Rien ne me distinguait des autres. On ne parlait jamais de moi, on ne s'occupait jamais de moi. Bien que nous eussions le même âge, Juredieu devait me considérer comme un « petit ». Et les petits ennuyaient Juredieu, il ne s'intéressait à eux que pour les taquiner. Un petit, voilà ce que j'étais. Un petit. À cet âge charnière, j'étais encore tourné vers l'enfance, occupé à des jeux puérils, étranger à tout ce qui est la réalité de la vie. Juredieu, lui, avait franchi la frontière. Il débouchait sur un monde adulte, encore lointain, certes, mais chaque jour marquait un progrès dans son approche.

D'ordinaire sans doute il eût rompu là, me laissant à ma misère, mais la bagarre devait l'avoir mis de bonne humeur.

– Si j'avais le temps, dit-il, je m'occuperais de toi. Je t'enseignerais ce qu'il est possible de dire et ce qu'il convient de taire. J'en aurais des choses à t'apprendre, vieux !

– Mais je ne demande pas mieux que d'apprendre !

– Alors retiens ce conseil, Lajus : l'essentiel dans la vie c'est de cacher ses faiblesses. Ne pas prêter le flanc.

– Voilà qui ne doit pas être toujours facile. Je n'ai jamais bien su dissimuler, moi.

– Force-toi. Apprends à mentir.

– Mais je n'aime pas mentir. Comprends-moi bien. Ça n'est pas une question de morale, qu'est-ce que j'en ai à faire de la morale, moi. Mais pourquoi passer pour celui qu'on n'est pas ? Je tiens à être moi-même, vois-tu. Jouer un rôle, cela ne m'amuse pas. Et je veux me montrer tel que je suis : pas très courageux, ni très costaud, un peu lâche sur les bords, j'avoue. Et après ? Au moins je ne déçois pas.

– Si ce sont tes idées ! fit Juredieu.

Nous étions assis sur des tabourets, face à face. Notre conversation nous occupait tellement que nous en avions oublié l'heure. Soudain monsieur Julien fit irruption.

– Qu'est-ce que vous fichez ici, vous ! Pressons.

En hâte nous achevâmes de nous habiller.

*

Au moment de sortir un regain de peur m'assaillit. Je regardai autour de moi si je ne voyais pas le grand Cros tapi dans quelque coin, prêt à fondre sur nous. Mais je ne l'aperçus pas. D'ailleurs il faisait déjà nuit, nous étions en novembre et cette obscurité m'apparut comme un maquis bienveillant. M'y fondre. Disparaître. Échapper à tous les dangers. Au fond je n'étais pas plus lâche qu'un autre, mais j'avais conscience de ma faiblesse. J'en souffrais comme d'une tare et bien des fois, le soir, avant de m'endormir, je me livrais à des débauches de songes éveillés au cours desquels nul exploit ne m'était impossible. L'imagination chez moi rompait délibérément avec le réel, je ne cherchais pas à embellir ma propre vérité, mais au contraire à lui tourner le dos. Je ne m'idéalisais pas, je devenais un autre. Je devenais un autre au point de m'effrayer parfois. Il m'arrivait de penser que je n'étais qu'un monstre. Lucidement je me jugeais, et je me sentais double. Il y avait en moi deux êtres qui cohabitaient, opposés l'un à l'autre et faisant pourtant bon ménage. L'un était le Lajus apparent, celui que chacun croyait connaître, frêle, docile, de caractère aimable, d'humeur tranquille et humble. L'autre se nourrissait de férocité, de puissance, d'agressivité allant parfois jusqu'au meurtre. Le soir, tapi dans mon lit, je tuais joyeusement. Je n'étais plus que despotisme, vengeance cruelle. Cette dualité de mon être, pourtant, si elle m'effrayait parfois ne me préoccupait pas outre mesure. Les bons sentiments formaient mon tréfonds. Mais les mauvais m'aidaient à vivre, c'étaient eux qui me donnaient mes vraies jouissances. Cependant la crainte me tenait en permanence de me trahir moi-même, et qu'on finît par lire en moi. Mes orgies me faisaient honte. Je les jugeais d'essence coupable, et qu'on pût les soupçonner m'était une torture.

Dès que nous fûmes dans la rue, Juredieu me demanda où j'habitais.

– Sur les quais, dis-je, près du pont.

– Ça alors ! Moi je crèche rue du Levant !

Nous nous étonnâmes d'être presque voisins et de ne nous être jamais rencontrés, hors du lycée. Cette rencontre aurait-elle eu lieu que nous nous serions sans doute évités, mais ni l'un ni l'autre nous n'en fîmes la remarque. Et puisque nous étions voisins, nous entreprîmes de faire la route ensemble. Cela allait de soi. Pourtant cette chose si naturelle, faire la route avec un copain, soudain m'apparaissait comme singulièrement agréable. D'être avec Juredieu m'emplissait d'aise.

– Il faut que je t'avoue quelque chose, dis-je. Je ne sais pas pourquoi, mais jusque-là je ne t'avais pas à la bonne.

– Moi non plus je ne te gobais pas tellement. Mais la façon dont tu t'es battu avec Cros m'a plu.

Cet élan subit qui nous poussait l'un vers l'autre, nous n'aurions su l'expliquer. Certaines amitiés naissent à la façon d'un amour, sans raison apparente, sans préambule, n'ayant peut-être d'autre mobile qu'un forcené désir d'échapper à la solitude. Juredieu et moi jusqu'à ce jour, nous étions des solitaires. Certes nous avions tous deux une famille, des camarades, nous ne nous savions pas seuls, et pourtant toute vraie communication nous était interdite, nous ne nous livrions qu'en surface, à demi. Et qui ne se livre qu'à demi se retient tout entier, c'est la part cachée de soi-même qui seule compte vraiment, celle que l'on brûle de confier mais que l'on garde obstinément, certain de ne rencontrer qu'indifférence, incompréhension. Et voilà qu'entre nous surgissait le miracle. Nos propos pourtant demeuraient anodins, nous parlions du quotidien, nous évoquions le lycée, les copains, les profs, rien de personnel, rien qui eût l'apparence d'une confidence, d'un aveu, mais nous sentions au fond de nous, nous devinions qu'il nous serait loisible, quand nous aurions surmonté cette pudeur des premiers instants, de glisser du banal au singulier, de nous ouvrir.

Tout en devisant nous arrivâmes bientôt sur les Allées Marines. C'était un vaste espace rectangulaire, en plein cœur de la ville, bordé d'hôtels anciens et de boutiques de luxe. Tout au fond s'élevait le théâtre, un gracieux édifice à colonnes. Au centre de la place, sur un tertre gazonneux, se dressait la statue de M. De Saint-Maur, ancien maire de la cité, personnage barbu, allégrement campé sur ses courtes jambes et coiffé d'un melon. Aux pieds du grand homme, une femme nue symbolisant la ville enlaçait furieusement ses genoux. Par un effet d'optique involontaire, ce n'était d'ailleurs pas M. De Saint-Maur qui paraissait le principal sujet de cette allégorie, mais le puissant fessier de son admiratrice dont les reins cambrés conservaient en permanence un reste d'eau de pluie où venaient s'abreuver les oiseaux. Depuis près d'un siècle que le couple demeurait figé dans le marbre, nul n'y prêtait plus attention. Ce soir-là pourtant une foule inhabituelle l'entourait. Il y avait bien là cent personnes qui s'agitaient et semblaient désigner à l'attention des nouveaux arrivants quelque détail insolite. Juredieu et moi nous jouâmes des coudes et bientôt nous fûmes au premier rang des badauds. Ce que nous vîmes alors ne nous étonna pas outre mesure.

– Mince ! dit Juredieu. Encore une de loupée ! Quel ballot, ce type !

– Regarde : la pierre n'est même pas entamée.

– Si j'étais à sa place, tu verrais ça, je te jure !

Juredieu fit une grimace de dégoût. Ce n'était là qu'enfantillage, gâchis. Cependant la foule autour de nous semblait d'opinion différente. Cela grondait, s'enflait, des mots de colère fusaient, des menaces.

Depuis une quinzaine de jours la ville était en émoi. À huit reprises déjà de semblables bombes avaient éclaté, simples pétards, prétendait la police, odieux attentats criait la population. L'indignation était vive. Le criminel agissait toujours de façon immuable. Il ne paraissait s'en prendre qu'à cette sorte de monuments en vogue au siècle dernier, grâces ventrues, allégories républicaines, fruit d'un art de peu d'envolée, mais néanmoins respectable. On avait soupçonné tout d'abord quelque artiste atrabilaire signifiant par là son refus d'une esthétique passée de mode, on avait accusé tour à tour les milieux anarchistes, les étrangers, les étudiants, quelque mauvais plaisant ou encore un évadé de l'hôpital psychiatrique, mais après de multiples enquêtes force avait été de reconnaître qu'on faisait fausse route. Et cependant tous les deux ou trois jours les bombes continuaient d'exploser. Elles pétaient joyeusement, avec un bruit sec, presque narquois, qui faisait s'envoler les pigeons et secouait de rage les paisibles citoyens. Pourtant le caractère même de ces attentats, pour déplaisant qu'il fût, n'inquiétait pas tellement les autorités. Il y avait dans ces explosions quelque chose d'abstrait, de cérébral, qui rassurait. Mais la population prenait plus mal la chose.

Chacun se sentait visé personnellement à travers l'injure faite au bien public. Ces vieux politiciens oubliés, ces poètes hors de mode, soudain l'on se découvrait pour eux une façon d'amitié. Et puis les gens n'aiment pas que l'on saccage leur univers, même s'ils en reconnaissent la médiocrité. Et bien qu'aucun dégât majeur n'eût été constaté jusqu'alors on ne savait comment s'achèverait la farce, on redoutait le pire. Cette menace, à la fois dérisoire et angoissante, présageait peut-être des troubles plus graves, une révolution, qui sait, un coup d'État.

Une fois convaincus qu'il n'y avait décidément rien à voir, hors quelques traînées noirâtres sur le socle verdi par le temps, Juredieu et moi nous nous dégageâmes de la foule. Un car de police s'annonçait d'ailleurs en cornant, on allait disperser les curieux.

– Moi, dit Juredieu, je n'arrive pas à comprendre. On dirait que le type qui fait ça veut absolument rater son coup.

– Mon père prétend qu'il s'agit d'un symbole.

– Qu'est-ce qu'il veut dire par là, ton père ?

– Comment t'expliquer… Imagine que quelqu'un veuille protester, mais qu'il n'ait moyen de se faire entendre.

Alors il lance une bombe. C'est une manière comme une autre d'exprimer son mécontentement.

– Complètement absurde. Si j'étais mécontent de mon sort, en quoi cela m'aiderait-il de faire partir des bombes ? Comment les gens devineraient-ils ce qui ne va pas pour moi ?

– Ce n'est pas une aide que ce type cherche. C'est un soulagement. Quelque chose cloche dans ta vie, alors tu gueules un bon coup, ou tu lances un pétard. C'est pareil. Et après tu te sens mieux.

– Moi je veux bien. Mais voilà qui me soulagerait davantage si tout sautait. Vlan. Plus rien. C'est ça qui doit détendre les nerfs. Crois-moi, vieux, c'est un minable, ce mec. Il manque d'envergure.

– Le bruit lui suffit peut-être. C'est excitant, le bruit. Et puis c'est sans doute un bonhomme qui a des principes. Mon père dit qu'on peut avoir envie de protester sans pour autant se résigner à détruire.

– Ce n'est pas moi qui connaîtrais ce genre de scrupules ! Pour ce qu'elles sont chouettes, leurs statues, je me gênerais !

– Il y en a qui ne sont pas tellement tartes. Celle de la Bourse, tu sais, cette fille avec de longs cheveux…

– Moi, les bonnes femmes en pierre, tu repasseras. J'ai mieux.

– Cela n'a rien à voir, dis-je.

Je me tus. Il me venait à l'esprit qu'entre Juredieu et moi certains sujets demeureraient interdits. Et en même temps je me sentais déçu de découvrir des lacunes chez mon nouvel ami, je prenais soudain conscience de sentiments qui m'habitaient profondément et auxquels je n'avais encore jamais prêté attention. Jamais encore je n'avais réfléchi à ces choses. Or voici que je découvrais combien me tenaient à cœur une certaine harmonie, une certaine beauté. À aucun moment jusqu'alors je n'avais prêté attention à cette part de moi-même, à cet élan qui me poussait parfois, presque à mon insu, à emprunter tel itinéraire plutôt que tel autre pour la simple joie de découvrir au détour d'une rue l'abside d'une église ou quelque balcon ouvragé. Et en même temps qu'un peu de vanité accompagnait ma découverte, il s'y glissait une légère honte, la certitude que Juredieu se moquerait de moi si je m'ouvrais à lui de ces choses. Je voulus en avoir le cœur net.

– Tout de même, dis-je, ça ne te ferait rien si quelqu'un détruisait tout ça ?

– Quoi tout ça ?

Je fis un geste englobant la ville tout entière.

– Moi, les vieilles pierres, tu sais… Je suis un positif, moi. Il n'y a que le présent qui compte. Le reste je m'en fous. Ça ne m'intéresse pas.

– Moi, tout m'intéresse.

– Tout, c'est trop. Crois-moi, vieux, il faut savoir se limiter. Affaire de principe. À propos, dit-il au bout d'un instant, où en es-tu question filles ?

– Où j'en suis ? dis-je, et je me sentis rougir.

– Je m'en doutais. Il n'y a qu'à te regarder pour comprendre.

– Mais tu te trompes, je t'assure.

– Et comment s'appelle-t-elle ?

Je rougis davantage encore. Et c'était vrai que je n'aimais pas mentir. Cependant je m'en sortis par une demi-vérité.

– Elle s'appelle Monique, dis-je.
– Quel âge a-t-elle ?
– Deux ans de moins que moi.
– Mon pauvre vieux ! Une gamine ! Les seules intéressantes, ce sont les vieilles. Des filles d'au moins seize, dix-huit ans. Des vraies filles, et qui couchent.
– Mais l'amour ? dis-je un peu effaré.
– L'amour c'est pour les vieux. Tu auras bien le temps d'y penser plus tard. Comment elle est, ta Monique ? Tu en as le béguin ?
– Je ne sais pas trop. Elle me plaît bien.
– Qu'est-ce qu'il y a entre vous deux ? Allez, raconte. Les types trop gourdes, ça m'exaspère.
– Mais il n'y a rien à raconter. On se parle, on joue ensemble. Je ne la vois que de temps à autre, quand je vais chez ma grand-mère.
– Vous jouez ensemble ! Mon pauvre Lajus... Il était temps que je survienne, tu ne crois pas ?
– Moi, tu sais...
– Je vais te prendre en main, vieux. Je vais te dégourdir un peu. Et d'abord, ta Monique, tu vas la laisser tomber, et d'une. Les mômes au berceau, ça ramollit. Et puis tu vas te trouver une poule, une vraie. Une qui marche.
– Où veux-tu que je la trouve ? Je ne connais personne.
– Je t'aiderai. Tu as des sœurs ?
– Non.
– Des cousines ?
– Non plus.
– Moi je vois bien quelqu'un qui s'occuperait de toi, mais tu n'es pas son genre. Dommage.
Je n'osais pas demander en quoi mon « genre » ne

convenait pas. Cette conversation me mettait mal à l'aise en même temps qu'elle me passionnait. Depuis longtemps déjà me travaillaient certains démons sans que je puisse entrevoir quelque soulagement à mon mal. Les filles que je croisais dans la rue me paraissaient parfaitement inaccessibles, j'avais un goût particulier pour les jeunes personnes bien en chair et de peau blonde, mais d'un âge si peu en rapport avec le mien que toute tentative me semblait non point vaine, mais ridicule. Je n'étais même pas résigné, j'étais accablé sous le poids de mon âge, de mon inexpérience, de mon enfance. Et voici que Juredieu s'offrait à m'aider. En moi naissait une sorte d'espoir vague et mirifique, un tourbillon de sentiments désordonnés, bouffées libidineuses et peur mêlées, crainte de n'oser franchir le pas et furieux désir de m'y risquer. Tu crois, tu crois, avais-je envie de demander. Et s'imposait à moi cette évidence que Juredieu me surestimait.

– Tu te paies ma tête, dis-je. Aucune ne voudra de moi. Je n'ai pas l'âge.

– L'âge n'a rien à voir. D'abord, tu bluffes, tu te donnes deux ans de plus. Avec ta taille, ça passera. Et puis les filles sont tellement bizarres ! Il y en a qui ne veulent que des vieux, ça les rassure, et d'autres des types plus jeunes qu'elles, ça les rassure aussi, d'une autre façon. On ne peut jamais savoir. Il faut tenter sa chance, voilà. Tel que tu me vois, je me suis tapé une bonne femme de trente-huit ans.

– Trente-huit ans !

– Un jour je te dirai peut-être son nom. C'est la mère d'un type du bahut.

– Tout de même ! Trente-huit ans !

– Quand tu sauras qui c'est tu n'en reviendras pas. Je n'en ai jamais connu de plus vicieuse. C'est d'ailleurs pour cela que je l'ai laissée tomber. Je n'en pouvais plus. Je veux bien rigoler, mais la santé d'abord.

– Une vieille, ça ne me dit vraiment rien.

– Dans la vie il est bon de tout connaître.

– N'empêche. J'en préférerais une plus jeune.

– Nous allons te trouver ça, fais-moi confiance.

– Mais comment tu vas t'y prendre ?

– Laisse-moi faire, je te dis. Rien n'est plus simple. Tiens, regarde-les, toutes ces conasses... Elles n'attendent que ça. Allez, suis-moi. On passe à l'attaque.

– Tout de suite ?

– Et alors !... Viens ! C'est la bonne heure. Celles qui se baladent en ce moment n'espèrent que ça.

Il me saisit par un bras et tenta de m'entraîner. Je résistai. La tournure que prenaient les événements ne me convenait pas. Je voulais bien qu'on me fît faire des rêves de débauche, mais projetés dans quelque avenir rassurant. L'immédiat de l'action me glaçait.

– Viens ! fit Juredieu.

– Pas ce soir.

– Pourquoi, pas ce soir ? Allez, amène-toi, n'aie pas peur. C'est moi qui parlerai.

– Pas ce soir, je t'assure.

– Ce soir ou jamais. Si tu ne viens pas immédiatement, salut ! Ne compte plus sur moi.

– Alors promets-moi que si ça tourne mal...

– Pourquoi veux-tu que ça tourne mal ! Ce que tu es godiche, mon pauvre vieux. Allons, amène-toi.

À contrecœur je le suivis. Nous nous trouvions à ce

moment-là rue Sainte-Clotilde, une étroite et longue rue commerçante. La cohue était intense. Des grands magasins s'évadaient des flots de vendeuses, de petits employés. Pris de panique, je marchais en retrait de Juredieu. Il me semblait que mon regard traqué dénonçait mes mauvaises intentions, j'avais ce pas raide de qui se sent coupable. Des cohortes de filles nous bousculaient, mais aucune ne nous prêtait attention. Il y en avait de toutes sortes, des laides, des tristes, des trop grosses, mais aussi de ravissantes et parfumées semblables à celles que j'évoquais parfois avant de m'endormir, et cependant aucune à cet instant n'aurait pu m'émouvoir. Je me mis à les détester toutes. Elles étaient l'ennemi, le danger. Cependant le comportement de Juredieu commençait à me rassurer. On aurait dit que tant de proies possibles le décontenançaient. Il avançait prudemment, toute forfanterie éteinte, comme si brusquement l'absurdité de son projet lui fût apparue.

– Laisse tomber, dis-je. Ça vaut mieux, je t'assure.

– Ferme-la.

Et comme aiguillonné par ma couardise, il fonça sur une petite brunette, lui barra le passage.

– Bonjour… On se promène ?

– Non, mais, dit la fille, il se prend pour qui, celui-là ?

Elle haussa les épaules et d'un pas de côté se dégagea.

– Hé !… Attendez un peu… Écoutez-moi…

Juredieu essaya de la suivre, mais à cette heure la foule était si dense qu'il dut y renoncer.

– Raté, dit-il. Aucune importance.

– Je te l'avais bien dit. C'est idiot.

– Ta gueule.

Énervé par cet échec, Juredieu se risqua de nouveau. Cette fois il choisit une grande perche au profil de mouton, d'un blond fade, et un instant je crus qu'il allait réussir. La fille en effet s'arrêta, se pencha vers Juredieu avec attention. Mon cœur se serra. Un quart de seconde je la jaugeai : dix-sept ans, un peu maigre, l'air stupide, mais d'une indéniable fraîcheur. Le temps d'un éclair je me sentis pétrifié d'ineffable espérance. Hélas je déchantai vite. L'haridelle simplement n'avait pas compris ce que lui voulait Juredieu, quand il se fut répété elle passa son chemin. Et sur-le-champ elle perdit à mes yeux tout éclat.

Mais cet embryon de réussite m'avait alléché.

– Continue, dis-je, vas-y... Tiens, celle-là, la petite au pantalon jaune.

– Vas-y toi-même. Moi je te dis que nous perdons notre temps.

– Mais non ! Ça a presque failli marcher. Continue.

– Je te dis que nous perdons notre temps.

– Ah, c'est toi qui te dégonfles, à présent !

– Je ne me dégonfle pas, mais ici il y a trop de monde. Les filles, il faut comprendre leur psychologie. Se faire lever devant les copines, ça les gêne. Viens plus loin.

– Comme tu voudras. Après tout c'est toi qui diriges les opérations.

Nous descendîmes la rue Sainte-Clotilde. À mesure que nous nous éloignions du centre, la foule devenait clairsemée, les trottoirs à demi déserts. Je m'en inquiétai.

– Tu crois qu'on n'aurait pas mieux fait de rester là-bas ?

– Tu y prends goût, pas vrai ?

– Au fond c'est amusant.

Soudain Juredieu me fit signe.

– Fais gaffe... Ces deux, là-bas, qui regardent les vitrines. C'est pour nous.

À pas lents il s'approcha, me traînant en remorque. Deux gamines de quinze à seize ans, l'une blonde et l'autre brune, détaillaient la devanture d'un marchand de télévisions. Elles se tenaient par le bras. Violemment maquillées et moulées dans des pantalons trop étroits elles dégageaient un parfum de canaillerie gentille, quelque chose d'un peu fané déjà bien que très jeune. Nous ralentîmes. Les deux filles, se sentant observées, se mirent à rire un peu trop fort. L'une d'elles se retourna et jeta sur nous un regard dénué de timidité, puis elle murmura quelque chose à l'oreille de sa compagne. Toutes deux gloussèrent.

– Ça marche, fit Juredieu. Allons-y.

Résolument il s'approcha.

– Bonsoir, dit-il.

– Bonsoir.

Flageolant mais décidé, je rejoignis Juredieu dont je m'étais quelque peu écarté.

– Vous êtes du quartier? demanda Juredieu.

– Qu'est-ce que ça peut vous faire? dit celle des filles, la blonde, qui paraissait l'aînée.

– Ça va, faut pas vous effaroucher. On n'a pas de mauvaises intentions.

– C'est ce qu'on dit toujours, dit l'autre fille.

– Ça vous plairait qu'on vous accompagne un peu, mon copain et moi? On est seuls. On s'embête.

– Vous ne nous avez pas regardées? dit l'aînée. Des mômes comme vous, qu'est-ce qu'on en a à faire.

– Des mômes ! Merde alors. J'ai dix-sept ans, bientôt dix-huit.

– Mon œil.

– Dix-sept ans, juré !

– Eh bien tant mieux pour vous. Allez, bonsoir. Maintenant faut qu'on rentre.

– Une seconde… Écoutez…

Mais déjà les deux filles s'éloignaient, bras dessus bras dessous. Elles étaient vraiment mignonnes, songeais-je, l'une toute blonde, avec de grands yeux passés au noir, et l'autre brune, plus timorée peut-être mais plus alléchante, avec dans son petit visage blême quelque chose d'attendrissant, de fragile.

En quelques enjambées nous les rejoignîmes.

– Attendez, bon sang ! dit Juredieu. On ne va pas se quitter comme ça !

– Fichez-nous la paix.

– On va pas vous bouffer, quoi ! Qu'est-ce que vous croyez !

Au lieu de répondre les deux petites se mirent à courir. Nous leur donnâmes aussitôt la chasse, mais la malchance s'en mêla, il y eut un carrefour, le feu qui passa au rouge au moment même où nous arrivions, nous dûmes attendre qu'un flot de voitures s'écoulât, tandis qu'au loin nos proies fuyaient. La rage nous tenait. Un instant nous avions cru l'affaire dans le sac, l'aventure semblait facile, nous en étions déjà tout émus et voilà que ces deux mijaurées détalaient sans raison.

– Il faut absolument les rattraper, dit Juredieu. Fonçons.

À cette heure les gens commençaient à rentrer chez eux, la rue Sainte-Clotilde était presque déserte. Nous galopions en plein milieu de la chaussée, essayant de refaire le terrain perdu. Mais les petites avaient disparu.

Juredieu s'arrêta.

– Inutile de continuer. Elles nous ont eus.

– Essayons toujours. Elles ne doivent pas être bien loin.

– Pas la peine. Elles ont certainement tourné quelque part. Impossible de les retrouver maintenant.

– C'est moche, dis-je. Vraiment moche. La brune me plaisait bien.

– T'en fais pas. On les retrouvera demain.

– Tu crois ?

– Sûr. Je connais ce genre de poufiasses. Chaque soir elles font la rue Sainte-Clotilde, elles ne peuvent pas s'en passer. Nous n'aurons qu'à nous poster demain à la même heure, je te parie qu'elles se pointeront.

Un peu d'amertume nous habitait, l'impression de nous être montrés maladroits, malhabiles. Maintenant nous avancions en traînant la semelle, le cœur n'y était plus. Demain, bien sûr, demain nous tenterions de nouveau notre chance. Mais nous n'y croyions qu'à demi. Cet échec nous laissait humiliés. Quant à poursuivre notre quête, nous n'en avions pas le courage.

– Au fond, dis-je, ça n'est pas si facile.

– Si c'était trop facile, où serait le plaisir ? Et puis on n'a pas eu de chance. La prochaine fois, tu verras.

La rue Sainte-Clotilde se terminait là. Nous débouchâmes sur la place du Maucaillou, une petite place ovale aménagée en jardin public. Des projecteurs inondaient de grands arbres d'une vive lumière, il y avait un jet d'eau, un bassin, des bancs, des chaises. Je proposai à Juredieu de nous asseoir un moment.

– Quelle poisse, fit Juredieu. Je n'arrive pas à me résigner.

– Moi non plus. Elles n'étaient vraiment pas mal, ces deux-là.

– Et puis c'est exactement la sorte de filles qui marche, d'habitude. Je n'arrive pas à comprendre. En tout cas demain on remettra ça. Je suis du genre têtu, moi.

– Moi aussi.

Nous nous tûmes un instant. Ma déception s'estompait. Maintenant je me sentais détendu, tout heureux. De cette aventure manquée je ne gardais que le bon côté, la joie d'avoir osé. Oser quoi, mieux valait ne pas approfondir, car enfin je n'avais pas agi moi-même, mais ce n'était que la première fois, et demain, oui, demain il en serait autrement, demain je prendrais ma part de responsabilité, je passerais à l'attaque, moi aussi. Et voici qu'un flot d'idées me venait soudain. Je savais désormais comment je m'y prendrais, quels gestes je ferais, quels mots je prononcerais. Dans ma tête tout s'organisait, tout devenait facile. Je me sentais fort, sûr de moi, plein d'ardeur et de conviction. Certes je n'avais que quinze ans, mais quelque obscur pressentiment me dictait qu'un jour moi aussi je serais de ceux qui osent. C'était une certitude étrange, si je la comparais à mes doutes de la veille, au peu de cas que je faisais jusqu'alors de mes aptitudes et de mes dons, mais il peut advenir que l'on se découvre ainsi différent de soi-même, différent au point de devenir autre, le contraire de celui que l'on était. Et au fond c'était à Juredieu que je devais cette mue. Juredieu m'avait révélé à moi-même.

J'eus envers lui un élan d'amitié.

– Juredieu, dis-je, je t'aime bien.

Au lieu de me répondre il haussa les épaules. Puis il consulta sa montre.

– Va falloir que je songe à rentrer, dit-il.

– Moi je rentre quand je veux. Mes parents me laissent entièrement libre, dis-je non sans quelque vanité.

– Les miens aussi me laissent libre, qu'est-ce que tu crois ! Mais j'ai faim.

Nous allions nous lever lorsque nous aperçûmes, découpée sur la clarté du feuillage, une étrange et gracieuse silhouette qui s'avançait vers nous. C'était une jeune fille assez grande, vêtue d'une cape mauve que l'éclat des projecteurs rendait scintillante, comme recouverte de paillettes. Elle était chaussée de bottes blanches à hauts talons et sa démarche avait un je-ne-sais-quoi de musical, d'aérien, qui évoquait quelque pavane esquissée plutôt que dansée, on l'aurait dit glissant sur l'eau, il y avait en elle comme une absence de pesanteur, d'effort. Sur le col haut monté de sa cape croulaient des masses de cheveux blonds, tandis qu'à son front et ses tempes de petits peignes constellés de brillants maintenaient lisse et soigneusement tiré en arrière le reste de sa chevelure de telle façon que son visage paraissait dénudé, offert comme un masque. Et ce visage, d'une pâleur qu'accentuaient les projecteurs, par sa régularité presque excessive et son absence d'expression, semblait inhumain à force de gravité et de beauté tranquille. Il était, ce visage, songeai-je au moment même, de ceux que l'on qualifie d'inoubliables, à la fois inquiétant et apaisant, mystérieux, délectable : pommettes hautes et joues très légèrement creuses, grand front, bouche large, arc des cils savamment dessiné, yeux immenses.

L'émotion qui me bouleversait n'était point de l'amour. Cette jeune fille était trop extraordinaire, trop différente de celles qui d'habitude m'attiraient pour déclencher en moi le processus de l'amour. Inconsciemment l'on se juge, et par un calcul s'opérant à l'insu de nous-mêmes nous n'offrons nos dévotions qu'aux seuls êtres susceptibles de les accepter. Devant cette inconnue je me sentais vermisseau, misérable potache. Pour elle je n'existerais jamais, je le savais bien. Mais tant de beauté hors du commun me fascinait. Elle fut à l'instant celle qui effaça toutes les autres, comme une fusée de 14 Juillet semble éteindre en éclatant les minables lampions. Juredieu me parla. Je l'entendis à peine. Je crus comprendre qu'il jugeait inutile de rien tenter. L'inconnue n'était pas de celles que l'on aborde. Mais qu'il ait pu ne fût-ce qu'une seconde supputer la chose m'apparaissait extravagant. La jeune fille passa devant nous, à moins d'un mètre. Au moment où elle nous croisa elle tourna la tête, elle nous regarda et je vis que ses yeux étaient clairs, elle eut une sorte de sourire, mais si léger que je n'en fus pas certain, peut-être était-ce mon imagination qui créait ce sourire. Elle marchait très lentement, comme quelqu'un qui se promène. Tout en elle était flexible, alangui. À un moment elle s'arrêta. Elle se trouvait alors sous un gros acacia boule, à quelques pas de nous. Je la vis qui rejetait la tête en arrière et qui examinait quelque chose, au creux de l'arbre. Nous n'osions pas bouger. Nous restions là, attendant qu'elle s'en aille. Tout à coup j'entendis qu'elle parlait.

– Mon Dieu, disait-elle, comme ils sont drôles. Comme ils sont *drôles*.

Mais je n'arrivais pas à discerner si c'était à nous qu'elle s'adressait ou si elle se parlait à elle-même. Comme ils sont *drôles*. Elle insistait sur l'accent circonflexe du mot drôle, ce qui donnait à ce mot je ne sais quelle inflexion troublante, comme une caresse. Elle avait une voix un peu basse, qui détaillait chaque syllabe d'une façon très précieuse. Soudain elle se tourna vers nous.

– Venez voir... Venez voir comme ils sont amusants, on dirait des pelotes de laine.

Comme nous ne bougions pas, intimidés tous deux, elle insista. Allons venez donc.

Nous la rejoignîmes sous l'arbre. Au creux du feuillage déjà clairsemé par l'automne, agrippés aux branches, des moineaux dormaient. Pour se protéger du froid ils avaient gonflé leurs plumes, on aurait cru des boules de duvet gris.

– Pauvres petits, dit l'inconnue. Comme ils sont touchants.

– Je vais vous en attraper quelques-uns, dit Juredieu. En grimpant sur une chaise, je dois y arriver.

– Je vous le défends bien, dit l'inconnue.

– Chez mon grand-père, j'ai souvent chassé de cette façon. On les éblouit avec une lampe électrique, puis on les cueille comme des pommes. C'est fameux, les moineaux, bien lardés.

– Quelle horreur. Comment peut-on tuer des bêtes aussi gentilles.

– Gentils, les moineaux ? Il n'y a pas plus cruel. Ça se voit que vous n'avez pas vécu à la campagne.

– Qu'en savez-vous ? Vous n'êtes qu'un sot.

La jeune fille semblait irritée. D'une autre une telle

sensiblerie m'eût déplu, et j'aurais sans doute pris le parti de Juredieu, mais j'étais partagé entre le souci de me montrer viril et l'envie de ne point déplaire à l'inconnue.

– Il vous fait marcher, dis-je. Il adore taquiner, mais en vérité il ne ferait pas de mal à une mouche.

– Imbécile, me dit Juredieu.

– De temps à autre je viens les voir, reprit la jeune fille. Ce sont mes petits amis. Mais c'est au printemps qu'ils sont le plus drôles. On dirait qu'ils se chamaillent. Il y a les tout petits qui apprennent à voler, vous ne pouvez pas savoir comme ils sont touchants.

– Moi, dit Juredieu, le genre saint François d'Assise, j'ai toujours trouvé ça con.

– Mais pourquoi votre ami est-il si désagréable ? me demanda l'inconnue.

Je me sentais ennuyé. Je ne voulais surtout pas trahir Juredieu, mais son agressivité me déconcertait. Et je lui en voulais de gâcher par sa muflerie l'enchantement qui m'habitait.

– Il est comme ça, dis-je. Les gens, il faut les prendre comme ils sont. À part ça c'est un type formidable.

– C'est peut-être un type formidable, puisque vous le dites, mais je n'aime pas qu'on soit cruel envers les animaux. Vous ne serez jamais de mes amis, dit-elle en se tournant vers Juredieu.

– Je saurai me faire une raison, dit Juredieu. Ne vous en faites pas pour moi.

Il eut pour la jeune fille un regard plein de haine. Je le connaissais bien peu, mais je soupçonnai soudain quelles forces mauvaises devaient l'habiter, par moments. Cependant l'inconnue semblait peu affectée. Elle se baissa et ramassa l'un de ces gros marrons d'Inde qui jonchaient l'allée. Elle souffla dessus puis le lustra avec un pan de sa cape. Je remarquai ses mains qui me semblèrent étonnamment fines et longues. Quand elle eut fini elle dévisagea Juredieu.

– Grand dadais, dit-elle en souriant.

Juredieu haussa les épaules.

– Viens, me dit-il. On a déjà perdu trop de temps.

Il nous tourna les talons et sans m'attendre il s'en fut à grands pas. J'étais désespéré de quitter l'inconnue de cette façon. J'aurais voulu trouver quelques mots d'excuse, lui faire comprendre que j'étais différent de Juredieu, même si par amitié je ne pouvais me désolidariser de lui.

– Attends-moi ! criai-je.

Et dans ma tête en vain je cherchais les mots qui exprimeraient pêle-mêle ma confusion, mon désarroi, mais aussi mon adoration, ce grand bouleversement qui me tenait depuis que la jeune fille était apparue.

– Je dois y aller, finis-je par dire. Autrement il sera vexé. Mais il ne faut pas lui en vouloir. C'est vraiment un type formidable.

– Dépêchez-vous, c'est un entêté. Il ne vous attendra pas.

– Vous avez tort de le juger si vite, vous ne le connaissez pas.

– En êtes-vous sûr ? Il me suffit de voir les gens quelques secondes pour deviner ce qu'ils valent. Jamais je ne me trompe.

– Eh bien je me sauve. Au revoir.

– Tenez, dit-elle. Prenez, c'est un porte-bonheur.

J'enfouis dans ma poche le gros marron d'Inde qu'elle

me tendait, et sans la remercier je m'enfuis. Et tandis que je courais à la poursuite de Juredieu un glas résonnait en moi qui disait que jamais je ne reverrais l'inconnue. Jamais je ne saurais son nom. Jamais je ne saurais d'où elle venait, qui elle était. Et ce glas, tandis que je galopais dans la nuit noire, me fit venir les larmes aux yeux, mais ma raison alors revint qui me dicta que les pressentiments n'étaient que bulles de savon.

*

– Qu'est-ce que c'est que cette cinglée ! dit Juredieu quand je l'eus rejoint. Je déteste ce genre de fille.

– Moi je la trouve merveilleuse, dis-je.

Il me décontenançait. Après tout je n'étais son ami que depuis quelques heures, et me précipitant d'un coup dans cette amitié nouvelle, peut-être avais-je perdu mon jugement. Je lui avais prêté sur-le-champ toutes les vertus. Ceux qui aiment ne lésinent pas. Il était, avais-je décidé brusquement, ce guide que de toujours j'avais attendu, le chef que je brûlais de vénérer. En moi des velléités de toutes espèces se bousculaient, j'étais plein d'élans, d'ardeurs, de sève, mais ma nature demeurait trop timorée pour que seul je puisse me libérer, il me fallait un complice, un maître, et j'avais cru flairer ce maître en Juredieu. Cependant il n'était pas tout à fait tel que je l'avais rêvé. Il avait ses petitesses, je m'en rendais compte. Je l'aurais préféré plus honnête envers lui-même, plus humble.

Il m'accompagna jusqu'à devant chez moi. Au moment de nous quitter nous nous fîmes la promesse que ce jour-là scellerait une amitié durable, et que dès le lendemain nous accomplirions en commun de grandes choses. Mais je n'étais pour ma part qu'à demi sincère, un doute me venait, je ne savais plus ce qu'il resterait au matin de tant d'élans.

Nous habitions l'entresol d'une vaste maison, sur les quais. Par les fenêtres en demi-lune je surplombais le tohu-bohu de la rue, ce lent flot des voitures qui se frayaient un douloureux passage. Au soir des lampadaires orange dessinaient la courbe du fleuve, à l'infini c'était une fête mouvante d'où montait une sourde rumeur. Parfois un grand bateau accostait devant nous. Je m'asseyais sur une chaise basse, le front collé à la vitre. J'étais au théâtre. Les rideaux de soie cramoisie dont ma mère avait garni les fenêtres de ma chambre complétaient l'illusion. En face de moi le beau navire illuminé rejetait de ses flancs sa cargaison de marchandises, bois tropicaux, caisses énormes, avions aux ailes repliées. J'écoutais le ronronnement des grues, le choc des madriers et des palans, les cris des dockers. Ma contemplation parfois durait plusieurs heures. Certaines nuits, sachant que le bateau était sur le point de partir, je me refusais au sommeil. Et de mon lit je guettais les coups brefs de la sirène dont le nombre diminuait à chaque manœuvre nouvelle, la cloche, le hurlement du porte-voix... La machinerie se mettait en marche, j'en ressentais la trépidation jusque sous mes couvertures. C'était enfin la dernière ponctuation lugubre, dans la nuit, vite je me précipitais hors des draps pour ne point perdre cet instant combien émouvant, combien majestueux où l'énorme masse du navire imperceptiblement se détachait du quai. Tout paraissait immobile, endormi. Rien ne vivait plus que quelques hommes courant çà et là et détachant les amarres. Et tant de lenteur dupait mon regard. Sans doute m'étais-je levé trop tôt, j'avais froid, je regrettais mon lit. Mais soudain je découvrais que le navire, sans qu'il m'eût été loisible de deviner l'instant où sa course avait commencé, déjà s'écartait, s'éloignait, diminuait, creusant entre la berge et lui une vaste fosse noire qui allait s'élargissant.

J'aimais notre appartement. Entre les quais et la rue Nêfle, une ruelle obscure où donnaient les pièces de derrière, il s'agençait autour d'un vaste puits de jour circulaire par la grâce duquel bon nombre de cloisons, dans les pièces intérieures, étaient à leur tour incurvées, détail qui rendait sans doute la disposition des meubles difficile mais que compensait le charme de tout ce qui est biscornu, de travers. Je revois un grand nombre de couloirs, de passages dissimulés derrière des portes noyées dans la tapisserie. Enfant, je doutais qu'un jour la totalité de ces coins et recoins me fût révélée, je découvrais toujours une porte nouvelle, un petit escalier, un cagibi insoupçonné, derrière quelque tenture, par où l'on accédait en longeant un étroit boyau empli d'embûches, vieux balais, malles hors d'usage, tuyauterie inextricable. Il y avait un très grand nombre de pièces, peut-être une vingtaine, je ne sais plus. Celles donnant sur la rue Nêfle avaient peu à peu été converties en débarras, à cause de l'humidité qui les rendait insalubres. La rue Nêfle n'était même pas une rue, plutôt une venelle, un passage d'où montaient en permanence des relents de vieux murs, de caniveaux engorgés. En face de chez nous s'élevait le haut bâtiment de Sainte-Gertrude, une sorte de couvent, ou plus exactement un orphelinat pour jeunes filles. S'il faisait beau les sœurs ouvraient leurs fenêtres et alors on découvrait d'immenses pièces nues, au plancher rugueux. Des jeunes filles, vêtues de blouses bleu marine, cousaient ou brodaient, assises sur des bancs. Je les trouvais laides. Une vague frayeur s'infiltrait en moi devant cette austère bâtisse d'où ne sortait jamais que le roulement sourd des prières en commun, l'aboiement des nonnes. Une fois je vis là une scène étrange, qui me frappa d'autant plus qu'elle se déroula silencieusement, car les fenêtres étaient closes : derrière les vitres, se découpant faiblement sur le fond noir de la pièce, j'aperçus l'une des jeunes filles qui se leva d'un bloc, et, jetant ses bras très haut derrière elle, se mit à hurler, du moins me sembla-t-il puisque je ne pouvais rien entendre. Alors il y eut tout un remue-ménage et l'une des sœurs apparut qui à toute volée gifla l'orpheline. Mais celle-ci, au lieu de se calmer, fut prise d'un horrible tremblement. Je la voyais très bien, malgré la distance, je la voyais trembler, mais comme jamais encore je n'avais vu trembler quelqu'un, de la tête aux pieds, furieusement, si fort que je crus qu'elle allait tomber. Et effectivement elle tomba, durant quelques secondes je la perdis de vue. Puis elle se releva. De nouveau la sœur tenta de la gifler, mais la petite lui échappa, la repoussa violemment, et elle se mit à faire une chose absurde, qui me bouleversa : elle se griffa le visage, oui, elle se griffa, jusqu'au sang. Je vis les traînées rouges. Et ensuite elle eut un geste encore plus absurde, d'un seul coup elle déchira sa blouse, il me sembla que j'entendais craquer l'étoffe. Ce fut comme une fleur qui éclot, elle jaillit, toute blanche, ridicule fleur blanche en chemise, au cœur de cette blouse en lambeaux qui pendait autour d'elle. Après quoi la sœur l'entraîna, il n'y eut plus que la vitre noire, la nuit qui tombait.

*

Pour nous trois, notre appartement était beaucoup trop vaste. Mais mes parents se plaisaient là, ils y avaient toujours vécu et l'idée ne leur serait pas venue d'émigrer. Au reste tant de place n'était qu'à demi perdue. Mes parents vivaient dans le plus grand désordre, sécrétant autour d'eux un amoncellement hétéroclite et baroque, un peu triste, un entassement de vieilles brochures et de journaux anciens, de meubles hors d'usage, de tableaux crevés, de potiches, reliques dont ils encombraient peu à peu chaque pièce vacante au point d'en interdire l'accès, à l'exception du salon qui était solennel, empesé, glacial, mais où nous ne mettions jamais les pieds. La vie familiale se concentrait dans la cuisine. C'était une pièce de vaste dimension dans laquelle mes parents avaient rassemblé le mobilier nécessaire à leur vie professionnelle, deux grands bureaux en vis-à-vis surchargés de paperasses et de livres. Ma mère enseignait le latin au lycée de jeunes filles. Mon père dirigeait l'observatoire de Sénac.

Après avoir quitté Juredieu, ce soir-là, je les retrouvai comme chaque jour, au travail, assis tous deux à leur bureau respectif. Ma mère, de sa grosse écriture arrondie, annotait des copies. Mes parents m'avaient eu sur le tard, c'était déjà une femme âgée, un peu forte, les cheveux grisonnants et coiffés en bandeaux, ce qui lui ôtait toute grâce et la rendait d'aspect sévère. Mais de la sévérité elle n'avait que l'apparence. En corrigeant ses copies elle tirait la langue, vérifiant de temps à autre un passage douteux dans son Quicherat et chantonnant d'une voix enfantine une sorte de rengaine, toujours la même. Mon père, devant un échiquier, confectionnait de savants pliages qu'un ami japonais lui avait enseignés jadis. De ses doigts agiles étaient déjà sortis un samouraï, une autruche et un pousse-pousse, révélant par leur minutie que sa réflexion butait contre quelque difficulté. Depuis dix ans déjà mon père avait entrepris son grand œuvre, un dictionnaire raisonné de toutes les ouvertures possibles aux échecs. De semblables ouvrages existaient déjà, mais qui ne le satisfaisaient point. C'était un homme de haute taille, très droit, presque maigre et grisonnant lui aussi bien qu'il fût sensiblement plus jeune que ma mère. Il émanait de lui une grande paix. Je n'ai jamais connu d'être plus calme, plus lent devrais-je dire et qui mît plus d'application et de patience à accomplir toute tâche entreprise, même la plus humble. Il avait publié autrefois deux traités d'astronomie qu'il avait dédiés l'un à ma mère et l'autre à moi, et je conservais les exemplaires qu'il m'en avait donné dans un vieux coffre espagnol fermé à clef comme je l'eusse fait d'un véritable trésor.

Je revois ses yeux bleus, son front bombé, son visage mince et toujours fatigué. J'entends sa voix lentement modulée qui cherche avec application le mot juste, mon père avait horreur de l'à-peu-près, de l'inutile, il parlait peu et tâchait d'exprimer sa pensée avec la plus grande exactitude possible, laissant sa phrase en suspens durant de longues minutes s'il n'était pas à même de cerner au plus près ce qu'il entendait dire.

– C'est déjà toi, Augustin ? fit-il en m'embrassant.

– Mais, papa, il est près de huit heures.

– Huit heures ! dit ma mère. Il est grand temps que je mette les nouilles à cuire.

Mais au lieu de se lever, elle s'empara d'une nouvelle copie et s'y plongea avec gourmandise. L'heure demeurait chez nous une notion toute théorique. Nous mangions quand il plaisait à ma mère, un peu n'importe quand. J'en avais l'habitude.

Ce soir-là d'ailleurs j'étais sans appétit. Il m'était arrivé trop de choses pour que les contingences matérielles eussent prise sur moi. Je m'assis à ma place accoutumée, à l'extrémité du bureau paternel. C'était là que chaque soir je faisais mes devoirs, en attendant le moment où ma mère serait lasse de biffer de sa merveilleuse écriture ronde contresens et barbarismes. J'avais conscience de ce bonheur qui était mien. J'étais inquiet de nature, et aussi loin que peut remonter ma mémoire je retrouve en moi cette permanente angoisse devant la précarité des choses. À cette seconde je suis heureux, rien ne me blesse, rien ne me manque, ceux-là seuls que j'aime vraiment sont vivants, présents, sous mon regard. Mais cette seconde n'est qu'un point dans l'éternité, et immanquablement viendra le jour où ce bonheur disparaîtra. Il arrivait que mon angoisse fût si précise qu'elle amenait dans ma gorge un sanglot, et alors je quittais la pièce, le plus naturellement possible pour ne pas donner l'éveil, et m'en allais pleurer dans un couloir. Ces larmes, vite taries, me soulageaient, j'échappais pour un temps à la hantise de perdre ceux que j'aimais. Je redevenais pleinement heureux, insouciant des menaces que la vie me réservait. Mais ce bonheur, que je savourais d'un esprit lucide, n'empêchait pas ma nature tracassière de souffrir d'une autre façon, plus supportable mais non moins insidieuse. Je m'ennuyais. J'aurais donné tout au monde pour que s'arrêtât le temps et que se perpétuât cette heure précieuse entre toutes où nous nous retrouvions, chaque soir, tous les trois, et cependant tant de quiétude heureuse et de paix ne parvenait pas à satisfaire cette part de moi-même qui réclamait l'aventure, l'inconnu, l'extravagant, le terrible, tout ce que j'imaginais hors d'ici, ailleurs loin de chez nous. J'aurais voulu m'enfoncer dans la nuit et rôder par les rues, connaître des femmes, me battre, vivre des heures exaltantes et voluptueuses où l'extraordinaire eût à chaque instant fusé. Il y avait en moi une insatisfaction tenace, et que je n'aurais pu seulement formuler. L'ennui était en moi, mais sous sa forme la plus vague, la moins exprimable. Et je ne m'en plaignais jamais. Je ne m'ouvrais jamais ni à ma mère ni à mon père de ce mal permanent et sourd qui m'habitait.

Ce soir-là cependant il m'était arrivé des choses, et l'habituel ennui faisait place à une petite fièvre interne, un espoir encore flou mais qui me transportait. De ma poche je tirai le gros marron d'Inde que m'avait donné l'inconnue. Il était d'un luisant somptueux, doux au toucher, parfaitement lisse et clos. La jeune fille avait soufflé dessus, son haleine avait caressé ce marron. J'en approchai mes lèvres, comme pour l'embrasser, mais ne fis qu'ébaucher le geste. Eussé-je été seul sans doute l'aurais-je accompli, mais devant mes parents c'eût été révéler mon secret. C'eût été révéler que peut-être j'étais amoureux. Et je doutais d'être amoureux, j'étais même certain de ne pas l'être, mais l'aurais-je été que j'aurais préféré mourir plutôt que de l'avouer aux miens. Entre eux et moi se dressait un mur que j'avais édifié pierre à pierre, et dont eux-mêmes ignoraient l'existence. Et j'étais prisonnier de ce mur, j'étais volontairement emmuré. De moi, mes parents ne savaient absolument rien. Rien. Je me dérobais à leur regard. Je me cachais. Je me masquais. Je les aimais autant qu'on puisse aimer, et jamais je ne les laissais pénétrer en moi. Ils ignoraient tout de moi. Et je suis sûr qu'ils ne s'en doutaient même pas, j'étais habile, je leur offrais un tout logique, une entité acceptable, j'étais un garçon semblable aux autres garçons de mon âge, apparemment ni plus secret ni plus compliqué, je parlais volontiers, je posais des questions, je répondais quand on m'interrogeait, je paraissais parfaitement limpide et sans mystère.

– Où as-tu trouvé ce marron ? dit mon père.

– On me l'a donné.

– J'en ai rarement vu d'aussi gros. Il est magnifique... Veux-tu que nous fassions une partie d'échecs ? Ta mère aura ainsi le temps d'en terminer avec ses copies.

Nous disposâmes les pions. Mon père jouait avec une grande maîtrise, je n'étais qu'un débutant maladroit qu'il aurait pu mystifier à sa guise, mais au lieu de m'écraser en pure perte il corrigeait mes étourderies, soulignant mes fautes, m'expliquait patiemment la façon dont j'aurais dû mener ma partie. Je l'écoutais avec bonheur. Tant de savoir et de réflexion m'émerveillait. Je doutais d'atteindre un jour à pareille science, mais je n'en concevais nulle amertume, mon plaisir au contraire était de me sentir guidé, dominé. Mon père savait quantité de choses et il les savait parfaitement. Le dimanche nous battions la campagne, nous marchions de longues heures à travers bois et prairies, mon père connaissait toutes les espèces de plantes, toutes les variétés d'insectes, toutes les essences d'arbres. À l'automne il ramassait maintes sortes de champignons que nous faisions cuire le soir en rentrant, et jamais nous n'avons été malades. Je lui faisais la plus entière confiance. Les promeneurs que nous croisions pouvaient bien examiner notre cueillette d'un œil sceptique et apitoyé, je savais bien que mon père ne pouvait commettre d'erreur. Il n'était qu'exactitude et scrupuleux savoir. Jamais il ne se payait de mots.

Tandis que la partie d'échecs s'avançait vers ma défaite inéluctable, ma mère, abandonnant à regret son travail, se mit à faire la vaisselle. C'était une besogne qui lui répugnait et qu'elle ne se résignait à accomplir que poussée par la nécessité, au moment de passer à table. Nous mangions sans nappe, au milieu des paperasses et des livres. Parfois la partie d'échecs n'était pas terminée, et nous avancions les pions entre deux bouchées. Nous puisions tous les trois à même la casserole, emplissant nos assiettes au gré de nos appétits. J'avais toujours terminé le premier. Je mangeais gloutonnement, au contraire de mon père qui rêvait longuement entre deux morceaux, mâchant sans fin comme s'il avait oublié ce qu'il était en train de faire. Ses yeux bleus nous regardaient sans nous voir, égayés d'une malice satisfaite. Il avait toujours l'air d'être à la fois présent et absent, ici et ailleurs, perdu dans une réflexion dont il nous faisait rarement part. Ma mère bavardait sans cesse. Son métier l'occupait tout entière, elle nous parlait de ses petites de sixième, de ses « terminales » qui lui donnaient tant de soucis et de satisfactions. Elle évoquait chacune d'elles comme si nous les avions connues personnellement, et c'était vrai qu'à la longue elle finissait par les rendre présentes, nous savions tout de leurs manies, de leurs menus drames. Ma mère n'était que don de soi, espérance. Elle n'imaginait pas le mal, elle niait son existence, elle nous entretenait d'un univers qu'elle croyait bien réel et qui n'était que la figuration de ses propres désirs. Le monde lui apparaissait tel qu'elle le souhaitait, laborieux et plein d'élans pathétiques. Je ne la détrompais pas. J'avais à cœur de ne pas la blesser, je ne voulais surtout pas la décevoir, mais au fond de moi je mesurais sa candeur, je comparais ce que je savais des êtres et des choses avec l'image qu'elle-même s'en faisait.

Le repas s'éternisait. Mon père, à toutes petites bouchées, savourait un fromage de chèvre dont il était friand. En même temps il mâchonnait l'un de ces poireaux sauvages que nous allions cueillir, le dimanche, entre les pieds de vigne. Il parlait peu. Sa parole était à la fois précise et heurtée, coupée de silences. Je ne comprenais pas toujours ce qu'il voulait dire, mais je l'écoutais avec une grande attention.

Au dessert, je racontai qu'une bombe avait éclaté sur les Allées Marines, et que j'avais failli me trouver là au moment de l'attentat. Cette nouvelle intéressa vivement mon père qui me questionna longuement sur ce que j'avais vu.

– D'après ta description, Augustin, il s'agit là sans doute d'une très légère charge de dynamite telle qu'on en emploie dans les campagnes. Ces explosifs servent à toutes sortes d'usages, pour enterrer une charogne, par exemple, ou encore pour planter des arbres fruitiers. Cela ressemble à un gros oignon enveloppé de papier brun. On en vend dans toutes les drogueries. En vérité ces engins n'offrent aucun danger, et je maintiens mon hypothèse. Nous avons affaire à quelque mécontent signifiant par là sa mauvaise humeur. Mais j'avoue que j'aimerais bien connaître ce bonhomme. Son geste me semble hautement poétique... Oui, c'est un geste véritablement poétique que d'allumer cette flamme grésillante qui secoue notre torpeur, illumine le ciel... Cette brève détonation n'est pas dépourvue de grandeur... C'est un refus... Un cri de révolte... Il y a des moments dans la vie où il est nécessaire qu'un homme se dresse et de toutes ses forces signifie son refus... Mais je prête peut-être des sentiments trop généraux à notre rouspéteur... Peut-être n'est-ce qu'un pauvre homme rendu fou par une épouse acariâtre, ou quelque malade... D'ailleurs la chose importe peu. Faire du bruit quand on est mal dans sa peau, quoi de plus légitime...

À ce moment le téléphone sonna. Ma mère alla répondre. Elle revint au bout d'un instant, bouleversée.

– C'est Cléo, dit-elle. Bérenger a essayé de la tuer à coups de revolver.

– Elle est blessée ?

– Non. Elle n'a rien. Ah, je savais bien qu'un malheur finirait par arriver. Elle nous réclame, il faut absolument que nous y allions.

– Dis-lui que nous arrivons.

Mon père n'en termina pas moins son fromage à minuscules bouchées, de cette lente façon qui était sienne. Moi-même je me sentais consterné par la nouvelle. Bérenger avait essayé de tuer Cléo ! Bérenger et Cléo étaient nos meilleurs amis, nos seuls amis. Le drame m'affectait comme s'il avait frappé l'un des miens. J'aimais beaucoup tante Cléo que j'appelais ainsi bien qu'elle ne fût pas ma tante. J'aimais tout autant son ancien mari, Bérenger, quoiqu'il fût de fréquentation difficile et inquiétante. Ils avaient divorcé quelques mois auparavant, et cette séparation m'avait profondément troublé, je ne les imaginais pas l'un sans l'autre, ils avaient beau feindre de se haïr, j'avais toujours cru jusqu'à l'irréparable que leur mésentente n'était qu'apparente. Et voici que Bérenger avait tenté d'assassiner Cléo. D'une certaine façon la logique des choses était respectée, il y avait en Bérenger un assassin en puissance, en Cléo une victime désignée tant elle était parfois insupportable.

Ma mère s'énervait.

– Georges, dépêche-toi.

– Mais j'arrive ! Tu vois bien que je me dépêche autant que je peux !

Se dépêcher, il en était bien incapable. Il se coiffa avec soin, arrangea sa cravate, revint à l'échiquier où la manœuvre d'un cheval mobilisa son attention. Il n'y avait en lui aucune mauvaise volonté, simplement demeurait-il incapable de réagir d'une autre façon.

– Prenons l'auto, dit ma mère quand nous fûmes enfin dans la rue.

– Mais tu sais bien qu'elle est au garage.

– Allons la chercher.

– À cette heure le garage est fermé.

– Alors appelons un taxi.

– Un taxi ? Pourquoi. La nuit est si douce. Cela nous fera du bien de marcher.

Mon père avait raison, la nuit était douce et je goûtais la promenade, j'aimais marcher ainsi avec mes parents, ma mère fredonnait de sa voix aigrelette et gaie, malgré la triste nouvelle, et mon père sifflotait.

Plusieurs fois par semaine nous allions chez tante Cléo. Après son divorce elle s'était réfugiée chez tante Léone, son amie d'enfance, que j'appelais aussi ma tante bien qu'elle ne le fût pas non plus. De temps à autre nous allions encore voir Bérenger, mais nos visites s'espaçaient, tant le bonhomme devenait par trop étrange et agressif. Lorsque nos deux amis s'étaient séparés nous avions refusé de prendre parti pour l'un ou pour l'autre, affirmant que chacun détenait une égale part de notre affection, mais les circonstances se chargent parfois de mettre en lumière nos vrais sentiments. Nous avions toujours cru que de ce couple difficile à fréquenter mais savoureux l'élément prépondérant était Bérenger soi-même, jugeant sans trop l'avouer que tante Cléo n'était qu'un faire-valoir, un satellite tournant autour de son astre. À l'usage nous avions convenu de notre erreur, et que tante Cléo se suffisait à elle-même, second rôle promu triomphalement au rang de vedette, tandis que Bérenger, privé de partenaire, perdait de son éclat, de sa saveur.

L'appartement de tante Léone était minuscule, deux petites pièces et une cuisine qui faisait office de salon. Pour vivre, tante Léone, qui avait connu des jours fastes, donnait des leçons de chant, et son instrument de travail, un Gaveau quart-de-queue, occupait à lui seul un bon tiers du logement, on l'avait coincé entre le divan bas où tante Léone et tante Cléo couchaient toutes deux et une sorte de buffet gigantesque aux portes semblables à des vitraux d'église. Dans ce minuscule espace s'entassait une profusion de tentures, de bibelots, de lampes aux abat-jour frangés de perles, de défroques théâtrales, lourdes robes à traîne recouvertes de strass, perruques, manteaux de scène, le tout passablement poussiéreux et rongé aux mites, exhalant une odeur de vieille malle et de grenier. Tante Léone dans sa jeunesse avait chanté le grand opéra, une multitude de photos jaunies attestaient sa gloire, qui montraient une jeune femme mince et frisée au petit fer, la bouche en cœur, les sourcils épilés. Mais la soixantaine venue gardait peu de souvenirs de cette jeune femme, et désormais tante Léone n'était plus qu'une grosse dame boudinée dans des robes trop étroites qui dénonçaient son goût immodéré des sucreries. Elle était malgré tout demeurée coquette, l'œil très noir, la bouche sanglante, mais ses cheveux rares supportaient de plus en plus mal les décolorations, au travers des touffes clairsemées on apercevait le rose de son crâne, et sur ses vieilles bajoues fripées l'ocre fard dont elle s'enduisait mettait comme des plaques d'eczéma. Mais elle était d'un caractère si féminin et si paisible qu'on avait tôt fait d'oublier ses petits ridicules. Elle ne parlait pas, elle gazouillait et tout ce qu'elle disait n'était que gentillesse, prévenance.

Mon père prétendait que des oiseaux elle n'avait pas que le gazouillis, mais aussi la cervelle, et c'était vrai que sa pensée n'allait pas au-delà d'un certain prosaïsme, se complaisant davantage aux recettes de pâtisserie qu'aux spéculations métaphysiques. Mais je ne partageais pas la sévérité paternelle, j'éprouvais un vif plaisir à ses évocations de beurre fondu, de caramel, de sucre alléché, au contraire de tant d'autres qui n'ont jamais souci de combler les désirs qu'ils ont fait naître, elle se dirigeait vers l'énorme buffet aux portes semblables à des vitraux moyenâgeux des profondeurs duquel elle sortait une frangipane, une tarte ou des éclairs au café.

– Mes chers amis, dit-elle en venant nous ouvrir, mes bons amis, ah, entrez vite, cette pauvre Cléo est dans la cuisine, quel drame ! J'en suis encore toute retournée.

– Mais qu'est-il arrivé ! dit ma mère. Au téléphone Cléo ne m'a donné aucun détail.

– Il a voulu l'assassiner. Tout simplement. Cléo va vous raconter.

Nous suivîmes tante Léone dans la cuisine, impatients de satisfaire notre curiosité. Je m'attendais à trouver tante Cléo effondrée, ou tout au moins émue, mais je la découvris telle qu'à l'accoutumée, imposante et digne, trônant dans son fauteuil d'osier trop étroit pour elle et s'occupant à une réussite. Nous l'embrassâmes avec une mine de circonstance, mais nous perdions notre temps. Tante Cléo n'était pas de celles qui s'affolent pour si peu.

– Asseyez-vous, les enfants, et toi, Léone, va nous chercher le bocal de prunes.

– Comment vous sentez-vous, Cléo ? Quelle émotion, dit ma mère. J'en suis encore toute tremblante.

– Ma petite, il ne faut pas t'alarmer pour si peu, dit tante Cléo de sa voix formidable. J'en ai vu bien d'autres, avec mon salopard. Mais je vais vous raconter ça.

Avec ses cheveux rouges coupés ras, son grand nez couperosé, ses terribles mâchoires, tante Cléo offrait un saisissant contraste avec la douce Léone. Elle était charpentée comme un lutteur de foire, large d'épaules, ventrue, dépourvue de poitrine. Je ne crois pas avoir jamais connu d'autre femme aussi grande, aussi massive. Elle n'était pas laide, plutôt effrayante. On devinait en elle une vitalité et une force si contraires à son sexe qu'on en éprouvait du respect. Elle n'avait pas toujours été ainsi. D'elle je possède un portrait que Bérenger a dû peindre au moment de leur mariage. C'est une toile brossée avec application, avec amour, mais l'œuvre demeure académique, sans trace de cette démesure qui plus tard devait s'emparer de Bérenger. Sur ce portrait tante Cléo apparaît comme une jeune évanescente aux traits réguliers, à la chevelure brune et abondante, au regard timide et doux. Rien ne rappelle la tante Cléo que j'ai connue. Bérenger, le jour où il me donna ce tableau, me demanda de le garder en souvenir d'un être qu'il avait beaucoup aimé, mais qui n'était plus. Ce petit homme blasphémateur connaissait parfois des moments d'intense émotion. En me remettant l'image de cette Cléo qu'il avait tant aimée, tant désirée, il y eut sur sa face carrée et d'ordinaire impassible, comme en bois, une brusque crispation révélant son désespoir. Mais il se reprit bien vite et accompagna le don qu'il me faisait d'une bordée d'injures.

– La garce, dit-il, la salope, la vieille roulure infecte...

Sais-tu qu'elle est devenue homme, petit ? Parfaitement. Ne fais pas cette tête petit. Ma femme est devenue homme. C'est avec un sapeur qu'il me fallait forniquer, nom de Dieu.

Les soirées chez tante Léone étaient pour moi source de délices. Pour un temps j'échappais à l'ennui. Nous nous groupions tous les cinq autour de la petite table ronde, devant le bocal de prunes et les assiettes de gâteaux, sous la suspension d'opaline, et le temps n'existait plus, la nuit devenait sans limites, rien ne venait interrompre notre plaisir. On m'oubliait. Je me faisais le plus discret possible, minuscule, tout petit, essayant de ne pas contrarier par ma présence la verdeur de tante Cléo. Elle avait l'image violente, le mot cru, l'anecdote gaillarde. J'aurais pu la gêner, mais en vérité elle se souciait peu de moi, attentive seulement à bien formuler ce qu'elle voulait dire. Tante Léone me gavait. Sitôt mon assiette vide elle l'emplissait de nouveau, ainsi que la coupe de verre de Bohême dans laquelle nous dégustions ses prunes à l'eau-de-vie. L'alcool me montait à la tête, moi qui d'ordinaire ne buvais que de l'eau j'étais envahi peu à peu par une torpeur bienheureuse, je me sentais les joues en feu, l'âme benoîte. Je vivais des instants savoureux.

– C'est aujourd'hui le 15, commença tante Cléo, j'aurais dû recevoir le mandat de ce vieux grigou depuis près d'une semaine. Je me suis dit : Cléo, ce cochon est encore en train de te jouer une entourloupe. Si tu veux ton argent, remue-toi. Bon. Je mets mon chapeau, ma voilette, et j'y vais. Je sonne. On ne m'ouvre pas. Je resonne, rien. Je frappe, je cogne, toujours rien. J'essaye d'ouvrir : la porte n'était même pas fermée à clef…

Tante Cléo fit une pause durant laquelle elle remplit sa coupe. L'eau de prunes était son péché mignon.

– L'immonde ! reprit-elle. Il était là !... Ah ! Il fallait le voir !... Imaginez-le grimpé sur le poêle en bois, tout nu sous une cape rouge et chaussé de poulaines à semelle d'amiante, en train de se faire rôtir le derrière. L'air chaud gonflait sa cape, on aurait dit Belzébuth. Les quatre cheveux qui lui restent se dressaient comme des cornes, il avait ôté son dentier et le nez lui rejoignait le menton. Quand il m'a vue il s'est mis à ricaner, il a entrebâillé sa cape et m'a montré son bistruc. Après trente ans de vie commune, pensez si cela m'a impressionnée.

« Cache-la, ai-je dit, indécent personnage. »

Il a fait : « Vlouf ! Vlouf ! » en battant des bras comme une chauve-souris qui s'envole. Puis il a sauté à terre.

Tante Cléo fit une nouvelle pause pour bien nous laisser apprécier la scène.

– Dire que je l'ai aimé, reprit-elle. Et qu'est-ce que je raconte, aimé ! Mais je ne l'ai même pas aimé ! Je l'ai adoré ! Idolâtré ! J'en étais folle... Dans sa jeunesse il était si beau, mon Bérenger. Pas assez grand, peut-être, mais beau, ardent, superbe... Avec des yeux qui vous transperçaient, on se sentait toute fondante. Et moi aussi j'étais belle... J'avais des seins comme personne, pas très gros, mais légers, sensibles... Et une taille si fine, mon Dieu, si fine... Pour nous aimer, oui, nous nous sommes aimés. Est-ce que je vous ai raconté notre nuit de noces ? Vraiment non ? dit tante Cléo qui nous l'avait déjà racontée vingt fois.

En ce temps-là j'étais innocente à un point dont vous n'avez pas idée, l'âme fleurie tournée vers la romance, la poésie, les fleurs… Lui, Bérenger, je l'ai connu aux courses, il avait aussi ce vice, à l'époque. Dès qu'il m'a vue il m'a foncé dessus. Il m'a envoûtée, ensorcelée, je n'ai même pas essayé de résister. Et puis c'était un artiste, et ce détail m'a achevée. Il donnait alors dans le paysage, il peignait de jolies rivières, des châteaux, des vieux moulins, c'était ravissant, on s'y serait cru. Il a tout brûlé, l'imbécile. Bref, trois semaines plus tard nous nous sommes retrouvés mariés. J'étais innocente mais pas tout à fait gourde quand même. Le soir, à l'hôtel, quand il a commencé à me tripoter, je savais bien où il voulait en venir. Vous ne pouvez pas savoir ce qu'il a été beau, mon Bérenger, avec ses petites mains si soignées, son corps un peu fluet mais si bien proportionné, sa peau douce… Il m'a mise nue… Je devais être superbe… Élancée, brune, la fesse ronde… Dans son regard je lisais le désir sauvage, la passion… C'est alors qu'il s'est déshabillé à son tour… Et j'ai vu… Comment dire… Une sorte d'aubergine… Ah, petit, ne rigole pas… Jamais tu ne verras de semblable… Grosse, et longue, et rouge, et noueuse… dressée vers le ciel… Monstrueuse… Affolante… J'en tremblais de terreur… J'ai voulu fuir, mais il m'a devancée, il a fermé la porte à clef… Je me suis alors réfugiée de l'autre côté du lit… Il a bondi, il m'a terrassée, maîtrisée… Là, sur la carpette. Pauvre biche palpitante, il m'a prise… Sur la carpette qui sentait les pieds sales… Et au cours de la nuit neuf fois de suite il est revenu à la charge… Et au matin trois fois encore… Et pendant toute la semaine que dura notre voyage de noces il ne me laissa pas un instant de repos… Je n'en pouvais plus, j'étais brisée, anéantie… Un soir j'ai accroché à la tête du lit un petit drapeau rouge, que j'avais acheté dans un bazar.

Au moins, mon bonhomme, ai-je dit, d'un certain temps tu te brosseras. La route est coupée, on ne passe pas.

Alors pour la première fois j'ai entendu son ricanement, et j'ai su que j'avais épousé le diable. Cette lueur dans ses yeux que j'avais prise pour de l'amour n'était en vérité que perversité satanique, cruauté démoniaque. Il a voulu me forcer. J'ai résisté. Il m'a cogné dessus. Il m'a cassé une incisive, là, celle qui est en porcelaine. Puis il m'a violée.

Et malgré tout je l'aimais ! Et comment aurais-je pu ne pas l'aimer ! Il était merveilleux, et tendre ! Ensorcelant ! Quand il me prenait je délirais de plaisir. Je léchais ses petits pieds adorables. Je le débarbouillais avec la langue, je rampais. Mon pauvre Bérenger aujourd'hui si décati.

– N'empêche, dit tante Léone, n'empêche ma douce qu'il a voulu t'assassiner.

– Mais c'est vrai qu'il a voulu m'assassiner ! Le misérable ! Que je vous raconte, voyons. Où en étais-je ? Ah, oui !... Il a sauté du poêle, comme un gnome.

« Mon argent, je lui ai dit. Bérenger, je veux mon argent.

– Hors d'ici, grenadier ! Je ne te connais plus !

– Bérenger, tu vas me donner mon argent ou je cours au commissariat.

– C'est ça ! C'est bien ça ! Ameute la flicaille, gourgandine ! »

Il est devenu si chétif, avec l'âge, qu'il ne m'effraye plus. Je pourrais le saisir sans effort sous le bras. Malgré tout ses terribles yeux m'impressionnent encore. Pour me donner du courage je me suis mise à crier plus fort que lui.

« Mon argent ! Mon argent ! Sale escroc ! Bandit !

– Ton argent ? Quel argent ! Va-t'en donc, pétasse !

– Donne-moi cet argent, Bérenger, ou je fous le feu à ta baraque », que je lui crie.

En même temps je m'approche de son chevalet où brûle en permanence un cierge, pour éloigner les mauvais esprits. Car en plus Monsieur est superstitieux.

« Bérenger, que je hurle, je fous le feu à ton bataclan ! Prends garde ! Mon argent ou tout grille !

– Furie, qu'il me sort. Ah, je te reconnais bien là ! Pétroleuse !

– Injurie-moi, Bérenger, mais donne-moi mon argent.

– Mais comment te le donnerais-je ? Je n'ai pas un liard, triste trogne.

– Menteur.

– Sur ma tête, Cléo, je te le jure ! Je n'ai pas un sou vaillant. Je me nourris de pommes et de pois cassés. Je dois le terme. J'ai des dettes partout, je rase les murs, je ne sors plus qu'à la nuit...

– Menteur. Mon argent. Et d'abord tu vends tes cochonneries aux Américains, tout le monde le sait.

– On t'a abusée, Cléo. J'ai vendu c'est exact une toute petite toile, mais il y a bien longtemps, et si bon marché...

– Si tu n'avais pas tant de vices et si tu fréquentais moins les putes, tu ne me laisserais pas dans la misère. Honte à toi, Bérenger. »

Alors il s'est énervé.

« Hors d'ici, friponne ! Excrément ! Déguerpis ! Épargne-moi ton infâme bouille, entends-tu ! À la fin des fins je t'ai assez vue, vieille baleine ! Sors ou je t'étrangle ! »

Et il trépignait, il tapait du pied, avec ses semelles d'amiante. Brusquement il a perdu la tête. Il a ouvert son coffre à pistolets, vous savez, celui en acajou qu'il a acheté à Drouot, et il m'a tiré dessus. De terreur j'ai failli m'évanouir. Pour comble de malheur un morceau du plafond m'est tombé sur le crâne, j'en ai été presque assommée.

– Un morceau de plafond ? dit mon père. Tiens. Comme ça.

– Un morceau de plafond, oui. J'étais toute couverte de gravats.

– Mais Bérenger a-t-il pu atteindre le plafond en vous tirant dessus ? Voilà qui me paraît étrange.

– Il a dû mal viser.

– C'est étonnant. Bérenger était un excellent tireur, il n'a pas perdu la main à ce point. C'est vraiment étonnant.

– Admettons qu'il a tiré en l'air. Mais si je ne l'avais pas désarmé, il m'assassinait pour de bon. Heureusement que je me suis vite reprise. Avant qu'il n'ait pu recharger son arme, je l'ai plaqué au sol. Je l'ai saisi à la gorge, et si je ne l'ai pas tout à fait étranglé, soyez bien certains que ce n'est pas la pitié qui m'a retenue, mais le dégoût. Puis je l'ai ficelé, pour qu'il me fiche la paix, et j'ai passé l'inspection générale. Je n'allais pas faire ce déplacement pour rien, tout de même. Ah, il fallait le voir s'agiter, le malheureux… Bâillonné… Saucissonné dans sa cape rouge… Il sautait sur place à démolir la maison… Ça devait lui faire mal, de me voir ainsi fouiller partout… Mais j'ai fini par le découvrir, son magot ! Cinquante billets de mille, sous une latte du plancher... J'ai pris mon dû, pas un centime de plus. Je n'ai touché à rien d'autre, ni à ses lettres d'amour, pauvre cloche, qu'il attache avec des faveurs roses, comme les bonniches, ni à ses traités de magie, ni à ses philtres. Qu'est-ce que j'en ai à faire ? Ni à ses bombes, bien sûr.

– Quelles bombes ? dit mon père.

– Ses bombes, tiens. Il en a toujours fabriqué. Il se prend pour un anarchiste.

– Je l'ignorais. Il ne m'en a jamais parlé.

– Un jour il fera sauter la baraque. Et j'espère qu'il sautera lui aussi. Bon débarras.

– Ces bombes, dit mon père, à quoi ressemblent-elles ?

– On dirait des gros pétards en carton, avec une mèche noire.

– Curieux. Vraiment curieux. Jamais il ne m'en a parlé.

– C'est un hypocrite, je vous dis. Un fourbe. Un dangereux individu. On devrait l'enfermer. J'apprendrais qu'il est l'auteur de tous ces attentats, je n'en serais pas autrement surprise.

– Après tout, dit mon père, cela n'aurait rien d'étonnant. Bérenger est exactement le personnage capable d'un tel geste. Il est aigri, malheureux, méconnu, il a le goût du scandale, c'est tout à fait vraisemblable.

⋆

Ce soir-là on ne s'occupa plus de Bérenger. Ma mère pria tante Cléo de lui tirer les cartes. En famille nous affections de ne point croire à ces enfantillages, mais il eût été malséant de rendre visite à tante Cléo sans faire appel à son talent, elle-même y attachait grande importance et se fût vexée qu'on dédaignât ses oracles. Selon les soirs, elle nous accordait le grand ou le petit jeu, dosant au gré de son humeur les prophéties macabres et les sous-entendus galants. Trois quatre cinq, un homme de cœur… trois quatre cinq, dans la maison… Tante Cléo, plusieurs fois par semaine, prédisait ainsi à ma mère une rencontre amoureuse ou quelque héritage, événements qui jamais ne survenaient mais dont la possibilité seule suffisait à amuser ma mère. Qu'elle pût avoir un amant, à son âge, elle, l'épouse entre toutes fidèle, la faisait rosir comme une collégienne. Et vite, obéissant aux ordres de tante Cléo, elle recouvrait certaines cartes afin d'en savoir davantage. Parfois mon tour venait. Je n'avais droit qu'au petit jeu, et encore rarement. Au fond tante Cléo méprisait un peu les hommes, parmi lesquels bien sûr elle me rangeait. Et qu'elle me prêtât des défauts propres à l'espèce me semblait de la dernière injustice, je lui en voulais de n'être pas plus clairvoyante et de ne pas savoir deviner ma tendresse envers elle.

Ce soir-là elle me révéla qu'une jeune fille blonde et de grande moralité allait entrer dans ma vie. Je caressai le beau marron lustré tout au fond de ma poche. Mon cœur cognait à grands coups et le souffle me manquait, on allait me percer à jour, découvrir mon secret. Je fis un grand effort sur moi et parvins à rire bêtement, pour bien montrer combien j'attachais peu d'importance à cette prédiction. Mais mon trouble ne s'en dissipa point pour autant, je sombrai dans une sorte de torpeur au sein de laquelle ce que l'on disait autour de moi ne m'atteignait plus que vaguement. Il était tard. L'eau-de-vie contribuait à m'engourdir, je sentais venir l'approche du sommeil avec une quiétude bienheureuse. Ainsi que j'en avais l'habitude, je quittai la cuisine et me réfugiai dans la chambre attenante, où je m'étendis sur le divan de tante Léone. J'aimais ce divan, il s'en exhalait une odeur suave de poudre de riz et d'eau de toilette, l'étoffe qui le recouvrait était de soie douce, j'y frottais ma joue, j'y enfonçais mon visage. Au travers de cette senteur féminine toute la jeunesse de tante Léone, dont je ne savais que peu de chose, m'était soudain rendue, j'imaginais les soirs de gala, les bouquets de fleurs lancés des balcons, la longue auto noire d'un modèle suranné qui attendait devant l'entrée des artistes. Tout un monde de rumeurs et d'applaudissements naissait dans mes oreilles, et des images me venaient, le maestro dressant sa baguette, dans la fosse faiblement éclairée, et derrière un portant la silhouette élégante et noire d'un jeune amant en habit lançant des baisers à tante Léone. Je dormais à demi, je dormais pour de bon. La voix de tante Cléo soudain me tirait du sommeil, tous quatre maintenant faisaient un bridge et tante Cléo admonestait tante Léone qui avait raté une impasse, tante Cléo avait une grosse voix caverneuse avec parfois des notes suraiguës, elle me ramenait sur terre, je m'asseyais au bord du divan, éveillé tout à fait. Parfois je prenais un livre, une revue qui traînait à ma portée. J'étais de nature patiente, je savais combien peu mes parents avaient la notion du temps qui passe. Ce soir-là j'ouvris un programme de théâtre. Tante Léone collectionnait ces programmes, certains de ses élèves obtenaient parfois de petits rôles et elle montrait leurs noms avec une grande fierté, imprimés en minuscules caractères sur le beau papier glacé. Les premières pages de la brochure passaient en revue tout le personnel du théâtre, directeurs, régisseurs, chefs d'orchestre. Ces imposants personnages avaient tous leur photo, accompagnée d'un bref historique de leur carrière. Aucun d'eux ne m'était connu et j'allais abandonner ma lecture, lorsque soudain je tombai sur la page consacrée au corps de ballet. Tout en haut de cette page, étoile parmi les étoiles, l'inconnue me regardait, masque impassible et pur qui même devant les photographes se refusait à sourire. J'appris son nom, Vinca de Pellegrue. Elle avait dansé sur différentes scènes de province, et depuis peu elle était chez nous où la gloire lui était promise. J'eus beau relire vingt fois les trois petites lignes qui prétendaient la résumer je n'en appris pas plus. On ne disait pas son âge, on ne donnait pas son adresse. Cette absurde discrétion me parut odieuse. Il semblait qu'elle me visait personnellement, je me sentais la proie d'une malédiction, d'un complot. On m'en voulait. On voulait m'empêcher de retrouver Vinca. Et maintenant que je savais son nom elle me semblait infiniment plus proche, presque mienne. J'étais au bord du sommeil, saisi d'un très léger délire qui m'ôtait tout sens de la réalité. Les mille obstacles qui me séparaient de l'inconnue s'effondraient d'un coup, je la rejoignais dans l'espace, je l'enlaçais. Me tournant de façon qu'on ne pût me voir, j'embrassai la fraîche soie du couvre-lit, et c'était toi Vinca que j'embrassais de la sorte, pour la première fois. Résolument j'enfouis le programme dans ma poche, conscient que ce larcin ne pouvait pas ne pas être commis, tant il me semblait que tout ce qui te concernait m'appartenait de droit, Vinca.

Jeudi matin : je pouvais demeurer au lit tout mon saoul. Parfois je ne réclamais mon petit déjeuner qu'aux approches de midi, reculant jusqu'à l'extrême le bonheur des draps tièdes, de la solitude. Parallèle à mon lit, dégagée de ses lourds rideaux que j'avais oublié de tirer la veille, ma fenêtre en demi-lune s'ouvrait sur le fleuve. D'où j'étais je ne pouvais voir le quai, mais j'apercevais la flèche d'une grue, la cheminée jaune d'un navire, et au-delà, tantôt limoneuses et sombres, tantôt azurées, si le ciel était clair, je découvrais de courtes vagues miroitantes dont le reflet venait jouer sur ma tapisserie.

Je ne dormais pas. J'avais fermé les yeux, afin de reculer l'instant où tout, autour de moi, retrouverait son aplomb, sa pesanteur, mais j'entendais la maison qui reprenait vie, le trottinement de ma mère, des portes qui battaient. Soudain la sonnette grésilla. Il y eut des voix, trop lointaines pour que je les reconnaisse, puis des pas qui longeaient le long couloir menant à ma chambre. Je me figeai. Je n'attendais personne. La porte fut poussée brusquement. J'aperçus le visage contrarié et inquiet de ma mère, dans la pénombre, et bondissant vers moi je vis Juredieu. Il sauta sur mon lit et m'attrapa par les épaules.

– Debout, flemmard ! Je t'emmène en balade !

Il ne me lâchait pas. Je voulus me dégager, mais il me tenait fermement, il était beaucoup plus fort que moi. Et le sentiment de découvrir une force tellement supérieure à la mienne me donna comme un frisson de plaisir. Juredieu. Un flot d'amitié m'inonda. J'avais son visage à quelques centimètres du mien, et je découvrais combien il était beau. Une mèche barrait son front et ses yeux s'illuminaient d'une petite flamme rieuse.

– Ta mère ne voulait pas me laisser passer. J'ai dû la bousculer, il faudra que je m'excuse.

– Lâche-moi, tu me fais mal.

Il me lâcha.

– Habille-toi. Grouille.

– Où allons-nous ?

– Tu le verras bien.

Une joie formidable m'habitait. Juredieu avait pensé à moi, Juredieu était venu me chercher. Désormais je n'étais plus seul, j'avais un ami, la vie s'offrait à moi qui ne demandais qu'à la prendre. Tandis que je faisais ma toilette, me dépêchant de mon mieux, je m'adressai un clin d'œil. Et l'image de moi que me renvoya la glace ne me plut qu'à demi, c'était celle d'un enfant sage qui s'apprête à se dévergonder, l'impatience du plaisir s'y lisait, l'envie de se perdre. Quelque chose en moi me disait que Juredieu serait mon mauvais ange, et tout entier je me donnais à lui. Cette tête d'enfant sage en proie aux tentations, je la détestais, mais il me suffisait, pour l'oublier, pour ne plus la voir, d'éteindre l'ampoule qui trop crûment éclairait le cabinet de toilette. Ce que je fis, refusant d'écouter plus avant la voix du remords.

*

Nous partîmes à travers la ville. Il faisait beau, un reste de brume achevait de se dissiper, donnant aux places, aux rues cet air de fraîcheur matinale qui à lui seul est comme une promesse de bonheur. On se sent propre. On se sent guilleret. Tout s'offre à vous. Je suivais Juredieu, je ne savais où il m'emmenait, mais cela n'avait aucune importance. Je m'en remettais à lui. Je devinais en lui des forces d'invention et des audaces dont j'étais totalement dépourvu, moi. Je n'étais qu'humilité, soumission.

– Il faudra que tu te laisses pousser les cheveux, me dit-il. Tu as l'air d'un enfant à curé.

Je le reconnus. Je n'étais qu'un enfant à curé.

– Et puis fais-moi le plaisir d'enlever cette cravate. Il faut que je te prenne en main, vraiment !

J'acquiesçais. Je ne songeais même pas à me défendre. L'idée que j'avais de moi-même était humiliante, je me voyais soudain au travers des yeux de Juredieu : un pauvre type. Voilà décidément ce que j'étais : un pauvre type, mal vêtu, maladroit, timide et ne sachant comment s'emparer de ce qui est bon. Et qu'on voulût m'éduquer, moi l'ignare, m'emplissait de reconnaissance. Juredieu, tu es mon frère. Tu es mon frère, Juredieu, où que tu ailles je te suivrai.

– On va d'abord passer chez moi, dit-il comme s'il avait deviné ma pensée. J'ai des choses à prendre.

Tandis que nous marchions vers cette rue du Levant où il habitait, il me parla un peu de lui-même, des idées qu'il avait sur la vie.

– Rien n'a d'importance, vieux, rien n'est tout à fait vrai. Quand tu auras compris cela, Lajus, tu auras fait un grand pas. L'essentiel, c'est de ne pas s'embêter trop, jouir du mieux que l'on peut. Tout le reste n'est que boniment. Tu nais, tu crèves, un point c'est tout.

J'avais bien le sentiment que ses propos manquaient un peu de noblesse, et sans doute aurais-je eu meilleure conscience s'il m'avait parlé d'injustice à pourfendre, de don de soi. Mais j'étais à cet âge où le chef compte plus que la cause, je ne réfléchissais pas beaucoup, je ne demandais qu'à suivre. D'ailleurs Juredieu, par ce mot de jouir qu'il répétait sans cesse, atteignait en moi des désirs profonds. Il me semblait que jusque-là j'avais vécu dans un univers insipide, méconnaissant tout ce qui sur cette terre était délectable, la liberté, les filles, et cette sorte de dissipation confuse que je nommais, sans trop approfondir sa nature, *la bringue*. Faire la bringue, dans mon esprit, ne correspondait pas à grand-chose, mais je sentais en moi des ardeurs et des forces inemployées qui certains jours m'étouffaient faute de ne pouvoir se libérer de façon concrète. Et qu'on proposât de m'entraîner vers ce grand feu de joie, quitte à m'y perdre, ne pouvait que me séduire. Je n'étais qu'allégresse et chant.

Nous arrivâmes rue du Levant, un obscur passage sans doute ainsi nommé par dérision. Juredieu habitait une maison d'angle, une vieille demeure jadis superbe mais que le temps avait noircie, rongée de lèpre. De tant d'ancienne splendeur il ne restait plus qu'un beau marteau en fer forgé, sur la porte cochère, et quelques grilles, aux balcons, d'un travail délicat et aérien mais que la rouille achevait de dévorer. Cette triste façade m'abusa, je crus un instant que Juredieu vivait dans la gêne, mais aussitôt que nous fûmes entrés je connus mon erreur. Dès le hall de marbre blanc tout n'était que luxe, ostentation. De grandes tentures décoraient la cage d'escalier, majestueuse celle-ci et éclairée d'étage en étage par d'énormes lanternes. Des tapis anciens recouvraient les marches, que je foulais avec circonspection. Jamais encore je n'avais vu accumulés tant de glaces, de flambeaux, de consoles dorées, et cette richesse étalée m'oppressait un peu, je ne m'y sentais pas à ma place. À l'âge que j'avais alors, la demeure de ceux que nous fréquentons influe sur le jugement que nous portons sur eux. L'argent n'avait pas pour moi grande signification, mais cette opulence éloignait de moi mon ami : ni dépit ni envie, pour rien au monde je n'aurais échangé ma position pour la sienne, cependant je craignais que ma propre médiocrité risquât de me nuire.

Juredieu m'obligea à le suivre jusqu'à la chambre de sa mère. Au moment d'entrer, j'hésitai, pétri d'une timidité que la somptuosité des lieux aggravait, mais il me poussa vivement dans la pièce. Madame Juredieu, en peignoir, était étendue sur un canapé. Autour d'elle ce n'étaient que fleurs et bibelots, petits meubles marquetés, objets rares et précieux noyés dans la pénombre. Je saluai gauchement. Madame Juredieu était une petite femme noiraude, avec des poches sous les yeux et un grand nez. Elle me sembla en mauvaise santé et je remarquai la maigreur de ses mains, de ses bras qu'elle découvrait jusqu'aux épaules, ainsi que son curieux regard, noyé dans une sorte de brume béate qui semblait l'empêcher de bien vous voir.

– Paulo, mon chéri, dit-elle, mais qui donc m'amènes-tu là !

Sa parole était embarrassée comme d'une personne malade.

– C'est mon copain Lajus, maman. Hier soir je t'ai parlé de lui.

Madame Juredieu tendit vers moi son bras décharné.

– Approchez, jeune homme… Asseyez-vous là…

Elle me fit asseoir près d'elle. Je me tenais sur le bord des fesses, décidément mal à mon aise. Je n'osais trop la regarder, son peignoir entrouvert laissait voir sa triste poitrine, ce qui parachevait ma confusion.

– Comme il est mignon, Paulo, ton copain. On dirait une fille. Vous vous appelez comment, jeune homme ? Je n'ai pas bien entendu votre nom.

– Lajus, madame.

– Mais votre prénom…

– Augustin.

Elle me saisit la main gauche, que je lui abandonnai sans trop savoir ce qu'il convenait de faire.

– Comme il est frais, dit-elle, on en mangerait.

Et sans crier gare elle me mordit la main.

– Fous-lui la paix, maman. N'emmerde pas toujours mes copains.

– Parle autrement à ta maman, Paulo, mon chéri. C'est vilain vilain de me parler si mal.

Mon regard s'habituait à la demi-obscurité, je vis qu'elle n'était pas tellement vieille, trente-cinq ans peut-être, mais des rides de lassitude marquaient son visage et lui ôtaient tout charme. Je me sentais de plus en plus gêné. J'examinai ma main, où la morsure avait laissé des traces rouges, et je me demandai ce que nous étions venus faire là. Mais cette visite n'était pas sans raison :

– File-moi un peu d'argent, maman, dit Juredieu. Je suis à sec.

– Encore ? Mais je t'ai donné dix mille francs avant-hier. Qu'en as-tu fait ?

– T'occupe. Je suis raide, je te dis. Allez, te fais pas prier, ça te fatigue pour rien. De toute façon tu cracheras.

– Quel langage, Paulo chéri. Tiens, voilà cinq mille francs. C'est tout ce que je peux te donner pour aujourd'hui.

– Merci toujours.

Juredieu embrassa sa mère du bout des lèvres.

– Viens, me dit-il, on va voir ailleurs.

Je serrai la main de madame Juredieu non sans quelque appréhension.

– Reviendrez-vous me voir, petit Augustin ? Oui ? C'est promis ?

– C'est promis, dis-je, convaincu que ce genre de promesse ne m'engageait pas.

Dès que nous fûmes dans le couloir je questionnai Juredieu.

– Qu'est-ce qu'elle a, ta mère ? Elle est malade ?

– Malade ? Mais non, mon vieux. Elle boit. Tu n'as pas vu qu'elle était saoule ?

Je ne sus que répondre. D'ailleurs Juredieu semblait peu se préoccuper de ma réponse. L'essentiel, m'expliqua-t-il, était de se procurer de l'argent. Sans argent, pas de rigolade. Et avec cinq mille francs nous ne pouvions aller bien loin.

– Cette maison est pourrie de fric, vieux, mais pour le leur faire lâcher, tu repasseras.

Au second étage habitait son grand-père, un petit vieux vêtu comme un garçon de café qui bavota d'émotion dès qu'il vit Juredieu.

– C'est gentil, ça, Paul, de venir me rendre visite. Tu ne montes jamais plus me voir. Pourquoi ne viens-tu pas plus souvent, Toupinet ?

– Ne m'appelle pas comme ça, Pépé, ça me fout les nerfs en boule.

– Ne te fâche pas, Paul, mais c'est plus fort que moi. Pour moi tu seras toujours mon petit Toupinet.

– File-moi des ronds, Pépé, je suis sans un.

– Mais tu sais bien que je n'ai pas d'argent.

– Alors donne-moi un bouquin, n'importe quoi, quelque chose que je puisse vendre.

– Un bouquin, Paul ? Mais tu n'y penses pas ! Tous mes livres sont précieux, je n'ai que des éditions rares, et tu sais combien j'y tiens ! Un jour tout cela sera à toi, bien sûr, mais...

– Puisque tout sera à moi quand tu seras crevé, autant que j'en profite à présent. Tiens, donne-moi celui-là.

Juredieu s'empara d'un ravissant petit livre relié en vert que le grand-père avait posé sur sa table de nuit.

– Non, Paul, pas celui-ci, s'écria le bonhomme. Pas celui-ci, c'est l'édition princeps des *Liaisons* ! Je t'en supplie !

– Ta gueule, dit Juredieu.

Déjà il dévalait l'escalier, moi le suivant sur ses talons. En vain s'époumonait le Pépé. Je ne me sentais pas très fier d'avoir participé à cette expédition, mais je refusai d'approfondir la gêne qui me tenait. Après tout Juredieu savait ce qu'il faisait, je n'avais pas à intervenir dans ses affaires de famille.

Dans le hall, au lieu de sortir, il ouvrit une porte basse qui menait à la cave. Je le suivis. J'appris alors que monsieur Juredieu père, import-export, trafiquait dans la conserve et les liqueurs. Cette cave lui servait d'entrepôt. Tout le long des couloirs voûtés, dans des niches grillagées, s'entassaient des piles de caisses aux inscriptions évocatrices : foies gras, ballottines de dinde, pineau des Charentes, porto... Hélas, partout des cadenas protégeaient ces trésors. Tout au fond de la cave, cependant, un casier à bouteilles particulièrement vétuste ne résista pas longtemps à notre convoitise. À l'aide d'un tournevis qui traînait par là, Juredieu força la serrure et s'empara de trois flacons de cognac.

– Voilà qui fera l'affaire, dit-il. Maintenant nous sommes pourvus.

J'étais complice d'un voleur. J'étais voleur moi-même. À l'excitation de l'instant se mêlait en moi la panique. J'aurais voulu appeler au secours, et qu'on me vînt en aide, je me sentais couler, et en même temps la vanité de mes états d'âme m'était évidente, je me savais incapable de me reprendre et de résister à Juredieu.

Peut-être devina-t-il ce qui se passait en moi. Tandis que nous marchions à travers la ville, cherchant un libraire qui voulût bien acheter le livre du Pépé, il tenta de se justifier. Chez lui tout allait de travers, son père ne songeait qu'à accumuler les millions, sa mère buvait, le grand-père devenait chaque jour plus gâteux. Personne au fond ne s'occupait de lui, et s'il ne se servait pas d'autorité nul ne songerait à le pourvoir. Ce n'était point du vol, à l'entendre, mais la correction d'une injustice. D'ailleurs en chapardant il ne faisait que suivre le train familial. Chez lui tout le monde pillait, les bonnes, le petit frère, sa propre mère. Malgré sa fortune monsieur Juredieu était d'une avarice intraitable. Il refusait tout argent à sa femme sous prétexte qu'elle buvait et ne subvenait aux besoins du ménage qu'après d'atroces scènes.

– Mon père, dit Juredieu, c'est l'abominable salaud. Une ordure.

Jusqu'à ce jour un tel blasphème m'aurait semblé incroyable. J'attendis quelque punition céleste, mais le ciel demeura serein, la terre ne s'entrouvrit pas. J'évoquai mon propre père, et un flot de tendresse m'inonda, ça n'est pas vrai, pensais-je, il ne peut croire ce qu'il dit, il veut m'épater, voilà.

Monsieur Juredieu entassait les tableaux, les meubles rares, les monnaies anciennes, les faïences. Non qu'il eût le sens de ce qui est beau, mais il aimait ce qui est cher. Cela le rassurait. Plus il s'entourait d'objets coûteux et plus il espérait ainsi ronger son angoisse, mais celle-ci demeurait la plus forte, il lui fallait toujours accumuler davantage, travailler toujours plus, se perdre.

– L'imbécile !... Malgré son âge il n'a rien compris. S'il avait comme moi admis une bonne fois pour toutes que rien n'a d'importance, peut-être changerait-il de vie. Mais il crèvera dans sa connerie.

Nous eûmes de la peine à vendre le livre de Pépé. Les libraires se méfiaient, ils nous questionnaient sur sa provenance, nous demandaient notre identité. À la fin nous l'abandonnâmes pour quelques billets à un bouquiniste du cours Saint-Marc. Cela me fit mal, mais plus à cause du Pépé que de l'argent perdu. J'avais une certaine facilité à m'identifier aux autres, à éprouver des sentiments que je leur prêtais et qu'ils n'avaient d'ailleurs peut-être pas. Je détestais faire le mal, mais non pour des raisons morales, par simple égoïsme, parce qu'en faisant le mal je l'éprouvais moi-même. J'aimais un certain confort de l'âme. Et l'insensibilité de Juredieu me subjuguait, je l'admirais d'accomplir ce que je n'aurais pas osé moi-même.

Nous allâmes ensuite dans un bar, Le Roi de Cœur, à proximité du théâtre. C'était un établissement minuscule, luxueux, douillet, où même en plein jour la lumière ne pénétrait que chichement, filtrée par d'épaisses tentures orange. La radio jouait en sourdine, on marchait sur une moquette qui étouffait les bruits, on parlait bas. C'était la première fois que j'entrais dans un tel lieu et je ne pus me défendre d'une certaine appréhension, il me semblait qu'on allait me chasser à cause de mon âge. L'aisance avec laquelle Juredieu se mouvait m'éblouissait. Il était là chez lui.

– C'est ici mon quartier général, me dit-il en se juchant sur l'un des hauts tabourets. Albert, le barman, est un vrai copain. Tu verras.

Juredieu me présenta Albert qui aussitôt me tendit la main. Je serrai cette main avec émotion, comme s'il se fût agi de quelque altesse. C'était un Hollandais d'une quarantaine d'années, trapu, chauve, avec une chevalière en or ornée d'un diamant. Je lui trouvai beaucoup d'allure. Tout de suite Juredieu lui proposa les trois flacons de cognac qu'il avait dérobés. Albert en examina les étiquettes et prestement les fit disparaître, en échange de quoi il nous tendit une bouteille de whisky.

– Vous marquerez dessus vot'nom, m'sieur Juredieu. Elle vous sera réservée.

Juredieu insista pour ajouter mon nom au sien. Je refusai tout d'abord, par timidité, mais j'étais en fait très tenté. Avoir ainsi ma propre bouteille au Roi de Cœur, et pouvoir boire à tout instant, sans bourse délier, cela m'apparaissait le comble du raffinement. J'acceptai.

Je bus mon premier whisky. Le goût m'en parut détestable, mais je ne l'avouai pas. Et très vite l'alcool me monta à la tête, je me sentis grandir, grandir, des forces me vinrent, insoupçonnées, un tourbillon d'idées et de pensées triomphantes qui faisaient de moi quelqu'un d'autre.

– C'est bien vrai, dis-je à Juredieu. Rien n'a d'importance... À part nous, mon vieux. À part nous.

Je n'étais pas ivre, simplement éméché. Mon habituelle humilité faisait place à l'orgueil, je me sentais puissant, invulnérable.

– Il ne faudra pas oublier les filles de la rue Sainte-Clotilde, dis-je. Elles ne cassent vraiment rien, mais c'est toujours bon à prendre.

À cette heure de la matinée nous étions les seuls clients du Roi de Cœur, Albert pouvait nous prêter toute son attention. Juredieu lui conta l'affaire. Son récit n'avait que peu de rapport avec la réalité, notre rôle s'en trouvait embelli, mais je ne manquai pas d'approuver. La réalité, qu'était-ce au juste que la réalité. À en croire Juredieu nous n'avions abandonné les gamines que faute de temps, pour courir à des occupations plus importantes, mais dès le soir même nous nous chargerions de les combler. Il n'y avait pas à revenir là-dessus. Et l'assurance de

Juredieu était telle qu'elle finit par me gagner. Je ne doutais plus de notre réussite. Nous n'aurions qu'à paraître pour qu'on nous ouvrît les bras. Albert à son tour conta quelques histoires de femmes. Entre hommes, n'est-ce pas. Je pris un air entendu. Jamais encore il ne m'avait été donné d'écouter des confidences aussi précises, mais j'essayai de ne pas laisser voir ma curiosité, mon ignorance. De temps à autre Juredieu emplissait mon verre. Il me semblait qu'en quelques heures j'étais passé de l'enfance à l'âge adulte. Quelque chose en moi murmurait qu'il y avait peut-être imposture, qu'aussitôt seul je redeviendrais celui que je n'avais cessé d'être, le Lajus timoré et honteux, mais je n'existais pas qu'en moi-même, j'existais aussi dans l'esprit des autres, et aux yeux d'Albert le barman sans doute passais-je pour un garçon déluré, dessalé, jeune encore peut-être mais qui n'avait plus rien à apprendre de la vie. Je buvais du whisky. Je parlais des femmes comme si j'en savais long sur elles. On pouvait s'y tromper, pourquoi pas.

Soudain la pensée de mes parents m'atteignit. Ils me laissaient fort libre et ne m'interrogeaient jamais sur mon emploi du temps. Mais c'était simplement que j'avais leur confiance. En me conduisant ainsi je les trahissais. Je n'en éprouvais pas exactement du remords, plutôt une sorte de plaisir trouble, comme si je m'étais fait mal à moi-même. Je demandai à Juredieu s'il aimait ses parents. Non, il ne les aimait pas. Mais alors qui aimait-il ? Il n'aimait personne.

– Comment est-ce possible ?

– Et pourquoi aimerais-je quelqu'un ? À quoi cela me servirait-il ? Et puis qu'est-ce que cela signifie, aimer ?

– Si tes parents mouraient, ça te ferait bien quelque chose ?
– Va savoir.
– Tu aurais de la peine, quoi !
– Ça m'étonnerait.

J'étais certain qu'il mentait. Une telle insensibilité ne me semblait pas vraisemblable, mais elle me troublait. Aimer, au fond, cela rendait vulnérable. Et Juredieu paraissait peu vulnérable. Accoudé au bar, jambes croisées, il était l'image même de la désinvolture, de l'élégance. Je remarquai une fois encore combien il paraissait à la fois puissant et souple, redoutable et gracieux. J'aurais voulu lui ressembler, et en même temps j'aurais voulu rester moi-même, son absence d'émotivité me semblait plus une faiblesse qu'une qualité.

– À propos, dis-je, la fille d'hier soir, tu te rappelles ?
– Ah, la dingue ?
– Eh bien, je sais qui c'est. C'est une danseuse.
– Tu parles d'une paumée !
– Pourquoi dis-tu ça ? Tu ne la connais pas.
– J'ai le flair, vieux. À vingt pas je les renifle.
– Elle est belle. Jamais je n'ai vu de fille aussi belle.
– Pauvre cloche. Te voilà amoureux.
– Absolument pas. Je la trouve belle, mais je n'en suis pas amoureux. Cela n'a rien à voir.
– Espérons que tu dis vrai. Un type amoureux, c'est un type foutu. En tout cas, si tu la revois dis-lui ce que je pense d'elle. Voilà qui lui fera les pieds.

Mais je n'osais croire qu'un jour je reverrais Vinca. L'instant où elle m'était apparue me semblait désormais surnaturel, je doutais qu'un moment si parfait pût se renouveler. J'aurais pourtant tout donné pour la revoir. Et j'aurais voulu plus encore : j'aurais voulu qu'elle et Juredieu fussent amis. Une rage me venait de dissiper ce malentendu. J'étais convaincu qu'ils étaient faits pour se comprendre. Ils étaient beaux tous les deux, fascinants chacun à leur manière, singuliers. Depuis la veille ma vie avait changé, depuis qu'ils étaient entrés dans mon existence. Qu'ils fussent ennemis m'apparaissait un scandale.

Quelque chose d'autre me préoccupait. Ce jeudi m'offrait un répit, mais dès le lendemain il faudrait retourner au lycée. Et là m'attendait le grand Cros. Nous n'avions plus reparlé de la bagarre, et je me demandais si Juredieu mesurait suffisamment le danger qui nous menaçait. Il n'y avait qu'à regarder le grand Cros pour se convaincre que ce n'était pas le genre de personnage à oublier. Il n'admettait certainement pas de rester sur sa défaite. Que Juredieu fût capable de se défendre lui-même, je n'en doutais pas. Mais ma propre faiblesse m'apparaissait dans toute son évidence. Coincé dans un couloir ou au fond d'un préau, j'avais tout à redouter. Cette perspective ne cessait de me tracasser.

Je m'en ouvris à Juredieu.

– Mon pauvre vieux ! Tu te fais du mouron pour rien.

– Pour rien ! Tu en parles à ton aise ! Et s'il me casse la gueule ?

– Mais je suis là.

– Tu ne seras pas toujours là.

– T'inquiète, Lajus. Si jamais il te touche, je lui réglerai son compte.

– En attendant, il m'aura démoli.

– Ce que tu peux être trouillard.

– Je suis comme je suis.

Juredieu réfléchit un instant.

– Bon, dit-il. On va faire quelque chose pour toi. Viens.

Nous quittâmes Le Roi de Cœur. L'excès de whisky me donnait des vertiges, ma béatitude faisait place à la nausée. Il était près de onze heures, je me demandai avec inquiétude si mon ivresse serait dissipée lorsqu'il me faudrait rentrer chez moi. Je ne redoutais aucunement la colère de mes parents, mais leur désapprobation muette me bouleversait plus que des cris et des reproches. Je regrettais amèrement d'avoir trop bu. Cependant la marche me faisait du bien et peu à peu je retrouvai mon équilibre. Juredieu marchait à grands pas. Il avait refusé de me dire où nous allions. Tu verras bien, ballot. Cette désinvolture à mon égard m'irritait. Je détestais le mystère, je ne supportais pas qu'on me traitât en quantité négligeable. Nous remontâmes le cours Michelet, puis nous pénétrâmes dans le quartier Saint-Paul. À mesure que nous approchions des halles, une angoissante idée m'assaillit qui se précisa peu à peu. Mais non ! Ça n'était pas possible.

– Juredieu, à la fin, dis-moi où nous allons. Je veux le savoir.

– T'occupe.

– Ça n'est tout de même pas chez Cros ! Tu n'es pas fou à ce point, Juredieu !

– La barbe, toi !

– Mais chez lui il va nous étriper ! Il va ameuter tous les voyous du coin, nous sommes foutus !

– Ce que tu peux être déprimant, Lajus. Laisse-moi donc faire, tout ira bien.

J'étais partagé entre la terreur et le souci de ne point paraître lâche. En fin de compte je m'en remis à Juredieu. Malgré toutes mes raisons de craindre le pire, je ne pouvais m'empêcher de lui faire confiance. Il y avait en lui une tranquillité qui vous dominait.

Nous parcourûmes des rues encombrées de charrettes et de camions aux pavés jonchés de détritus. Le marché s'achevait. On glissait sur des monceaux de glace pilée, de fruits écrasés. Une forte odeur de pourriture empuantissait l'air. C'était là qu'habitait le grand Cros, au fond d'une impasse où dominaient des exhalaisons de sang croupi et de marée. Son père était mandataire, nous vîmes soudain l'enseigne, Cros et Fils frères, peinte en rouge, sanglante, agressive, une vraie marque d'assassin. Le cœur me manqua.

– N'y allons pas, dis-je. Je t'en supplie, Juredieu, n'y allons pas.

– Ta gueule.

Juredieu s'engouffra dans le magasin. Des employés en bleu de travail poussaient des diables surchargés de caisses. Après l'ignoble odeur de la rue cela fleurait bon l'orange, le citron. Des piles d'ananas embaumaient, des montagnes de pamplemousses. Tout au fond de l'entrepôt, dans une cage vitrée, un bonhomme presque noir à force d'être violacé faisait des écritures. Juredieu toqua au carreau et pénétra dans la cabine.

– Monsieur Cros ? On est des copains de votre fils. On voudrait le voir.

– Vous le trouverez à l'étage, dit le bonhomme. Prenez cet escalier.

C'était un escalier de bois en colimaçon, nos pas à

chaque marche le faisaient craquer de lugubre façon, c'était la mort qui gravissait ainsi cet escalier, notre mort. Il était encore temps de fuir, de déguerpir, de détaler loin là-bas au-dehors dans l'espace et la liberté, là où nul danger ne me menacerait plus, mais inexorablement je continuais de monter, comme à quelque échafaud. Un certain sentiment de la fatalité m'habitait.

Enfin nous arrivâmes. Il y eut une pause, à plusieurs reprises je respirai largement, pour essayer de calmer mon cœur. Puis Juredieu sonna. Le grand Cros lui-même vint nous ouvrir.

– On est venus te voir, dit Juredieu. J'ai à te parler.

– Entrez, dit le grand Cros.

Nous entrâmes. Nous nous trouvions dans une cuisine au plafond bas, j'aperçus un vaste fourneau où chauffait une bassine à friture, et sur la table des pommes de terre dont une moitié seulement était épluchée. Ceint d'un tablier crasseux, le grand Cros tenait encore un racloir à la main.

– C'est toi qui fais la tambouille? dit Juredieu.

– Faut bien.

– Et ta mère?

– Elle est morte.

– Écoute, dit Juredieu, on n'est pas venus pour parler de ta famille, on est venus pour s'expliquer.

– On s'expliquera ailleurs qu'ici, dit le grand Cros. Demain si tu veux. Rien ne presse.

Et dans ses yeux luisaient des lueurs de meurtres.

– Tu ne comprends pas, dit Juredieu. À quoi ça sert de se battre. Tu me rosseras, ou je te rosserai, et après? Cela ne réglera rien.

– Je supporte pas qu'on touche à mon frère, dit le grand Cros.

– C'est des sentiments qui t'honorent, crétin. Mais nous fais pas chier avec ton frère. On lui a rien fait.

– Ce n'était pas ma faute, dis-je. On m'avait poussé.

– Ce n'est pas une raison. Des excuses, j'en ai rien à foutre. Ce que je veux, moi, c'est qu'on respecte mon frère.

– On le respectera, je te le promets. En attendant on va s'expliquer, toi et moi. Tâche de comprendre. Toi et moi on est des durs, des chefs. Si on se fait la guerre, qu'est-ce qui va arriver ? Réfléchis. Je sais, ça n'est pas ton genre. Mais fais un effort, vieux. On va se chercher à perpette, et on se trouvera, c'est sûr. On n'est pas des dégonflés, tous les deux. On se tabassera. Bon. Et après ? Après, je vais te le dire : on aura perdu notre temps, c'est tout. On se sera entre-tués, et puis rien d'autre. Et les copains ramasseront nos débris. C'est eux qui feront la loi. Beau résultat, pas vrai ? Tandis que si on s'entend, toi et moi, on est les rois. On fait trembler la baraque. Est-ce que tu comprends ça, connard ?

– Et ça tu le comprends ? dit le grand Cros en montrant sa joue ornée d'un taffetas. Tu comprends ça, eh, branleur ?

– Mais je comprends très bien. C'est un état de fait. Pourtant ça peut s'arranger.

– Ça m'étonnerait. C'est pas des choses qui s'oublient. Tant que je t'aurai pas à moitié crevé, Juredieu, j'oublierai pas. J'ai de l'honneur, moi.

– Je n'en doute pas. C'est pourquoi je suis venu te voir. Les types sans honneur, je n'en ai rien à foutre.

– Alors ! Tu vois bien que c'est des conneries, tous tes boniments. On peut pas s'accorder, toi et moi.

– Mais si. Bien sûr que si !

– Explique, alors. Moi, ça me dépasse.

Juredieu s'avança d'un pas.

– Cogne-moi dessus, dit-il. Venge-toi. Fous-moi la gueule en bouillie.

– Non, mais ! Tu serais pas fou, des fois ?

– Vas-y. Frappe. Allez, frappe ! Mais qu'est-ce que tu attends, bon Dieu !

– Je ne pourrais pas, dit le grand Cros. Pas comme ça. Je veux bien me battre avec toi, mais à la loyale. Si tu ne te défends pas, je ne pourrai pas.

– Imbécile, dit Juredieu.

Il fit un croc-en-jambe au grand Cros et tous deux roulèrent par terre. Tout de suite le combat fut sauvage, ils écumaient, soufflaient, cognaient, ahanaient. On aurait dit deux chiens furieux. Tout d'abord Juredieu sembla avoir le dessus, puis le grand Cros fit un effort terrible et réussit à renverser son adversaire, il s'agenouilla sur lui et à grands coups de poing le frappa au visage, à toute volée, comme un forcené. J'aurais pu intervenir, mais cela n'aurait pas servi à grand-chose, je n'étais pas de taille à les séparer. Et puis je ne voulais pas fausser le jeu. Juredieu ne me l'aurait pas pardonné. À la fin le grand Cros faiblit, il s'arrêta.

– Relève-toi, dit-il. Ça suffit comme ça.

Juredieu se mit à genoux. Il paraissait sonné. Je l'aidai à se relever, mais durant plusieurs minutes il demeura titubant, comme incapable de reprendre son souffle. Son nez saignait, sa lèvre supérieure était fendue, gonflée et toute violette. Le grand Cros le fit asseoir sur une chaise, puis avec un torchon humide il le débarbouilla.

– C'est toi qui l'as voulu, dit-il. Tu l'as cherché.

– Est-ce que je me plains ?

– Ça me dégoûte de t'avoir mis comme ça. J'aime pas me battre. J'ai l'air, c'est vrai, mais au fond ça me débecte.

– N'en parlons plus. Et maintenant que tu as vengé ton honneur dans le sang, abruti, qu'est-ce que tu dis de mon pacte ? On est alliés, oui ou non ?

– Moi je veux bien.

– Alors jurons. Tous les trois. Lajus aussi en est. On va jurer de se prêter aide et assistance, tous les trois, quoi qu'il arrive. Mais il faut que notre serment demeure secret. Nul ne sera au courant, à part nous. Nous formerons une sorte de ligue occulte, et qui sera ennemi de l'un le sera des trois. Jurons-le.

Nous jurâmes.

⋆

Volontiers je crois ce que l'on m'affirme, sans même supposer que l'on puisse me mentir. Ce serment que nous venions de faire, j'y croyais de toute mon âme. Malgré son côté ridicule, la solennité du geste me touchait. Au fond je trouvais cela très beau. Volontiers je pardonne à mes ennemis sitôt qu'ils m'ont tendu la main. Et le grand Cros, maintenant qu'il était des nôtres, m'apparaissait sous un jour nouveau. Certes il demeurait toujours aussi laid, mais cette laideur excitait soudain ma sympathie, je lui reconnaissais de la droiture, du courage, du caractère. J'approuvais son entêtement à défendre son frère, et l'idée qu'il se faisait de l'honneur. Et en même temps j'admirais la façon dont Juredieu avait arrangé notre affaire. Sa témérité et sa clairvoyance me donnaient une leçon, sa générosité m'allait droit au cœur.

Hélas il me doucha.

– L'imbécile, me dit-il dès que nous fûmes dans la rue. As-tu vu comme je l'ai bien roulé ? Maintenant le voilà à ma dévotion.

– Roulé ? Qu'est-ce que tu veux dire ?

– Quoi ! Tu n'as pas compris ? Il s'est désarmé lui-même. Il pouvait nous emmerder toute une année, et pour le plaisir de m'appliquer quelques coups de poing, il y a renoncé. Voilà ce que j'appelle un marché de dupes.

– Il t'a tout de même filé une sacrée trempe.

– C'est que je l'ai bien voulu.

– Tu ne vas tout de même pas prétendre que tu t'es laissé battre exprès ?

– Bien sûr que si. Autrement cette comédie n'aurait aucun sens. Et personne ne m'a encore battu sans mon accord. Sache-le.

*

Ma mère me demanda qui était Juredieu. D'ordinaire elle ne s'inquiétait pas de mes fréquentations, je n'avais d'ailleurs aucun véritable ami, tout au plus de simples camarades. Ses questions m'agacèrent. Je n'aimais pas que mes parents s'occupent de ce que je faisais hors de chez moi. Le simple fait d'avoir à rendre des comptes m'était désagréable, je me voulais libre, et la liberté pour moi consistait à me taire. En m'interrogeant l'on me contraignait. Ma mère cependant insista. Je devinais chez elle une inquiétude inhabituelle, Juredieu l'avait défavorablement impressionnée par sa façon de forcer notre porte. Avec un peu d'habileté j'aurais pu la tranquilliser, mais je n'étais pas d'humeur à me montrer diplomate, tout cet alcool que j'avais bu me rendait nerveux, agressif.

– J'ai bien le droit de recevoir des copains, dis-je. Tu ne vas tout de même pas me l'interdire ?

– Je ne t'interdis rien, Augustin. Simplement je voudrais savoir qui est ce garçon. J'avoue que je l'ai trouvé... Comment dirais-je... Un peu trop sûr de lui.

– Il peut l'être.

– Y a-t-il longtemps que tu le connais ?

– Assez, oui. En tout cas un bout de temps.

– Tu ne nous as jamais parlé de lui.

– Mais des autres non plus je ne t'en parle pas. Mes histoires de lycée vous vous en fichez. Il n'y a que vos propres histoires qui vous intéressent.

Je savais que ce reproche était injuste, et il aurait dû se retourner contre moi. Ma mère aurait pu me faire grief de mon caractère dissimulé. Mais les arguments les moins honnêtes sont souvent les plus habiles. Nous étions attablés, tous les trois, piquant des pommes de terre frites à même la poêle. Mon père resta la fourchette en l'air frappé d'une évidence. Son regard bleu se posa sur moi comme s'il ne m'avait encore jamais vu.

– Ce petit a raison, finit-il par dire. Sans nous en douter nous agissons envers lui comme deux égoïstes. Nous l'ennuyons avec nos problèmes, nous l'accablons de nos propres soucis, et ce qu'il pense, ce qu'il fait, ce qui l'occupe, nous ne nous en soucions jamais. Aujourd'hui l'on s'étonne que la jeunesse soit frondeuse, mais si on lui prêtait un peu plus d'attention, peut-être se révolterait-elle moins. Ce n'est pas que tu sois un révolté, Augustin, mais ta mère et moi aurions intérêt à nous pencher davantage sur toi.

Je les connaissais trop pour redouter cette menace. En attendant mon attaque avait fait diversion, on me laissa tranquille.

Je devais retrouver Juredieu dès deux heures. Je courus au rendez-vous qu'il m'avait fixé l'impatience au cœur, presque fébrile à force d'espérance. On allait se donner du bon temps. Au moment où je quittais la maison, ma mère me recommanda d'être raisonnable. Ce souci qu'elle avait de moi était si peu habituel que je m'en alarmai. Qu'y avait-il en moi de tellement changé pour qu'elle s'inquiétât de la sorte ? Mais vite je cessai de m'interroger. J'étais d'un caractère passionné, tout entier tourné du côté où m'appelait mon plaisir. Et pour l'heure mon plaisir c'était Juredieu, Juredieu et la vie nouvelle qu'il me promettait. Ce soir même nous allions retrouver ces deux filles, rue Sainte-Clotilde. Je ne doutais pas de notre réussite. En moi remuaient des ardeurs formidables, je me sentais l'âme conquérante, je brûlais de renoncer pour toujours à ma niaiserie, à mon enfance.

Nous avions rendez-vous au Roi de Cœur. C'est en habitué que j'en poussai la porte, essayant d'imiter cette désinvolture que j'avais tant admirée chez Juredieu. Cependant ce dernier n'était pas encore arrivé. J'allais ressortir pour l'attendre dehors lorsque je m'entendis saluer par mon nom. C'était Albert, le barman, qui déjà poussait devant moi notre bouteille. D'être ainsi reconnu me donna de l'estime envers moi-même. Je me perchai sur l'un des tabourets, à côté d'une fort belle personne d'un blond platiné qui ne me prêta aucune attention.

– J'ai rendez-vous avec Juredieu, dis-je au barman avec un peu moins de fierté que si j'avais nommé quelque prince.

Je commençai à siroter mon alcool. J'étais arrivé avec un peu d'avance et durant le premier quart d'heure j'attendis sans trop m'en faire, mais lorsque deux heures et demie approchèrent l'inquiétude me prit. Et si Juredieu m'avait posé un lapin ? Cette éventualité me fut si douloureuse que la panique me saisit, Juredieu m'avait oublié, Juredieu était quelque part, loin de moi, en compagnie de Dieu sait qui. À l'angoisse succéda la jalousie. Je mesurai combien mes sentiments envers Juredieu différaient de ceux qu'il devait éprouver à mon égard. Pour lui, je n'étais rien, pour moi il était l'espérance, le grand large, la vie. À cette seconde je le détestais. Je me promis, afin de ne plus souffrir de la sorte, de lui signifier, quand nous nous reverrions, qu'il valait mieux en rester là, qu'une amitié qui commençait de la sorte, par une trahison, ne valait pas qu'on la tentât. C'est alors qu'il arriva, et aussitôt toutes velléités de rupture m'abandonnèrent, je ne fus que soulagement, feu de joie.

Rendu prudent par mon expérience du matin, j'avalais mon whisky à petites gorgées, attentif à conserver la tête froide. Juredieu au contraire buvait sec. Il portait encore les traces de son combat avec le grand Cros, nez rouge et lèvres tuméfiées. Bientôt son regard s'embua. Il parlait avec de grands gestes, criait fort, se retournant de temps à autre vers ma voisine qu'il prenait à témoin. C'était une blonde plantureuse et assez vulgaire d'aspect, elle ne me plaisait pas particulièrement, cependant j'aurais bien voulu moi aussi retenir son attention. Mais force m'était de reconnaître qu'auprès de Juredieu je paraissais bien fade. À un moment Juredieu se pencha vers la jeune femme et lui murmura quelque chose à l'oreille. Elle eut un mouvement d'approbation. Juredieu fit signe à Albert qui lui remit une clef. La blonde se leva, suivie de Juredieu.

– Attends-moi ici, dit-il, je reviens.

– Où vas-tu ?

– T'occupe.

Il s'éloigna avec la jeune femme et tous deux disparurent par une petite porte qui s'ouvrait au fond de la salle. Cette scène s'était déroulée si vite que j'en restai tout bête.

– Où sont-ils allés ? demandai-je au barman.

– Au premier.

– Au premier ? Pour quoi faire ?

– Cette question ! dit le barman.

Et il se mit à rire. Quelque chose me dit qu'il se moquait de moi. Et soudain je compris qui était cette fille et ce qu'elle était allée faire au premier, avec Juredieu. La honte de m'être montré naïf à ce point me fit rougir. De dépit je me servis un grand verre que je bus d'un trait. Maintenant j'étais ivre moi aussi. Ivre et malheureux. Juredieu m'avait abandonné pour une putain. Juredieu était un lâcheur, un débauché. Qu'il payât cette fille, je trouvais cela dégoûtant, passablement bas. Je n'admettais pas qu'on ravalât l'amour de la sorte. Et c'est alors que l'image de Vinca m'assaillit, si précise que j'eus dans la gorge une bouffée de bonheur. Je ne la désirais pas, je ne croyais pas l'aimer, mais qu'elle existât me comblait de paix. Je la revoyais, glissant sur l'allée du petit square, sa cape mauve découvrant à chaque pas son long corps harmonieux, et tant de grâce et de pureté me consolait que la vie fût si laide. Près de la porte d'entrée il y avait, accrochée au mur, une cage dans laquelle voletait un couple de canaris. Je me promis, si je la retrouvais un jour, de lui offrir une cage semblable à celle-ci, ronde et haute et toute dorée, où j'emprisonnerais un oiseau chanteur qui lui dirait toute ma dévotion. Et tandis que jusqu'à cet instant j'avais été persuadé de ne jamais la revoir, sans plus de raisons je fus sûr du contraire, je sus que je la retrouverais, la certitude m'en fut donnée, brutalement. Et une grande paix me submergea, suivie aussitôt du désir d'agir. Il me fallait à tout prix faire quelque chose, forcer le destin. Attendre ne servirait à rien, la ville était trop vaste pour espérer que la chance me ménagerait une seconde rencontre. Il me fallait provoquer cette chance. Je me promis de revenir chaque soir par ce jardin public où je l'avais vue pour la première fois. Mais peut-être n'était-elle passée là que par hasard. Je me promis aussi d'aller rôder près du théâtre. Il devait exister un concierge, je le soudoierais, j'apprendrais de lui à quelle heure sortaient les artistes, peut-être même obtiendrais-je l'adresse de Vinca. Je me sentais prêt à toutes les audaces. Ma pusillanimité habituelle cédait devant un élan forcené. Je lutterais. Je me battrais. Je la retrouverais. Hélas la retrouver n'était rien, il fallait encore l'aborder. Mais que penserait-elle de moi si je l'accostais ? Et que lui dire ?

Juredieu me délivra pour un temps de mes doutes.

L'air content de soi, il vint se rasseoir à mes côtés.

– Sers-m'en un, dit-il, ça s'arrose. Et maintenant, à ton tour, elle t'attend.

– Quoi? Mais tu es complètement fou!

– Grouille-toi, je te dis. Elle t'attend, ne la fais pas poireauter.

– Tu peux toujours courir, mon vieux. Je n'irai pas.

– Qu'est-ce qui te prend? Tu as la trouille ou quoi?

– D'abord je n'ai pas d'argent. Et puis même...

– Tiens voilà dix sacs. Tu me les rendras quand tu pourras.

– Non, je ne pourrai jamais te les rendre. Et puis ça ne me dit vraiment rien.

– Dégonflé, dit Juredieu.

À ce moment-là la fille apparut par la petite porte.

– Et alors? C'est pour aujourd'hui ou pour demain?

– Le puceau se dégonfle, dit Juredieu. Allez, Lajus, montre que t'es un homme.

Mon cœur cognait tant et plus, je me sentais dans un mauvais cas, des sentiments divers m'agitaient, la honte, la tentation, le désir de me retrouver chez moi, à l'abri, mais aussi l'envie d'aller voir ce qu'il en était, après tout ce qu'on m'en avait dit.

– Tu es sûr, dis-je à voix basse, tu es sûr qu'elle n'est pas malade?

– Et après? La vérole, faut bien l'avoir un jour. Allez, décide-toi.

Il brandissait son billet de dix mille francs. La fille s'approcha et subtilisa le billet.

– Viens, mon mignon. Faut pas avoir peur des dames, elles te boufferont pas.

Ce fut Albert qui me décida. Il me regardait d'un tel air rigolard que je fus conscient de mon ridicule. Après tout qu'est-ce que je risquais. Si j'attrapais une maladie, on me soignerait. Je ne dirais rien chez moi, mais Juredieu me tirerait de là. Et puis tout le monde se liguait contre moi, je n'avais pas le choix. J'emboîtai le pas à la belle blonde et vaillamment je m'en fus.

★

Tout d'abord je fus surpris par la chambre. C'était une chambre très ordinaire, comme on en voit partout : lit de milieu, tapisserie pimpante, quelques livres sur la table de chevet, rien n'indiquait que ce fût là l'empire du vice. Une paire de pantoufles traînait dans un coin, il y avait des boîtes de médicaments sur la cheminée. Plus tard j'appris que c'était là la propre chambre d'Albert. Mais pour l'instant je me croyais au bordel. Le mot me glaçait. Débuter de la sorte m'humiliait profondément, cependant que j'essayais de me consoler en me répétant que ma volonté n'y était pour rien. On m'avait forcé.

– C'est vrai que tu es puceau ? dit la fille.

– Tu parles ! dis-je sans espoir d'être cru.

Ce billet de dix mille francs me préoccupait. Jamais je ne serais en mesure de le rendre. Mes parents ne me donnaient que très peu d'argent et jamais je ne pourrais leur expliquer la nature de ma dette. Quantité de menus problèmes se posaient aussi à moi. Je ne savais comment me comporter, quelle attitude prendre, quels gestes faire. Ainsi me demandais-je, convenait-il ou pas d'embrasser cette personne que je ne connaissais pas, dont j'ignorais jusqu'au nom, et avec qui pourtant j'étais couché presque nu dans un lit, à trois heures de l'après-midi.

– Ce que tu es nerveux, me dit la jeune femme. Faut pas être ému comme ça, mon trésor.

Je n'éprouvai d'autre plaisir que celui d'en avoir terminé. Vite je me rhabillai, pressé de déguerpir. Ainsi, me disais-je, et un certain vertige me prenait, ainsi tu as fait l'amour. Eh bien vrai. Pas la peine d'en faire un plat. Je n'éprouvais dans mon être aucune transformation, je me sentais tel que j'avais toujours été, ni plus sûr de moi ni plus dégourdi. À peine certains détails s'étaient-ils précisés, mais les copains m'avaient au fond tout dit, je n'avais rien appris.

En bas Juredieu m'attendait.

– Dépêche-toi, vieux. J'ai une idée. On va aller aux courses, j'ai besoin de me refaire.

Il m'entraîna. Je pensais qu'il allait me questionner sur cette première expérience, malgré tout cela comptait pour moi, j'aurais aimé en parler, comparer nos sensations, mais il fit comme si rien ne s'était passé et je n'osai pas moi-même aborder le sujet.

Dans la rue il héla un taxi. Espérait-il m'éblouir? Il y parvint sans peine. À l'hippodrome, chauffeur! Son aisance me subjuguait. Il se cala confortablement et m'offrit un cigare. Mon premier cigare. Décidément j'entrais de plein pied dans le luxe et la débauche. Je ne m'en plaignais pas, encore qu'un vague remords m'effleurât. L'argent que je dépensais n'était pas le mien, les plaisirs que je goûtais n'étaient pas de mon âge. J'en avais parfaitement conscience, et je n'étais pas insensible non plus au ridicule que nous devions présenter, tous les deux, vautrés sur ces coussins et tétant nos cigares. Le chauffeur, à qui nos allures de potaches n'avaient pu échapper, devait nous juger. Peut-être se moquait-il de nous, peut-être nous méprisait-il. Et cette pensée suffisait à gâcher ma béatitude.

Quand nous revînmes en ville, il ne nous restait même pas assez d'argent pour aller au café. Comme il n'était pas encore temps de nous occuper des petites, nous traînâmes par les rues, désœuvrés. Nous rôdions derrière le théâtre, où sournoisement j'avais entraîné Juredieu dans l'espoir bien improbable d'y rencontrer Vinca, lorsqu'en traversant la rue du Chai-des-Farines j'aperçus Bérenger qui sortait de chez lui. Il était vêtu d'un costume sombre d'une coupe surannée qui révélait bien quinze ans d'âge, mais que des soins d'une minutie quotidienne avaient maintenu comme neuf. Tout en lui donnait l'impression d'une élégance raffinée. Chemise de soie, bottines lustrées, lunettes cerclées d'or, chaque détail soulignait le soin qu'il prenait de sa personne. C'était un homme d'une soixantaine d'années, vif, sec, de marche souple et de grands gestes, avec dans le regard un je-ne-sais-quoi d'agressif et d'espiègle qui contredisait le sérieux de son veston croisé et de son nœud papillon. Bien qu'à cette heure-là la rue du Chai-des-Farines fût presque déserte, au moment où il quittait sa demeure le petit homme se livra à une manière de pantomime. Il tendit la main droite, paume ouverte, comme pour s'assurer qu'il ne pleuvait pas, en même temps que sa main gauche imprimait à son parapluie des moulinets semblables à ceux d'un tambour-major. Rassuré par le bleu du ciel ou le sec du pavé, il huma l'air, gonfla le torse et prit l'expression de la béatitude la plus intense. Puis il fonça droit devant lui, à grandes enjambées. Volontiers je l'aurais suivi un moment, mais il était temps maintenant de songer à nos propres affaires.

À mesure que l'heure approchait l'impatience en moi grandissait, cependant que nos chances de succès me semblaient de plus en plus faibles. Je n'y croyais plus. J'aurais bien aimé confier mes inquiétudes à Juredieu, afin qu'il me rassurât. Mais déjà je commençais à comprendre combien le doute l'agaçait, l'idée même de l'échec. Il allait droit son chemin, agissait, et s'il ne parvenait pas à ses fins cela n'avait aucune importance, il repartait dans une autre direction sans jamais se décourager. Et je crois que c'est cette confiance en soi-même qui m'attacha à lui dès que je le connus. Trop souvent mes hésitations et mes craintes me paralysaient, j'éprouvais le besoin d'un meneur, d'un pieu solide à quoi me raccrocher.

Rue Sainte-Clotilde, nous nous postâmes à l'entrée d'un couloir, non loin de l'endroit où la veille nous avions rencontré les gamines.

– Mettons les choses au point, dit Juredieu. Laquelle veux-tu, la blonde ou la brune ?

La blonde avait l'air plus délurée, elle me semblait d'abord plus facile, mais la brune me plaisait davantage.

– D'accord, dit Juredieu. Je te la laisse. L'une ou l'autre, je m'en fous. Mais il vaut mieux s'entendre à l'avance.

Chacun la sienne. Tu n'auras qu'à faire exactement comme moi et tout ira bien.

Malgré tout je trouvais le temps long. J'étais si peu sûr de moi qu'il me venait dans les jambes une faiblesse. Et au moment ultime j'aurais donné cher pour que nos deux proies ne soient pas au rendez-vous. Mais tout à coup je les aperçus, sur le trottoir d'en face, qui s'avançaient d'un pas alerte, bras dessus bras dessous. Juredieu lui aussi les avait vues.

– Viens, dit-il, c'est le moment.

– Tu ne crois pas qu'il vaudrait mieux les attendre ?

– Amène-toi, je te dis.

Je le suivis, un peu en retrait. Il n'y avait plus grand monde à cette heure-là, les petites étaient obligées de nous remarquer et j'eus la crainte, mais aussi l'espoir, qu'elles allaient détaler comme la fois dernière. Mais elles nous laissèrent approcher sans réagir.

– Décidément, le monde est petit, dit Juredieu. On ne rencontre que vous.

– On a bien le droit de se promener, dit la blonde. La rue est à tout le monde.

– Au moins vous pourriez dire bonsoir, ça serait plus gentil.

– Eh bien bonsoir. Là. Vous êtes content, maintenant ?

– Pourquoi vous vous êtes moquées de nous, hier soir ? Ça n'est pas chic.

– On ne vous connaissait pas. On est des filles sérieuses, nous autres. On n'a pas l'habitude de parler à n'importe qui.

– Sûr, fit Juredieu. Dans la vie il faut toujours être méfiant. Comment c'est déjà, votre nom ?

– Jocelyne. Et ma sœur c'est Yvette.

Nous nous nommâmes à notre tour. Dire son nom, c'est déjà faire connaissance. Nous leur demandâmes où elles habitaient. Elles refusèrent de donner leur adresse, elles avouèrent seulement qu'elles logeaient dans le quartier Saint-François où elles nous autorisèrent à les accompagner. Juredieu me fit un grand clin d'œil pour me faire comprendre que tout allait bien. Tous les quatre nous marchions tranquillement, en devisant. Les deux gamines suivaient des cours de secrétariat, leur père travaillait à la SNCF. Juredieu prétendit que nous-mêmes étions étudiants en médecine, ce qui me parut un peu exagéré, mais elles ne sourcillèrent pas, elles le crurent ou elles feignirent de le croire. Nous pénétrâmes dans les petites rues obscures qui mènent à l'église Saint-François. À un moment je vis que Juredieu prenait la main de Jocelyne, et comme il m'avait dit de l'imiter en tout point je pris celle d'Yvette. Je m'attendais à une rebuffade, mais la petite sembla trouver mon geste naturel. Un peu plus loin Juredieu s'arrêta, l'obscurité était presque totale mais je vis qu'il attirait Jocelyne contre lui et l'embrassait. Il n'y avait pas à hésiter, je pris Yvette par les épaules et cherchai sa bouche. Elle résista un peu, mais comme l'émotion me rendait brutal elle finit par céder. Et tout de suite le désir me submergea. C'était la première fois que j'embrassais une fille, et j'en attendais un plaisir léger. Je n'avais pas prévu ce feu qui me dévorait tout entier, cette ardeur de tout mon être qui me rivait à ce corps menu et doux, à ce visage invisible dans la nuit et que j'imaginais les yeux clos, partageant mon extase. Quelques heures plus tôt j'avais fait l'amour et je n'en avais rien éprouvé, j'avais possédé cette femme du bout des sens. Et voilà que la volupté me ravageait. J'en aurais pleuré d'émotion tellement vive était ma découverte, et merveilleuse, et irradiante. Des mots de reconnaissance me venaient, des mots de tendresse. Reprenant mon souffle et essayant de voir ce petit visage que je ne connaissais qu'à peine, je me sentis baigné de douceur, porté par un élan que je confondais avec l'amour. Cependant Juredieu s'éloignait avec Jocelyne qu'il tenait par la taille. Je lui emboîtai le pas, tenant Yvette de la même façon et m'arrêtant dès qu'il s'arrêtait, et ce mimétisme n'était pas pour me déplaire, j'y voyais un gage de succès. Je ne doutais pas que Juredieu parviendrait à ses fins, et je savais que j'y parviendrais en même temps que lui. Durant une bonne heure nous avançâmes ainsi, par petites étapes. De temps à autre Yvette et moi nous parlions, j'avais craint tout d'abord de n'avoir rien à lui dire, mais mes craintes étaient vaines, il me suffisait de l'écouter, de l'approuver de temps en temps, elle était bavarde et enjouée, préoccupée d'elle seule. Son babillage était léger, charmant et niais. Moi je ne pensais qu'à ses lèvres, au feu doux de sa bouche, et aussi à son corps que j'investissais dès que nous faisions une pause, mais qu'elle ne m'abandonnait pas sans lutte. Et moi si timoré d'ordinaire, je me révélais obstiné, rusé, conquérant. Je passais outre à ses reproches, je dénouais ses mains, je la forçais. Je ne me reconnaissais pas. Une autorité me venait qui devait tout à mon désir, et peut-être aussi à la nuit, à cette nuit protectrice qui me donnait tous les courages.

Hélas il fut temps de rentrer chez nous. J'aurais pu quant à moi demeurer plus longtemps, mais Juredieu, quoi qu'il prétendît, craignait son père qui exigeait sa présence aux repas. Il fallait se quitter. Juredieu proposa qu'on se retrouvât le soir même, après le dîner. On pourrait aller au cinéma. Les petites hésitaient. Leurs parents n'aimaient pas les laisser sortir. Juredieu insista. On sait ce que c'est les parents.

– Et puis on ne vous fera rien, c'est juré. On est des types bien, nous.

– On essaiera, dirent-elles. On ne vous promet rien. Si à neuf heures nous ne sommes pas devant l'église, ne nous attendez pas, c'est qu'on n'aura pas pu venir. En tout cas, à demain.

Nous nous embrassâmes encore un bon coup, puis nous nous séparâmes.

Mais je n'étais moi-même encore jamais sorti seul le soir. Mes parents durant la journée me laissaient entièrement libre, j'avais ma clef, je pouvais aller et venir à ma guise, mais le soir je n'étais jamais sorti seul. Je n'en avais pas eu l'occasion, ni le désir. Si quelque spectacle me faisait envie, nous y allions en famille. Jusqu'alors cette sujétion ne m'avait pas pesé, je la trouvais normale. Or il me fallait bousculer l'ordre établi.

– À ma place, qu'est-ce que tu ferais ? demandai-je à Juredieu.

– Ne t'inquiète pas. À neuf heures moins le quart je t'appellerai au téléphone, pour t'inviter au cinéma. Tes vieux seront pris de court, ils n'oseront pas refuser. Tu verras. Mais surtout ne les préviens pas, s'ils ont le temps de réfléchir ils trouveront un prétexte pour te boucler.

Je revins chez moi la tête à l'envers, sentant la femme à

vingt pas, m'imaginais-je, et partagé entre une immense lassitude et l'impatience des plaisirs inouïs que me réservait la soirée. Je m'efforçais de paraître naturel et d'agir comme à l'accoutumée, sans que rien dans mon attitude ne pût trahir les bouleversements qui s'étaient opérés en moi. Mais parfois l'envie de tout dire me prenait, d'éblouir les miens par mes prouesses amoureuses. Un orgueil irréfléchi me tenait. Puis un insidieux dégoût de moi-même survenait, qui soufflait mon orgueil. Cette femme avec qui j'avais couché, ce n'était qu'une putain. Et Yvette elle aussi n'était pas de celles dont on se vante. Elle était vulgaire, sans intelligence. Je la voyais lucidement : sans réelle beauté, fraîche encore mais déjà portant sur son visage les marques de sa laideur future. Très tôt elle serait abîmée, épaissie, flétrie. C'était sans espoir. L'élan qui me poussait vers elle était momentané, un instant dans ma vie. Un instant que plus tard je ne comprendrais plus.

Mais il y avait en moi des forces souveraines qui rendaient dérisoires ces considérations. Je voulais cette fille. Je la voulais tout entière à moi, dominée, consentante. Tout mon corps n'était qu'attente et désir. Et cet acte qui m'avait donné si peu de plaisir avec une autre, je l'imaginais, accompli avec elle, dispensateur de voluptés intenses.

Je fis sans entrain ma préparation latine du lendemain. D'habitude le travail était pour moi une joie, j'aimais l'effort, le piège qui résiste, la difficulté vaincue. Faire jouer mon cerveau, me battre avec moi-même, ce qui rebutait la plupart de mes camarades m'était une habitude chère. Et voici que pour la première fois la vanité de tels plaisirs me sautait aux yeux. Je perdais mon temps. Cela ne signifiait plus rien, ne correspondait plus à rien. La vraie vie était au-dehors, désormais je ne pouvais plus l'ignorer. J'avais goûté au fruit défendu et il m'était apparu délectable. Tout ici me semblait fade, ennuyeux. Mon père me proposa une partie d'échecs, et ce jeu qui d'ordinaire m'accaparait se révéla tout à coup insipide. J'avais tourné la page, je n'étais plus un enfant. J'avais bu, et c'était vrai que l'alcool rendait malade, mais il était non moins vrai qu'il était source de puissance, de fantasmagorie, de bonheur. En buvant je m'étais senti grandir, je m'étais envolé. Mes parents eux-mêmes me semblaient patauger dans la grisaille et dans l'ennui. Mon affection pour eux ne s'en trouvait pas atteinte, mais pour la première fois je me permettais de les juger, et il me semblait brusquement les découvrir. Ils se mouvaient dans un univers morose que je refusais désormais. Leurs occupations étaient plates, leurs soucis sans saveur. Je n'arrivais plus à les comprendre. Accepter de cette façon définitive cette monotone existence m'apparaissait comme une démission. Qu'attendaient-ils ? Qu'espéraient-ils ? Comment pouvaient-ils se résigner à vivre jusqu'à la fin de leurs jours une telle succession d'heures vides ? Ma mère corrigeait ses copies. Mon père ajoutait quelques lignes à son traité des ouvertures. Tout à l'heure ils iraient se coucher. Et je n'imaginais pas qu'à leur âge ils pussent goûter dans leur lit d'autres plaisirs que ceux du repos. Ils dormiraient. Et demain s'offrirait à eux une journée semblable à celle-ci, dénuée d'imprévu, de jouissance. Je ne les blâmais pas, il leur était impossible d'échapper à eux-mêmes, à leur âge, à leurs habitudes. Mais pour ma part je voulais rompre avec la vie qu'ils m'imposaient. Je voulais goûter à toutes les délectations, m'enivrer de plaisir. Et puisque d'eux-mêmes ils ne m'offraient pas cette liberté à laquelle j'aspirais, j'étais bien décidé à la prendre, à leur insu.

Le téléphone sonna. Ma mère alla répondre. Je m'efforçai d'avaler calmement mon dessert, sans rien lui laisser deviner de l'anxiété qui me tenait. C'était Juredieu. Ce ne pouvait être que lui, et de sa persuasion dépendait mon sort. Au pire ma mère refuserait de me laisser sortir. Mais cet océan de plaisir à moi promis, s'il me devenait interdit, je doutais de m'en consoler.

Ma mère revint.

– C'est encore ce Juredieu, dit-elle. Il voulait savoir si je t'autorisais à l'accompagner au cinéma.

– Ah, fis-je, n'osant seulement pas montrer combien le sens de sa réponse m'importait.

– Pour cette fois j'ai accepté. Mais il ne faudrait pas que cela se renouvelle trop souvent. Après tout tu n'as que quinze ans, Augustin.

*

– J'ai réfléchi, me dit Juredieu. Je préfère Yvette. Si cela t'est égal, faisons l'échange.

– Mais tu es complètement dingue ! Moi je m'en fous, elles me plaisent toutes les deux. Mais c'est elles qui ne marcheront jamais !

– Ne t'en fais pas pour ça. Toi ou moi, pour elles c'est pareil. Et puis les filles, il est bon de les déboussoler. Comme ça on les tient mieux en main.

Cette lubie de Juredieu me décontenançait. Je la trouvais maladroite et absurde. Sans doute allions-nous vers de graves déboires. Mais j'étais bien forcé d'obtempérer, Juredieu était le chef. Je ne me sentais pas encore de taille à me rebeller. En outre j'étais humilié qu'on fît si peu de cas de mes préférences. Je ne lui avais pas caché mon goût pour Yvette. Il y avait en elle un côté bonne fille qui me rassurait, et de l'avoir embrassée me donnait, pensais-je, des droits sur elle. Et puis j'imaginais qu'elle aussi avait un penchant pour moi.

Les petites nous attendaient devant l'église Saint-François. Juredieu avait tenu à ce que nous arrivions avec un peu de retard, pour les inquiéter.

– Tu es sûr que c'est vraiment nécessaire de changer? dis-je.

– Absolument sûr.

– Comment vas-tu leur annoncer?

– Laisse-moi faire.

Nous rejoignîmes les deux filles.

– Salut, dit Juredieu, c'est gentil d'être venues. Est-ce que ça a chauffé, chez vous?

– Pas trop, dit Jocelyne. Alors qu'est-ce qu'on fait? On va au cinéma?

– D'abord faut que je vous mette au courant. Lajus et moi, on s'est expliqués, il y a eu une petite erreur, à propos de vous deux. Lajus n'osait pas vous le dire, mais c'est Jocelyne qui l'intéresse.

– Quoi! fis-je, mais c'est absolument...

– Ta gueule, vieux. Les sentiments ça ne se commande pas. Il n'y a pas de honte à ça.

– Eh bien, dit Jocelyne, c'est comme vous voudrez.

Peut-être mon imagination vagabondait-elle, mais je crus discerner du dépit dans sa voix. Nous restions face à face, tous les quatre, un peu gênés malgré tout. J'aurais voulu dire à Yvette que je n'y étais pour rien, que je la regrettais bien, et je me promis de le faire sitôt que l'occasion me serait donnée de lui parler seul à seul, mais Juredieu l'ayant saisie par la taille elle se laissa entraîner avec une soumission qui me montra combien mes scrupules étaient déplacés. Il ne me restait plus qu'à m'empresser auprès de Jocelyne, ce que je fis.

Ma mauvaise humeur ne dura guère. Au fond je gagnais au change. Jocelyne était plus jolie que sa sœur, plus ardente, elle avait plus d'éclat, et si je m'étais intéressé davantage à Yvette, ce n'avait été que par modestie. J'avais fait mon choix en fonction de Juredieu, en lui laissant la meilleure part. Mais puisqu'il m'abandonnait son bien, autant en profiter de mon mieux et ne pas bouder mon plaisir.

Nous échouâmes à L'Eldorado, un cinéma miteux de la rue Sainte-Clotilde. Le film était déjà commencé. Dès que nous fûmes assis je me jetai sur Jocelyne. Elle était moite et pulpeuse, il émanait d'elle une puissante odeur de parfum bon marché qui me remplissait d'extase. Au début je la devinai rétive, sans doute regrettait-elle Juredieu, mais peu à peu sa réserve s'amenuisa, je pus profiter d'elle tout mon saoul. Fermant les yeux, je dévorai sa bouche gloutonne cependant que mes mains caressaient son corps qu'elle ne songeait pas à défendre, et plusieurs fois la jouissance me submergea, je n'aurais jamais pu imaginer plaisir plus aigu, plus sauvage. J'oubliais qui j'étais. Je n'étais plus que cette flamme qui me dévorait tout entier, collé à ce corps odorant et vibrant que j'écrasais à demi. Le temps n'existait plus. Je n'avais plus de pensée, plus de souvenirs, je vivais l'instant présent comme un moment d'éternité. Quand le film cessa et que la lumière revint il me sembla émerger d'une fosse ardente. La lueur blafarde du néon m'apparut cotonneuse et grise auprès de la vive clarté que je venais de quitter. Je me sentais hagard, dépeigné, mal à l'aise. Je n'arrivais pas à retrouver mon équilibre, des vertiges m'assaillaient. Je regardai Jocelyne qui était rouge et décoiffée elle aussi, et je découvris pour la première fois combien la volupté peut laisser de tristesse sur certains visages. Elle n'avait pas l'air heureux. Elle semblait loin de moi, comme détournée de moi. On aurait dit que son regard m'évitait.

Cependant je n'étais qu'à moitié satisfait. Tandis que nous quittions L'Eldorado je m'arrangeai pour attirer Juredieu à l'écart. Cette façon de ne faire l'amour qu'à demi me laissait sur ma faim. J'en voulais davantage.

– Où pourrait-on les emmener ? dis-je. On ne va pas laisser passer notre chance, ça serait trop bête.

– Je connais bien quelques hôtels, mais on ne voudra pas de nous. Et puis ce ne sont pas des filles à aller comme ça à l'hôtel, elles se débineraient. Faut les avoir par surprise, crois-moi.

– Ce qu'il nous faudrait, c'est une piaule à nous. On les emmènerait histoire de boire un verre, et hop !

Non loin de nous les deux filles s'impatientaient. Notre conciliabule devait leur sembler suspect.

– Et Le Roi de Cœur ?

– C'est vrai, ça ! Le Roi de Cœur ! Ça c'est une idée, vieux !

Mais les petites trouvaient qu'il était déjà tard, elles voulaient rentrer chez elles, elles avaient peur de se faire attraper. Juredieu les houspilla. On n'allait tout de même pas se quitter comme ça, bêtement. Un peu plus tôt un peu plus tard leurs parents ne s'en apercevraient même pas… Juste le temps de boire un verre au Roi de Cœur.

– Vous connaissez ?

Elles connaissaient, sûr, c'était un des bars les plus chics de la ville, mais elles n'avaient jamais eu l'occasion d'y entrer. Notre proposition les tentait. Allons, allons, laissez-vous faire.

– Mais alors rien qu'un jus de fruits, et en vitesse. C'est promis ?

– C'est promis.

Les imbéciles, pensai-je. Pourquoi faire tant d'histoires.

Mais quand nous fûmes au Roi de Cœur je m'aperçus que le problème n'était pas réglé pour autant. Il s'agissait maintenant de les faire monter au premier. Épineux problème. Pour ma part j'étais sans idées. Je laissais faire Juredieu, confiant dans son imagination fertile.

À cette heure de la nuit le petit bar était comble, on nous refoula tout au fond de la salle, à une table minuscule.

– C'est gentil, ce truc, dit Yvette. Ça fait intime.

– On est des habitués, dis-je. On vient tous les jours. On a même une bouteille de whisky marquée à notre nom.

– Tu parles, dit Jocelyne. À d'autres.

Je me levai et rapportai la bouteille.

– Ça t'en bouche un coin, eh, petite ?

Jocelyne examina la bouteille. Elle n'en revenait pas. Ça alors. Eh bien vrai.

– Pour qui tu nous prenais, mignonne? dit Juredieu. On est quelqu'un, Lajus et moi. Fous-toi ça dans la tronche.

– On ne savait pas, dit Yvette.

– Faut pas nous prendre pour des miteux. C'est pas tous les jours que vous en lèverez des comme nous. Et encore, vous n'avez pas tout vu.

– Vu quoi? dit Jocelyne.

– Tu crois qu'on peut les mettre au courant? fis-je en devinant que Juredieu leur tendait un piège.

– Vaut mieux pas. Faire confiance à des gonzesses, c'est toujours risqué.

– Mais nous on est pas comme les autres, dit Jocelyne. Tu peux nous faire confiance, chéri.

– C'est qu'il s'agit d'un secret.

– On ne dira rien. C'est juré.

– Toi, Lajus, qu'est-ce que tu en penses?

– Ce que tu es casse-pieds, dit Yvette. Puisqu'on te dit que c'est juré.

– Bon, fit Juredieu. Mais si vous ne la bouclez pas, terminé. Je ne vous dirai plus jamais rien.

Il se leva et alla parlementer avec Albert. D'un air contrarié, le barman lui montra la pendule, au-dessus du comptoir, puis il finit par céder et lui remit la clef du premier.

– Venez, dit Juredieu, c'est en haut que ça se passe.

– Qu'est-ce que c'est! Dis-nous-le ce que c'est!

– Vous le verrez bien.

Juredieu poussa les filles dans l'escalier cependant qu'il

m'envoyait un grand coup de coude. Je n'étais pas mécontent de notre petite manœuvre. Sans nous être concertés nous nous étions sacrément bien compris. C'est cela, l'amitié, une complicité qui se passe de mots.

Mais dès que les petites furent dans la chambre, elles devinèrent où nous voulions en venir. Espèces de dégoûtants. Pour qui vous nous prenez, des fois ! Nous essayâmes de les attraper, mais elles se défendaient sauvagement, furieuses de s'être ainsi laissé prendre au piège. Leur résistance paraissait si sincère que je crus l'affaire terminée. Nous n'y arriverions pas. Cependant Juredieu réussit à coincer Yvette contre le lit. La tenant renversée par les avant-bras, il l'immobilisa.

– Écoute, mignonne. Ou c'est ce soir ou c'est jamais. Lajus et moi on n'est pas des rigolos, on n'a pas de temps à perdre avec des mijaurées. Décide.

– C'était pas prévu, dit la gosse.

– On ne te force pas. À toi de choisir.

La petite ne répondit rien. Juredieu se pencha et l'embrassa sur la bouche. Puis, comme elle ne se débattait plus, il la lâcha.

– Éteins le plafonnier, me dit-il. La lampe suffira.

Nous nous étendîmes en travers du lit, tous les quatre. Je trouvais l'aventure cocasse. Mes ardeurs avaient perdu de leur acuité, mais l'exemple de Juredieu me réveilla. Je fis avec Jocelyne ce qu'il était en train de faire avec Yvette. Et de nous voir tous deux fesses en l'air nous activant de la sorte me donnait une grande joie. L'indécence de la scène ne m'apparaissait pas, ni son côté sordide. Bien au contraire, une sorte d'émotion me venait de faire ainsi l'amour en compagnie de mon copain

Juredieu, mon ami, mon frère. C'était comme si nous avions cumulé nos plaisirs, communié à la même source. Plus qu'une fête amoureuse, je vivais un grand moment de camaraderie, de complicité virile. Et les deux petites n'entraient que pour peu dans ma joie. Elles étaient gentilles, dociles même, mais anonymes et interchangeables. Je n'éprouvais envers elles d'autre sentiment que de la reconnaissance pour ce plaisir qu'elles me donnaient. Je n'en aimais aucune, et je les aimais bien toutes les deux. Et lorsque j'eus goûté à Jocelyne tout naturellement je passai à Yvette. Elles étaient consentantes, ou résignées, peu importe. Nous ne leur en demandions pas plus.

⋆

Nous les raccompagnâmes jusqu'à l'église Saint-François. Elles refusèrent de nous dire où elles habitaient. Peut-être avaient-elles honte de nous montrer leur maison, ou bien se ménageaient-elles ainsi un moyen de nous échapper lorsqu'elles seraient lasses de nous. Mais pour l'instant c'est nous qui avions assez d'elles. Elles nous avaient donné tout ce que nous espérions, nous n'avions plus qu'un désir, nous retrouver seuls. Leurs derniers baisers m'apportèrent plus d'ennui qu'ils ne m'offrirent de plaisir. J'avais mon compte. J'étais saoul de caresses et de jouissance, il me fallait à tout prix rentrer en moi-même, retrouver ma sérénité. Enfin elles nous laissèrent. L'excès de fatigue me donnait une grande lucidité, je n'avais pas sommeil, jamais encore je ne m'étais couché aussi tard, mais l'idée de retrouver mon lit me répugnait, malgré cette anxiété de plus en plus tenace qui s'infiltrait en moi lorsque je songeais à mes parents. Peut-être m'attendaient-ils. Peut-être s'inquiétaient-ils. Et l'angoisse que je leur causais sans doute m'emplissait de remords. Mais cette angoisse finirait par se dénouer, il ne m'était après tout rien arrivé de fâcheux, un peu plus tôt un peu plus tard ils seraient rassurés. Et leur angoisse m'apparaissait de peu d'importance auprès de cette formidable joie qui était mienne. Je vivais des heures inoubliables, je pénétrais dans un univers de plaisirs et de fêtes que j'avais désespéré d'atteindre avant de longues années. Par respect envers moi-même je n'avais pas le droit de m'y soustraire. Autant qu'envers mes parents j'avais des devoirs envers moi-même. Jusque-là j'avais vécu médiocrement, ignorant de tout, en marge de tout plaisir véritable. Il ne me fallait pas, par une sotte sensiblerie, refuser la chance qui m'était offerte.

Pour nous remettre de nos fatigues, nous décidâmes d'aller manger une soupe à l'oignon. Il était deux heures du matin, la ville dormait. Nous remontâmes la rue Sainte-Clotilde ainsi que le cours Belzunce sans pouvoir trouver une seule brasserie ouverte. Même les bistrots du quartier Saint-Pierre étaient fermés. Enfin nous découvrîmes, à deux pas des quais, une sorte de gargote en sous-sol qui demeurait ouverte toute la nuit : Chez Tinou. C'était un endroit enfumé, mal éclairé, où stagnait une forte odeur de vin répandu et de saucisson à l'ail. Autour du comptoir s'agglutinaient toutes sortes d'épaves, clochards, Arabes en guenilles, poivrots de toutes espèces flanqués çà et là de misérables putes hors d'âge. Nous nous assîmes à une table où l'on voulut bien nous servir deux assiettes de soupe. Je mangeai sans grand appétit, accompagnant chaque cuiller d'une gorgée de vin rouge. Cette soupe était à la fois délicieuse et infecte, infecte d'odeur et d'apparence aqueuse, mais infiniment suave bue ainsi dans ce sous-sol hors du monde, auprès de mon copain Juredieu. Personne ne s'occupait de nous. Nous-mêmes parlions peu, rassasiés de bien-être et gavés de plaisir. De temps à autre l'un de nous d'un mot évoquait notre fabuleuse soirée, et nous étions parfaitement heureux et satisfaits. Nous serions bien restés là jusqu'au petit matin. Peu à peu le vin rouge m'emplissait de torpeur, j'avais des absences, de grands moments flous où je ne savais plus tout à fait si l'instant que je vivais appartenait à la réalité ou au songe. Rien n'était tout à fait vrai, Chez Tinou, ni ces lamentables buveurs qui nous entouraient, ni nous-mêmes. Cependant ma lassitude se faisait de plus en plus grande, je proposai à Juredieu de partir. Il voulut bien. Il avait ce regard voilé, comme embué, qui révélait chez lui, je le découvris à la longue, un degré de fatigue et d'ivresse où s'engloutissait sa raison. J'aurais dû me méfier, mais je le connaissais encore mal. Nous sortîmes. Devant le petit bistrot il y avait une terrasse, et bordant cette terrasse des orangers nains dans des pots. Juredieu souleva l'un des pots et le fracassa contre les pavés. Dans la nuit tellement silencieuse cela fit un énorme bruit mou de terre et de poterie en éclats. Juredieu se saisit d'un second petit oranger et lui fit subir le même sort. Je n'avais plus moi-même toute ma raison, je trouvai ce geste cocasse et j'allais l'imiter lorsque du bistrot des ombres vociférantes jaillirent. Aussitôt nous détalâmes. C'est un quartier tissé de ruelles et d'impasses, de passages obscurs au milieu desquels serpentent des rigoles, d'escaliers dangereux comme des chausse-trappes. Qui n'en connaît les dédales et les pièges peut s'y perdre, y tourner en rond durant des heures. Mais j'étais né pour ainsi dire dans ce quartier, j'en connaissais chaque borne, chaque fondrière. Galopant à perdre haleine, Juredieu sur mes talons, j'eus tôt fait de semer la meute. Par prudence nous courûmes encore un moment, puis nous nous arrêtâmes, à bout de souffle. Nul bruit ne troublait la nuit, seul battait à nos oreilles notre cœur affolé.

– Qu'est-ce qui t'a pris, dis-je. Tu es complètement dingue !

Et c'était vrai qu'il l'était, par moments. Au-delà d'un certain seuil d'ivresse il ne savait plus ce qu'il faisait, il était capable de tout. Et même à jeun il adorait se mettre dans les plus mauvais cas, mais je ne le savais pas encore.

Certains d'avoir semé nos poursuivants, nous reprîmes paisiblement notre route. Cet excès de confiance nous perdit. Nous avions beau connaître le quartier, nos ennemis le connaissaient mieux encore. Au lieu de vainement nous donner la chasse, ils nous avaient tendu un piège. Brusquement ils surgirent devant nous. Ils étaient une dizaine. Je me retournai pour fuir, mais un autre groupe coupait nos arrières.

– Fonçons ! me cria Juredieu.

À sa suite je me précipitai contre ces ombres hostiles qui nous barraient le passage. Peut-être arriverions-nous à les bousculer, à leur échapper… Nous n'allions tout de même pas nous laisser faire comme des rats… Vas-y, vieux, défendons notre peau… Mais au premier contact nous nous retrouvâmes plaqués au sol, immobilisés. Je reçus quelques coups de pied dans les côtes, et des gifles, et encore des coups de pied. J'entendis Juredieu qui les injuriait. Pour ma part je n'en menais pas large, j'étais prêt à demander mille fois pardon, pourvu qu'on m'épargnât. Mais Juredieu n'était pas de ceux qui plient devant le nombre. Je l'aperçus qui se débattait et cognait, il réussit presque à se mettre debout et je crus qu'il allait leur échapper, mais un grand Noir le frappa du poing en plein visage et il s'écroula, assommé.

On nous traîna rudement jusqu'au petit bistrot. La panique me saisit. Je mesurais l'absurdité que nous avions commise en exerçant nos facéties parmi ces truands. Leurs règles n'étaient pas les nôtres, où nous n'apercevions que plaisanterie sans importance ils voyaient un défi. On nous jeta brutalement sur des chaises. On fit cercle autour de nous. Cela sentait le tribunal expéditif, le coupe-gorge. Il me vint des images de coutelas ensanglantés. Je souffrais d'un peu partout, mais de ne m'être point débattu m'avait sauvé du pire, au contraire de Juredieu qui était, le malheureux, dans un piteux état. Son nez tuméfié saignait abondamment et sa veste constellée de taches était toute gluante. Il avait peine à redresser la tête, on aurait dit qu'il louchait.

– Vous voilà bien arrangés, dit un petit homme, Tinou, le patron du bistrot. Vous voilà frais. Et maintenant, qui va payer mes potiches ? Vous avez une idée de ce que ça coûte, des potiches comme celles-là ? C'est malin !

– On vous paiera, dit Juredieu.

– On vous paiera ! Ça emmerde le monde et c'est tout ce que ça trouve à dire, on vous paiera. C'est pas une façon de s'excuser, ça. Et d'abord qu'est-ce qui vous a pris ? Pouvez me le dire, ce qui vous a pris ?

– Ben, quoi, fit Juredieu, on a bien le droit de rigoler !

– Drôle de façon. C'est ce qu'on vous apprend, au lycée, faire chier ceux qui travaillent ? Si je ne me retenais pas je t'apprendrais à vivre, morveux. À grands coups sur la gueule, que je t'apprendrais.

– Sale maquereau, dit Juredieu. Lâchez-moi seulement et vous allez comprendre.

– Ça se peut que je sois ce que tu dis. En tout cas ça m'empêche pas d'être poli. Je suis pas un fils de famille, moi, mais j'emmerde pas le monde. Voilà la différence.

– Vieux con, dit Juredieu.

Son saignement de nez reprit, il secoua la tête et des gouttes de sang rejaillirent à l'entour.

– Faudrait peut-être faire quelque chose, dit l'une des putes. On peut pas le laisser comme ça, Tinou.

– Va dans la cuisine, tu trouveras la boîte à pharmacie sur le buffet.

On pansa Juredieu. L'une des bonnes femmes essaya de nettoyer sa veste avec un torchon mouillé, mais cela fit d'horribles auréoles.

– Qu'est-ce qu'elle va dire en voyant ça, ta mère, dit la fille. Si mon drôle me revenait dans cet état, faudrait voir la rouste qu'il prendrait.

– Ma mère, je l'emmerde, dit Juredieu.

– Eh bien vrai, dit la fille. Si c'est permis d'entendre ça. Le mien, plutôt qu'il m'insulte, je préférerais le voir un membre cassé.

– Conasse, dit Juredieu.

J'en voulais à Juredieu de ne pas désarmer. Après tout

nous nous étions mis dans notre tort, et puisqu'on semblait ne pas vouloir attenter à notre vie, autant nous montrer beaux joueurs. Nous avions perdu, autant le reconnaître.

– Qu'est-ce qu'on pourrait leur servir ? dit Tinou. Sont tout blafards, ces mômes. Faut les remonter.

On nous donna des grogs. C'était le verre du pardon, du moins le comprenais-je ainsi. J'en fus tout ragaillardi.

– Faut pas nous en vouloir, dis-je. On avait un peu bu, on ne savait plus très bien ce qu'on faisait.

– Parle pour toi, dit Juredieu. Moi je suis toujours conscient de mes actes.

– Cesse de faire le malin, dis-je. Tu vois bien qu'on a affaire à des braves gens.

Il me dévisagea. C'était la première fois que je lui tenais tête. Admit-il que j'avais raison, ou bien comprit-il que son entêtement ne signifiait plus rien ? Il tendit la main au patron. La paix était signée.

Nous demeurâmes encore un bon moment Chez Tinou. Nul ne nous prêtait plus attention, le patron était retourné derrière son comptoir et les clochards s'enlisaient dans leur brume. Près de nous, sur une chaise, une fille caressait un gros chat noir. Je n'avais jamais vu de chat aussi gros, aussi docile. Lorsque la fille de son ongle écarlate lui caressait le derrière des oreilles, il ronronnait à grand bruit, s'étirait de plaisir. La fille nous parla longuement de ce chat qu'elle avait connu tout petit, elle contait ses fredaines et ses déboires de matou avec la même tendresse qu'elle aurait eue pour parler d'un enfant. Autour de nous palpitait une vie paisible et feutrée, on parlait peu. Je me sentais étrangement bien. La pensée de mes parents et du souci qu'ils avaient de moi ne m'atteignait presque plus, je serais volontiers demeuré là jusqu'au matin, à écouter cette fille. Mais un marin portugais vint la chercher et nous nous retrouvâmes seuls, Juredieu et moi. Il était vraiment temps de rentrer. Avant de partir nous promîmes de revenir dès le lendemain payer le prix des potiches. Je voulus donner au patron mon nom et mon adresse, pour lui ôter toute crainte, mais il refusa. Il nous faisait confiance. Nous nous séparâmes contents les uns des autres en nous serrant la main.

Une bombe éclata square Jules-Ferry, devant la statue d'Anatole France. La charge devait être plus forte qu'à l'accoutumée, la barbe de l'illustre écrivain en subit quelques dommages. L'incident avait eu lieu sans témoins, au petit jour, et les journaux du matin réussirent à sortir une édition spéciale relatant l'événement. Ma mère en m'apportant le petit déjeuner m'annonça la nouvelle. Elle savait combien ces bombes mystérieuses m'intéressaient. D'un regard troublé par tant de sommeil inassouvi je parcourus l'article. L'indignation du chroniqueur avait surtout pour cause le lieu de l'attentat. On ne commet pas ce genre de crime en pareil endroit, là même où s'ébat toute une enfance innocente. Mais au petit jour le square Jules-Ferry était clos, tant d'indignation m'apparut bien littéraire. Au reste ma fatigue était trop grande pour ne pas amoindrir mon intérêt. Je m'en fichais un peu.

– Augustin, à quelle heure es-tu rentré cette nuit ?

Je m'attendais à cette question.

– Assez tard, dis-je. Je ne sais pas au juste.

– Je t'ai attendu jusqu'à près d'une heure. Mais j'ai dû m'endormir, je ne t'ai pas entendu rentrer.

– Après le cinéma on a un peu discuté. Tu sais ce que

c'est, maman. J'ai raccompagné Juredieu chez lui, et puis il m'a raccompagné. Le temps passe sans qu'on s'en rende compte.

– Tu as bien mauvaise mine, Augustin. Je n'aimerais pas que tu prennes l'habitude de sortir le soir.

– Mais, maman, c'est la première fois.

– Et puis je ne fais aucune confiance à ton ami. Tu es un bon petit garçon. Je ne voudrais pas que tu aies de mauvaises fréquentations.

– Mais c'est le meilleur élève de la classe, maman. Il est toujours premier.

– Ce n'est pas une raison.

Elle n'insista pas. Je me promis à l'avenir de lui parler le moins possible de Juredieu. Il fallait être prudent, me surveiller. Mais j'étais bien décidé à poursuivre mes escapades. Et je doutais qu'on m'y autorisât. Il me fallait donc trouver une astuce. Pour l'instant je n'en découvrais aucune, j'avais l'imagination au plus bas, mais j'espérais beaucoup en Juredieu. Juredieu trouverait quelque chose, lui, Juredieu n'était jamais à court d'imagination.

Le lycée m'apparut singulièrement insipide. J'étais comme hébété, abruti de fatigue, j'avais beau m'appliquer je ne saisissais rien de ce qu'ânonnait Flopette, le prof de grec, il parlait un langage que je n'entendais plus, j'aurais voulu dormir, m'enfoncer dans le sommeil, glisser dans cette volupté du sommeil qui me semblait alors le seul plaisir véritable, l'unique vraie jouissance. Dormir. Partir à la dérive. N'être plus rien, se laisser aller, se laisser emporter. Volontiers je me serais étendu là, à même le plancher poussiéreux de notre classe. Mais je n'en avais pas le droit, il me fallait payer cette nuit d'orgie. Et le souvenir de ce que j'avais vécu m'emplissait d'allégresse. D'incroyables images surgissaient en moi, je nous revoyais, Juredieu et moi, à poil sur ce grand lit, c'était une vision absurde et délectable, je respirais l'odeur des gamines, j'entendais leurs petits rires, leurs gloussements, j'avais dans le creux de mes mains la moiteur de leur peau, la fermeté de leurs épaules, de leurs hanches, il m'en venait un renouveau de désir, des frissons d'impatience me parcouraient. Et ce que j'étais en train de subir, sur ce banc de lycée, me semblait parfaitement vain. La vraie vie était ailleurs. La vraie vie n'existait qu'au cœur de la nuit, quelque part dans cette ville si bien aménagée pour les plaisirs défendus, avec ses recoins d'ombre, ses cachettes, ses lieux complices.

Juredieu et moi nous étions placés aux deux extrémités de la classe. Impossible de communiquer. Durant l'intercours de dix heures nous pûmes enfin nous dire quelques mots. Il me tardait de savoir si les choses s'étaient bien passées pour lui, à son retour. De ce côté tout allait. Il était rentré sans se faire pincer, il s'était débarrassé de ses vêtements tachés de sang qu'il avait dissimulés derrière la corniche d'une armoire, personne ne s'était douté de rien. Mais Juredieu avait des soucis d'un autre ordre. La fête c'était bien beau, mais cela coûtait cher. Il n'avait plus d'argent. Sa mère l'avait envoyé promener ce matin même lorsqu'il lui en avait demandé. Le Pépé devenait de plus en plus méfiant, on ne pouvait espérer grand-chose de ce côté-là. Cela devenait grave. J'appris que Juredieu avait promis trois autres bouteilles de cognac au barman du Roi de Cœur en paiement de sa chambre.

– C'est un exploiteur, un salaud. Il profite des circonstances.

Où emmènerions-nous les deux filles, si nous ne pouvions plus payer cette chambre ? Je mesurai le tragique de la situation. Il y avait plus grave encore. Nous restions débiteurs de ces deux potiches. Certes le patron de Chez Tinou n'avait aucun moyen de nous poursuivre, mais aux yeux de Juredieu il s'agissait d'une dette d'honneur. On lui avait fait confiance, il ne trahirait pas sa parole. J'approuvai, bien que la raclée que nous avions reçue m'apparaissait solder le compte. D'ailleurs seules comptaient pour moi les petites, et nos futurs ébats. Il nous fallait un local à nous, une chambre, quelque tanière discrète et sûre. Et gratuite. Facile à dire. Juredieu ne voyait pas de solution. Chez lui il n'était pas question qu'il amenât qui que ce fût. Chez moi non plus.

Tandis que nous débattions de notre infortune, le grand Cros vint rôder autour de nous. Il était semblable à ces chiens errants qui se prennent pour vous d'affection, mêmes yeux navrants, même insistance. Il nous aimait, voilà. Et je mesurai combien la terreur qu'il m'avait inspirée naguère était folle. Il avait suffi pour le désarmer de lui caresser le poil à l'endroit.

J'eus soudain l'idée de nous servir de lui. Hep ! Approche-toi… Il accourut aussitôt. Je lui demandai si notre serment de la veille tenait toujours. Il eut l'air indigné. Pour qui le prenait-on ? Il avait juré, c'était dit. Pour la vie, qu'il avait juré !

– Parfait. Ne te fâche pas. Mais Juredieu et moi on a des intentions. Alors avant de te mettre au courant, je voulais être sûr, tu comprends.

– C'est quoi, vos intentions ?

– On t'expliquera plus tard. Ce qu'il nous faut, pour l'instant, c'est un endroit pépère où on pourrait se réunir, tous les trois, et discuter de nos affaires. Une planque, si tu veux. Un repaire connu de nous seuls. Mais on a beau chercher, Juredieu et moi, on a rien trouvé. Alors on a pensé à toi.

Le grand Cros ne répondit pas. Sa face obtuse semblait torturée par la réflexion.

– Hé, Cros ! Tu ne vois vraiment rien ?

– Moi ? Que dalle.

– C'est embêtant, ça. J'avais compté sur toi. Je pensais que tu étais débrouillard. Tant pis.

– Chez moi, il y a bien une cave, mais il faudrait que j'en parle à mon père.

– Pas question, dit Juredieu. Si ton père est au courant, c'est foutu.

– Écoutez ! fit le grand Cros tout à coup hilare. Les potes, j'ai votre affaire ! Ça n'est rien de bien chouette, mais peut-être que ça pourra aller ! Derrière chez moi, au fond du jardin, il y a un vieux wagon de pendant la guerre. Autrefois il y avait une voie qui passait par là, qu'on a supprimée depuis. C'est les Allemands qui l'ont abandonné.

– Il est comment, ton wagon ? demanda Juredieu.

– Au poil, mon vieux. C'est des anciennes premières. Il y a encore les coussins et tout. Faut dire que c'est un peu dégueulasse, depuis le temps, mais en nettoyant un bon coup ça pourra aller, j'en suis sûr.

– Comment c'est qu'on l'atteint, ton truc ? Il faut passer par chez toi ?

– Justement, non. La palissade du jardin est à moitié foutue, on entre comme on veut.

Nous demeurions sceptiques. Un vieux wagon dans un terrain vague nous semblait peu propice à des rendez-vous d'amour. Cependant il ne fallait rien négliger et nous décidâmes d'aller nous rendre compte sur place dès le soir même, à la sortie de quatre heures. On verrait bien.

En attendant, le grand Cros insistait pour connaître ces projets auxquels j'avais fait allusion. Il n'aimait pas le mystère, lui. Puisqu'il était des nôtres, on n'avait rien à lui cacher. J'étais bien embêté. Comme il commençait à prendre fort mal la chose, je m'accrochai à la première idée qui me traversa la tête. Je lui dis que Juredieu et moi avions décidé de démasquer l'auteur des attentats. C'était rageant à la fin d'ignorer qui lançait ces bombes. Se montrer plus habile que la police, réussir là où tous avaient échoué, voilà me semblait-il une action digne de nous. Le grand Cros eut l'air déçu, il s'attendait à mieux. Par contre Juredieu fut enthousiaste. Ce mystère l'intriguait autant que moi, et s'il ne s'en était déjà mêlé c'était faute d'en avoir les moyens, seul il ne pouvait rien faire, mais désormais nous étions trois, voilà qui changeait tout. Nous dépisterions le malfaiteur. Nous découvririons ses mobiles. Que ferions-nous de lui, une fois que nous l'aurions pris ? Il était encore trop tôt pour en décider, et cela n'avait d'ailleurs aucune importance. L'essentiel n'était pas là. L'essentiel était dans ce merveilleux plaisir de la chasse que nous nous promettions.

Je ne pus dissimuler tout à fait cette bouffée d'orgueil qui me vint. Décidément, je n'étais plus le même. J'étais en passe de devenir quelqu'un. J'avais des maîtresses, je m'étais enivré, j'étais rentré à quatre heures du matin, et maintenant je venais de donner un sens à notre complicité. Je ne me rappelais plus qu'à grand-peine l'enfant que j'étais hier encore.

⋆

À midi j'espérais m'en aller avec Juredieu, mais il prétendit qu'il avait à faire de son côté et me laissa. Je n'insistai pas. Quand Juredieu ne voulait pas de vous, il était inutile de se raccrocher. Je fis de mon mieux pour cacher mon dépit, je ne voulais pas qu'il sût le prix que j'attachais à son amitié, mais ma déception était si vive qu'il dut s'en apercevoir. Sans lui je me sentais désemparé, je ne savais plus que faire de ma peau. Toute action à laquelle il ne participait pas me paraissait vaine, tout plaisir qu'il ne partageait pas me semblait fade. Je découvrais aussi un nouveau sentiment, la jalousie. Qu'avait-il à faire de tellement important qu'il ne voulût pas de moi ? Quel intérêt l'animait dont il voulait m'exclure ? Je perdais mon jugement. L'esprit moins occupé de lui, j'aurais admis sans peine qu'il m'écartât. Mais mon amitié devenait exclusive, l'absence la plus justifiée me semblait une trahison.

Comme je disposais d'une bonne heure avant le repas, je remontai la rue Sainte-Clotilde jusqu'au théâtre. Il y avait foule, j'avançais à grand-peine, à contre-flot, bousculé par des bandes d'étudiants et de vendeuses. Des queues se formaient devant les brasseries, on assiégeait les marchands de crêpes et de beignets. D'ordinaire j'aimais me mêler à cette foule, respirer les odeurs de friture qui montaient des baraques en plein vent. Cela sentait bon la gaufre chaude et le bouquet d'œillets à cinq francs, un accordéon de temps à autre parvenait à dominer le tumulte, des triolets fusaient, allègres comme des petites flammes sonores, puis le lugubre appel d'un vendeur de billets couvrait la musique, ou la voix cassée d'une marchande d'artichauts. Mais ce jour-là je ne parvenais pas à me sentir heureux. Juredieu n'avait pas voulu de moi. Et ce sentiment d'être rejeté, presque chassé, était si fort qu'il m'empêchait de participer à la joie collective, tant d'agitation me semblait consternante, je ne savais plus en saisir le charme.

À l'entrée des Galeries Parisiennes, juché sur une marche comme une manière de bouddha, un cul-de-jatte vendait des journaux. En première page un titre énorme attira mon regard : *L'auteur des attentats arrêté*, disait la manchette. Ainsi c'en était fait de mon idée mirobolante, la police nous avait devancés. Ma déception était si vive que je voulus croire à une erreur. Je fouillai mes poches et achetai l'édition spéciale. En première page il n'y avait que peu de détails, on donnait seulement le nom du terroriste, un certain Langlade, et sa profession. Il s'agissait d'un accordeur de pianos. À l'intérieur du canard quelques brèves lignes relataient l'événement. Musicien raté, le dénommé Langlade avait déjà fait de nombreux séjours dans des hôpitaux psychiatriques. Il vivait seul, près des bassins à flot, dans un pavillon isolé. Une femme de ménage venait trois fois par semaine entretenir son intérieur. C'était cette femme de ménage qui avait tout découvert. Depuis longtemps déjà elle était intriguée par une sorte de confiturier que l'accordeur de pianos maintenait toujours fermé à clef, comme s'il eût contenu un trésor. Or ce matin même, en prenant son service, la bonne femme avait trouvé son maître au lit, cloué par une forte grippe. Peu après elle avait remarqué que le vieux musicien, sans doute égaré par la fièvre, avait oublié d'enlever la clef du confiturier. Mue par la curiosité, elle avait ouvert le meuble. Ce qu'elle avait alors découvert l'avait bouleversée. Il y avait là, rangées sur des étagères, une douzaine de bombes. La vieille femme avait tout de suite su qu'il s'agissait là de bombes car jadis son mari, qui appartenait à la Résistance, avait manipulé devant elle des engins à peu près semblables. Elle avait aussitôt prévenu la police. Arrêté, Langlade était passé aux aveux. Il tenait ces explosifs d'un vieux stock de munitions que les Allemands avaient abandonné dans la base sous-marine. Il bricolait lui-même les détonateurs avec ses outils d'accordeur de pianos. Interrogé sur les mobiles qui l'avaient poussé à commettre de tels méfaits, il n'avait pas caché la haine qu'il nourrissait envers ses semblables. Tous des salauds, s'était-il écrié. Je les crèverai tous.

Eh bien l'affaire était résolue, il n'y avait plus de mystère. L'arrestation de ce pauvre diable mettait fin à notre enquête avant même qu'elle eût commencé. Je me sentais affreusement déçu. L'aventure tournait court, cette chasse dont je me promettais tant de joie. Mais surtout les bombes n'éclateraient plus. La ville retomberait à sa quiétude, à sa bonhomie. Cette sourde angoisse qui montait depuis quinze jours, ponctuée de par les noirs déchirements des explosions, allait de nouveau faire place à la monotonie quotidienne, à l'ennui.

Encore sous le coup de mon désappointement, je parvins sur la place du théâtre. Et aussitôt je sus que ce n'était pas le hasard seul qui m'avait mené jusque-là, mais cet espoir combien vague et mal formulé d'apercevoir Vinca, moins qu'un espoir à vrai dire, plutôt le dérisoire plaisir de songer qu'elle était peut-être là, derrière ces murs et ces colonnes. Je fixai le majestueux bâtiment et il me sembla le découvrir pour la première fois, j'en reconnus l'harmonie, l'équilibre, toutes qualités qui m'avaient jusqu'alors échappé et auxquelles je n'étais sensible soudain que parce qu'elles s'associaient désormais pour moi à la possible présence de Vinca. Je traversai la place et gravis les quelques marches qui menaient au péristyle. L'envie de battre en retraite me tenaillait en même temps qu'une force inconnue me poussait en avant. Je fis le vide en moi. Je me voulais robot, corps docile obéissant à un ordre que je m'étais donné et que je n'avais plus pouvoir d'abolir. Et en même temps je me regardais agir. Je m'interrogeais. Auras-tu le courage d'aller jusqu'au bout. Auras-tu ce courage. Et en moi luttaient la panique et cette conviction que si je reculais maintenant, jamais plus je n'aurais la volonté d'agir. Je me vis, longeant l'un des bas-côtés percés de larges arcades, parvenir jusqu'à la loge du concierge. Ce que je faisais là était absurde. On allait me rire au nez. On allait me chasser. Je toquai au carreau. Une petite vieille vint m'ouvrir. Je demandai si mademoiselle de Pellegrue était là. La petite vieille l'ignorait. Elle consulta un panneau recouvert de fiches mobiles où étaient indiquées les répétitions en cours. Son vilain doigt crochu sautait de fiche en fiche, j'avais le cœur douloureux à force de battre trop vite et j'implorais les dieux pour qu'on me répondît que ce jour-là mademoiselle de Pellegrue n'était pas venue travailler, ou qu'elle était déjà repartie. Mais les dieux ne m'entendirent pas. Vinca était là, qui répétait *Giselle*. Elle allait sortir d'un moment à l'autre.

– Voulez-vous que je la prévienne ? dit la petite vieille. Elle est sûrement dans sa loge, je peux lui téléphoner.

– Non, non, dis-je, ne la dérangez surtout pas. J'attendrai.

Maintenant je ne pouvais plus reculer, je m'étais engagé trop avant. Mais comment l'aborder ? Et que lui dire ? Je regardai le triste petit escalier par où tout à l'heure elle apparaîtrait, et j'essayai d'imaginer la scène, mais alors l'absurde de ma démarche m'empêcha de rien voir, je vivais un mauvais rêve, quelque événement subit allait tout remettre en place, Vinca n'apparaîtrait jamais, je ne la reverrais pas.

– Vous êtes peut-être un parent ? me dit la petite vieille. La direction n'aime pas trop qu'on vienne attendre ces demoiselles, mais un si jeune homme, n'est-ce pas, ça n'est pas conséquent.

J'expliquai que je n'étais pas un parent mais un ami de Vinca, et que de passage pour quelques jours j'avais tenu à saluer la jeune fille. Que la petite vieille se rassure, c'était bien vrai que ma visite était sans conséquence. Nous bavardâmes un moment. J'essayai d'en apprendre plus sur Vinca, mais des questions trop précises risquaient de révéler mon imposture. D'ailleurs la petite vieille n'avait pas grand-chose à me dire, Vinca était nouvelle venue, elle la connaissait peu.

Tout à coup il y eut une grande rumeur dans la cage d'escalier, des rires et des bruits de marches dévalées, des éclats de voix, et je fus submergé par une trentaine de jeunes filles qui sans ménagement me bousculèrent et prirent le large. Au passage, j'essayai de découvrir Vinca, mais je ne la vis pas.

– Elles sont toujours pressées, dit la vieille. Dame, à leur âge ça creuse, toute cette gymnastique. Mademoiselle de Pellegrue ne va plus tarder maintenant. Elle s'en va toujours la dernière.

J'attendis encore un peu. Puis de très loin, dans cette partie de l'escalier que je ne pouvais voir, j'entendis naître un bruit de pas infiniment léger et gracieux, pas même un bruit, un effleurement, une sorte de caresse dansant sur la pierre. Et soudain Vinca apparut. Elle était vêtue d'un manteau rouge, mais d'un rouge somptueux, chatoyant, lumineux, d'un rouge comme je n'en avais encore jamais vu et qui donnait à son visage naturellement pâle des reflets d'un rose tendre. Une large ceinture marquait sa taille. Ce jour-là elle ne portait pas de bottes, et pour la première fois je vis ses jambes. Les jambes de Vinca. Elles la résumaient tout entière, elles n'étaient que légèreté et souplesse, élégance, elles étaient à la fois longues et pleines, fines et musclées, d'une perfection sans froideur. J'aurais aimé les saisir à pleins bras, frotter ma joue contre elles. J'aurais aimé me jeter à ses pieds, en signe d'adoration.

Elle m'aperçut. Je m'avançai à sa rencontre et dans un bafouillement je lui demandai si elle me reconnaissait. Mais bien sûr, elle me reconnaissait. Simplement elle ne s'attendait pas à me retrouver là. Qu'étais-je venu faire ?

Est-ce que je cherchais quelqu'un? Je lui expliquai comment j'avais retrouvé sa trace, grâce au programme de tante Léone, et que l'idée m'avait pris de venir m'excuser.

– Vous excuser? Mais de quoi!

– Pour l'autre soir... Mon copain n'a pas été très gentil envers vous.

Elle ne comprenait pas très bien, elle jugeait l'incident sans importance, mais l'essentiel était pour moi de trouver une entrée en matière, quitte à trahir Juredieu.

– C'est un brave type, dis-je, mais il y a des trucs qui lui échappent. Il manque de finesse, si vous voyez ce que je veux dire.

Conscient de ma bassesse, je me mis à démolir Juredieu. Le remords m'égratignait, mais je n'avais pas le choix, Juredieu était le seul être dont Vinca et moi puissions parler ensemble. D'ailleurs mes propos ne pouvaient en rien lui nuire, Vinca n'irait jamais les lui répéter.

– Si ce que vous dites est vrai, dit-elle, vous ne devriez pas le fréquenter. Vous finirez par lui ressembler.

Nous étions sortis du théâtre et nous marchions côte à côte, sur les Allées Marines. De me trouver en compagnie d'une jeune fille aussi belle, j'en étais ébloui. Il me semblait que les passants n'avaient d'yeux que pour elle, des bouffées de vanité me montaient au visage.

– Vous avez raison, dis-je, je ne devrais pas le fréquenter. Mais je suis si seul dans la vie. Ah, si vous saviez comme je suis seul.

– Pauvre garçon, dit Vinca.

Et il n'y avait pas trace d'ironie dans sa voix.

Dans mon cerveau il y eut un déclic. J'eus la révélation que Vinca devait être accessible à la pitié. Elle ne s'intéresserait à moi que dans la mesure où je lui apparaîtrais lamentable et démuni. Certaines femmes ont ainsi la vocation de plaindre, de protéger. Leur cœur ne s'émeut que devant la détresse. Je décidai sur-le-champ de m'inventer un personnage.

– Si je ne craignais pas de vous importuner, dis-je, je vous parlerais de la vie que je mène. Ça n'est pas drôle tous les jours. Mais j'aurais peur de vous ennuyer.

Elle m'assura que je ne l'ennuyais absolument pas. Elle aussi se sentait très seule, il y avait peu de temps qu'elle était arrivée chez nous et elle ne connaissait encore personne. Elle me demanda mon nom. Elle me pria de l'appeler Vinca. Elle-même se mit à me tutoyer, mais ce tutoiement au lieu de m'être doux me peina, il soulignait trop bien qu'à ses yeux je n'étais qu'un gamin. Je lui demandai la permission de la raccompagner jusque chez elle. Elle accepta, il me sembla même que ma proposition lui faisait plaisir. Sa voix me troublait, c'était une voix dénuée d'accent, mais infléchie, d'une préciosité alanguie qui s'attardait sur certains mots au point qu'il me semblait les entendre pour la première fois. Elle parlait avec application, soucieuse d'être bien comprise, et tout ce qu'elle disait me ravissait. Elle m'avoua qu'elle n'avait personne à qui se confier, ce qui expliquait peut-être qu'elle ait aussi volontiers accepté ma compagnie. Ses camarades du corps de ballet l'ignoraient, on la trouvait trop distante, trop fière. Elle aurait bien voulu changer sa façon d'être, susciter des sympathies, mais elle ne pouvait se modifier, ces manières affectées qu'on lui reprochait lui étaient naturelles, elle était née ainsi, il n'y avait en elle rien de prémédité. Dans un élan de ferveur je lui dis que je la trouvais merveilleuse. Le sérieux de ma déclaration la fit pouffer de rire, elle s'arrêta et me prenant par les épaules elle me piqua sur la joue un petit baiser. J'en fus tout étourdi. Ses yeux étaient illuminés d'une gaieté malicieuse qui l'embellissait encore. Je compris brusquement que je l'aimais. J'aimais Vinca. Nulle autre jamais ne m'était apparue plus belle, et j'étais certain de n'en rencontrer jamais qui l'approchât. Tout en elle m'emplissait d'enchantement, la couleur de ses yeux, la forme de sa bouche, sa façon de battre des cils, de ramener sur sa gorge les deux pointes de son col, d'une seule main, mais surtout son parfum, une senteur subtile et douce comme celle d'une prairie à la tombée du soir. Je me sentais pétri d'amour, et en même temps la certitude de mon malheur m'atteignait. Vinca ne m'aimerait jamais. La différence d'âge entre nous était beaucoup trop grande, jamais nous ne pourrions nous rejoindre, à ses yeux je demeurerais tel que je lui étais apparu, un gamin monté en graine dont on accepte la camaraderie mais dont on veut ignorer les sentiments. Mon infortune était irrémédiable. D'ailleurs je me sentais parfaitement indigne d'elle. Je n'étais pas celui que je semblais être, j'étais déjà perverti, souillé. J'avais accompli des gestes que je n'aurais pu sans honte lui avouer.

Elle me dit sa vie monotone, le petit studio qu'elle avait loué près de la Porte-Vieille et qu'elle n'avait pas eu le temps d'aménager, tant elle était prise par son travail. Elle me raconta ce travail, l'excès de fatigue après les répétitions, les mesquineries du maître de ballet, Oratio, et ses petites colères rageuses, son opiniâtreté à toujours exiger davantage, et les menues querelles entre filles, les questions de préséances, les problèmes de chaussons que la direction refusait de fournir, et le retour chez soi à minuit passé quand on hésite à prendre un taxi et que rôdent par les rues tous les sans-foyer, les détraqués nocturnes. Non, ce n'était pas toujours drôle. Mais elle avait bon caractère, elle ne se plaignait pas, et d'ailleurs elle avait choisi ce métier par vocation, elle n'en imaginait pas d'autre, mais elle était contente de pouvoir se confier à quelqu'un, ne fût-ce qu'à moi, misérable vermisseau, et dire combien elle était lasse certains soirs. Je lui assurai que désormais sa vie serait différente, maintenant qu'elle m'avait rencontré. Cela la fit rire et elle m'embrassa de nouveau. Mais je n'étais pas certain que son rire ne dissimulât pas un rien d'émotion. Elle était véritablement démunie, solitaire. L'amitié que je lui proposais ne pouvait que la secourir.

Mais il était temps pour moi de la quitter. Je m'étais déjà beaucoup trop attardé. Nous étions arrivés devant chez elle, sur Porte-Vieille, à deux pas du lycée. Elle voulut me faire monter pour me montrer son logis, mais je refusai, j'étais inquiet, je lui promis d'accepter la fois prochaine. Je lui demandai quand elle m'autoriserait à la revoir. Elle me fit le reproche de me montrer trop cérémonieux avec elle. Elle n'avait pas d'autorisation à me donner, je pouvais la revoir quand bon me semblerait, au théâtre ou chez elle, à mon gré.

– Maintenant sauve-toi vite, Augustin, puisque tes parents t'attendent. À bientôt.

De la main elle m'adressa un petit geste tendre, tandis que je courais à toutes jambes vers les quais. J'étais ivre de bonheur, de vanité, mais aussi d'amertume. Ma bravoure m'étonnait, le courage qui m'était venu pour retrouver Vinca. Et je m'applaudissais de l'habile façon dont j'avais mené mon affaire, de la hardiesse dont j'avais fait preuve, moi si timide. Hélas, j'en avais la certitude, tout cela ne me mènerait à rien. Vinca ne serait jamais à moi. Je ne serais pour elle que le gentil camarade à qui l'on permet presque tout, tant il offre peu de danger. Et ce rôle ingrat me désespérait.

Mes parents commençaient à s'inquiéter. Il me fallait trouver une ruse pour expliquer mon retard, je ne voulais pas leur en révéler la vraie cause. Une inspiration me vint. Je sortis de ma poche l'édition spéciale annonçant l'arrestation du terroriste. En leur demandant s'ils connaissaient la nouvelle, j'expliquai en même temps que je m'étais attardé avec des copains pour discuter de l'événement. Mais mon père était au courant, il avait écouté la radio où l'on avait d'ailleurs donné de plus amples informations.

– Dans cette affaire quelque chose me paraît étrange, dit-il. C'est la nature des explosifs. Des barres de mélinite auraient dû commettre des dégâts considérables. Cela ne ressemble en rien à un vulgaire pétard, tu peux m'en croire, Augustin. On s'en servait pendant la guerre pour faire sauter les ponts. Évidemment le bonhomme a avoué, c'est un fait troublant, mais je reste sceptique.

Ma mère assura que la police possédait bien des moyens de faire avouer les innocents. Mon père lui rétorqua qu'elle vivait sur des idées toutes faites, que la police était moins brutale qu'on ne le prétendait, et que de toute façon les tribunaux se méfiaient toujours de ces sortes d'aveux. Un débat tout théorique s'instaura entre mes parents. Ils adoraient n'être pas d'accord, quitte à troquer leurs opinions respectives afin de mieux relancer la discussion. Pour l'heure ces problèmes m'étaient indifférents. M'étant gavé d'un reste de macaronis, je sortis de ma poche le beau marron que m'avait donné Vinca. Maintenant que j'avais retrouvé la jeune fille, ce marron m'apparaissait moins précieux, mais il me suffisait de le caresser au creux de ma main pour la revoir, elle, telle que je venais de la quitter, à la fois immatérielle et charnelle, inaccessible et toute proche. À deux reprises elle m'avait embrassé. Un gros soupir me vint que j'essayai de retenir pour ne pas attirer l'attention de mes parents. Mais ils n'avaient pas souci de moi. À certains moments je n'existais pas pour eux, ils se suffisaient à eux-mêmes, tout entiers pris par le bonheur d'être l'un auprès de l'autre. À demi renversé sur le dossier de sa chaise, mon père croquait un à un des grains de muscat, tandis que ma mère, le menton appuyé contre ses paumes, au milieu de la vaisselle sale et des livres, le contemplait en l'écoutant, l'air extasié. Elle si grise d'apparence, une sorte de beauté lui venait alors. Elle paraissait transfigurée. Je n'étais pas jaloux de leur bonheur, il m'était nécessaire, c'était l'élément stable sur lequel je m'appuyais moi-même, à mes heures de chagrin ou d'anxiété. Tant que ce bonheur durerait j'en aurais moi aussi ma part, je pourrais m'y réchauffer, y reprendre confiance. Il me débarrassait de bien des doutes, ce bonheur. Au-dehors je pouvais commettre le mal, me perdre à demi, me laisser aller à mes instincts les plus bas, je savais bien qu'au fond rien de tout cela n'avait d'importance, la vérité n'était pas au-dehors, mais ici même, enclose dans le cercle que nous formions tous les trois.

Une palissade fermait le jardin. Deux planches arrachées ménageaient une ouverture par laquelle on pouvait aisément se glisser. Au-delà c'était un foisonnement d'herbes folles, de ronces, d'arbres encore feuillus qui vous dérobaient à la vue. Nulle bâtisse n'apparaissait hormis la nef de l'ancienne église Saint-Éloi dont les ogives à demi ruinées croulaient sous le lierre. On se serait cru à la campagne, loin de tout, si la rumeur de la gare, toute proche, n'avait dénoncé la présence de la ville.

– C'est par ici, dit le grand Cros. Suivez-moi.

À travers l'épaisse végétation on apercevait des rails de chemin de fer rongés par la rouille. Le grand Cros nous expliqua qu'autrefois les voies venaient jusque-là où existait alors un marché à bestiaux. Mais depuis la guerre tout cela ne servait plus à rien.

– Nous y voilà, dit Cros.

À demi dissimulé derrière un bouquet d'arbres, nous découvrîmes le wagon. L'un de ses boggies manquait, ce qui expliquait qu'on l'eût abandonné, et depuis lors il demeurait en équilibre sur des bois de traverse. Sa peinture verte s'écaillait, à peine pouvait-on encore déchiffrer l'inscription témoignant qu'il s'agissait là d'une voiture de première classe. Ce n'était plus qu'une épave sinistre, noirâtre, à demi engloutie sous les ronces. Juredieu ne masqua pas sa déception.

– Parlez d'un palace ! Pour amener des poupées là-dedans, faudra se montrer persuasifs.

– Attends de voir, dit le grand Cros d'un air désolé.

Nous grimpâmes dans la voiture. L'intérieur en était incroyablement sale et délabré, plein de feuilles mortes, de détritus, de toiles d'araignées, cependant l'ensemble avait moins souffert qu'on n'aurait pu craindre. Les compartiments étaient presque intacts, avec leurs coussins, leurs tablettes, et jusqu'à leurs glaces.

– En astiquant bien, dit le grand Cros, ça aurait de la gueule, sûr ! Tenez, il y a encore les cendriers. Et visez ces pullmans, dit-il en se laissant choir dans un grand envol de poussière. Du premier choix. Grand luxe garanti.

– Oui, fit Juredieu. Ça n'est pas impossible. Mais quel boulot, les gars !

Le grand Cros semblait tenir à sa trouvaille.

– En s'y mettant tous les trois, dit-il, on rafistolerait ça en moins de rien. J'en fais mon affaire. Et puis vous n'avez pas tout vu. Au bout du couloir il y a encore les chiottes, avec lavabo et tout. Le grand confort. Sûr que ça manque d'eau et d'électricité, mais faut pas pousser. Les chiottes, c'est précieux.

– On n'arrivera jamais à remettre tout ça en état, dit Juredieu. Je suis d'avis qu'on choisisse un compartiment. Ça suffira. On condamnera le reste, au besoin on masquera les portes avec des rideaux, ça fera moins miteux. Mais d'abord il faudrait du matériel, des balais, de la flotte. Trouve-moi ça, Cros. Et vite.

– Tout de suite ?

– Évidemment, ballot. On ne va pas attendre huit jours pour s'y mettre. Allez, grouille. Et tâche de ne pas te faire repérer.

Le grand Cros s'en fut prestement.

– Tu vois ce que j'en fais ? dit Juredieu. Un vrai toutou, ce mec.

Il semblait brusquement tout joyeux, excité. Moi-même je ne partageais pas son enthousiasme.

– Tu crois vraiment qu'on peut faire quelque chose de ce truc ? C'est infect. Jamais les petites n'accepteront d'y venir.

– Laisse-moi faire, vieux. J'ai mon idée. Quand tout sera en place on en reparlera. Juredieu c'est quelqu'un, crois-moi.

Je lui demandai s'il avait réussi à trouver de l'argent pour payer les potiches. Il ouvrit son portefeuille et me montra plusieurs gros billets. Je ne tenais pas à savoir d'où il les sortait, mais il me l'expliqua. Il avait un petit frère, Jérôme, qui était un vrai niais. Comme le gosse n'avait aucun désir, il amassait tout l'argent qu'on lui offrait pour ses anniversaires ou ses bonnes notes en classe, il ne dépensait jamais rien. Un véritable scandale.

– Tu ne vas tout de même pas me dire que tu as piqué les économies de ton petit frère ?

– Et après ?… Non, rassure-toi. Je ne lui ai rien piqué. Je lui ai gagné son fric au poker. Remarque qu'il n'est pas fou, le môme, il refusait de jouer. Mais j'ai des arguments convaincants. Le coup du bras retourné, tu connais ?

– À ta façon tu es le vrai salaud, Juredieu.

– Mais non, vieux. C'est toi qui es trop formaliste. Tu vieilliras.

Le grand Cros revint avec un plein chargement d'ustensiles ménagers. Nous nous mîmes au travail.

⋆

C'était un labeur tout nouveau pour moi, et qui en d'autres circonstances m'eût répugné. La poussière me piquait les yeux, m'asphyxiait. Il fallut avec des branches décrocher les toiles d'araignées, on aurait dit de gros cordages noirs de suie, et gratter dans les coins, pourchasser tout ce que le vent et des années d'abandon avaient accumulé de feuilles mortes, de vieux papiers, de débris... Battre les sièges imprégnés d'un résidu grisâtre, frotter les montants de bois verni, laver les glaces des fenêtres et des portes, astiquer les cuivres, lessiver les parois métalliques... Au début je me sentis découragé, la tâche m'apparaissait insurmontable, je pensais que nous n'en viendrions jamais à bout. Puis peu à peu l'ardeur du travail me saisit, le plaisir de l'effort. Sous les grandes giclées d'eau savonneuse la crasse semblait fondre, la peinture retrouvait l'éclat du neuf, les montants de bois luisaient de nouveau. C'était une occupation délectable, enivrante. Tous les trois nous nous acharnions : Juredieu grimpé sur une caisse fignolait le plafond, le grand Cros à genoux brossait jusque sous les banquettes, moi, je briquais les poignées, frottais les taches des coussins... Quand la pénombre du soir nous arrêta, nous avions presque terminé. Le compartiment était impeccable, le couloir balayé, lessivé à grande eau. Il ne restait plus que les W.-C. à fourbir, ce serait pour demain. Tous trois nous étions las et heureux, la face barbouillée, nos vêtements en triste état. Nous aurions bien voulu continuer, mais ce n'était vraiment plus possible, la nuit était là. Alors nous quittâmes le wagon et nous nous allongeâmes dans l'herbe. Nous n'en pouvions plus. Mais la joie de la besogne bien faite nous inondait, l'ineffable satisfaction d'avoir triomphé.

– Ce que ça va être chouette, dit le grand Cros. On sera là comme des rois.

Nous rêvâmes. Ce serait là notre tanière secrète, notre forteresse inexpugnable, connue des seuls initiés. Juredieu était plein d'idées. Il promit d'apporter de chez lui quantité d'objets afin d'embellir notre repaire, des lampes, des coussins, des rideaux… On allait en faire un palace… On y boirait, on y donnerait des soupers fins, on y amènerait des filles… Ce serait la caverne d'Ali Baba… Couchés dans l'herbe, au cœur de ce jardin sauvage, nous entendions la ville palpiter alentour, il faisait noir et la fraîcheur tombait, nous nous sentions divinement bien, à l'abri, un avenir prodigieux de fêtes et de plaisirs s'offrait à nous, plus rien ne pouvait nous atteindre. Derrière nous le grand wagon se figeait dans l'obscurité. Nous lui redonnerions vie, déjà nous l'imaginions tout illuminé, secoué de nos rires et de nos poursuites. Durant la journée nous pourrions bâiller d'ennui sur les bancs du lycée, cette pensée nous soutiendrait qu'au soir nous nous retrouverions tous les trois dans ses flancs, partant pour un voyage qui n'aurait pas de fin.

Mais l'heure approchait où nous avions rendez-vous avec les petites. Mieux valait mettre le grand Cros au courant, il aurait pu se vexer que nous l'abandonnions sans lui laisser d'explication.

– On va te laisser, vieux, dit Juredieu. C'est l'heure d'aller retrouver nos poules.

– Moi aussi j'ai une poule, dit le grand Cros. Je vous la présenterai. Elle s'appelle Marjolaine.

– Foutre, dit Juredieu, c'est un bien joli nom pour un affreux de ton espèce.

– Elle est vachement mignonne. Demain, si vous le voulez bien, je lui demanderai de venir.

– C'est ça. Amène-la, qu'on rigole ! La poule du grand Cros ! Ça doit être quelque chose.

À genoux devant un seau d'eau froide, nous fîmes un brin de toilette. Le grand Cros nous brossa. À l'usage il se révélait serviable et débrouillard, il y avait même en lui un côté maternel assez attendrissant. Au fond je ne regrettais pas de l'avoir recruté.

Quand nous fûmes seuls, Juredieu et moi, je ne pus me taire plus longtemps.

– Devine qui j'ai revu ?... La fille de l'autre soir.

– Quelle fille ?

– Tu sais bien, celle du petit square...

– Ah, l'emmerdeuse ! Eh bien mon vieux garde-la pour toi, je ne tiens pas à la connaître.

– Elle est vraiment gentille, tu sais. Je t'assure que tu te trompes sur son compte.

– Elle m'agace.

– Pourtant j'aimerais tant que vous soyez copains, tous les deux.

– On verra ça, vieux. J'essaierai. Mais alors ce sera vraiment pour te faire plaisir.

Je ne doutais plus de le convaincre. Sous ses grands airs il n'était pas tellement coriace, il suffisait d'en appeler à ses bons sentiments. Et déjà j'échafaudais des rêves d'amitié à trois, une infinie succession de joies simples entre Juredieu et Vinca. Ma vie s'organisait de façon merveilleuse, je me sentais comblé, je possédais tout ce qui me paraissait désirable sur terre, un amour, des copains, jusqu'à ces deux petites. Et de les retrouver bientôt, ces petites, me rendait guilleret, sûr de moi. Savoir qu'à deux pas d'ici elles nous attendaient, offertes, conquises, que le soir même nous tirerions d'elles des trésors de jouissance, cela me donnait l'envie de chanter, de crier tout haut combien la vie était belle, comme il faisait bon d'exister.

Sans doute étions-nous en avance, elles n'étaient pas encore là. À chacun son tour d'attendre, après tout. Nous nous sentions de parfaite humeur, prêts à toutes les indulgences. Tout en faisant les cent pas nous bavardâmes. J'évoquai cette arrestation qui détruisait tous nos beaux projets. Juredieu lui aussi était déçu. Il faudrait trouver autre chose, dans la vie il était nécessaire d'avoir un but. Mais quoi ? Nous étions sans idées. Cependant les minutes passaient et les petites n'arrivaient toujours pas. Notre belle humeur commençait à fondre.

– Elles ne nous auraient tout de même pas posé un lapin, dit Juredieu. Les vaches. C'est qu'elles en seraient bien capables !

– Tu crois ? Après ce qui s'est passé hier soir ?

– Est-ce que ça compte, pour deux traînées de cette sorte ?

Je trouvais Juredieu par trop cynique. Le peu de

résistance des gamines m'avait certes étonné, je n'avais pas imaginé qu'elles puissent se laisser faire ainsi, à la première invite, mais je refusais de croire à leur trahison. Il me semblait que d'avoir fait l'amour avec elles avait tissé des liens entre nous. D'une certaine façon je demeurais sentimental, je me croyais uni à elles par un pacte tacite. Hélas le temps qui passait me dictait combien j'avais encore à apprendre. Maintenant elles ne viendraient plus, il était beaucoup trop tard. Elles se moquaient bien de nos gambades passées, cela ne comptait pas pour elles. Et profondément je me sentais humilié. Nous étions plaqués, voilà. On nous congédiait. On nous laissait tomber. Et avec quelle désinvolture !

– Les garces, dis-je. Ah, si je les tenais.

– On les retrouvera, ne t'en fais pas. Et je me charge de leur souhaiter leur fête. Se foutre ainsi de nous, pour qui se prennent-elles !

Outre l'humiliation, la consternation me gagnait. Ce plaisir que je m'étais promis, et que j'avais eu la naïveté de considérer comme un droit, je n'acceptais pas de me le voir refuser. La rage m'habitait. Et qu'allions-nous faire de notre soirée ? Bien sagement dormir dans notre lit, comme des petits vieux ? Je ne m'y résignais pas. J'avais peu à peu conçu un plan pour disposer de ma liberté. Puisque mes parents refusaient désormais de me laisser sortir, je me garderais bien de leur demander l'autorisation. Je feindrais d'aller au lit, et sitôt que la voie serait libre, je m'enfuirais. Mes parents couchaient trop loin de l'entrée pour m'entendre. Comme depuis longtemps déjà je possédais ma propre clef, cette évasion ne poserait aucun problème. Ni vu ni connu je t'embrouille. Hélas ce beau projet n'avait plus sa raison d'être. Seuls, qu'irions-nous faire à travers la ville? Je me sentais dépossédé, bafoué. Ah, les vaches! Elles savaient bien ce qu'elles faisaient en refusant de nous donner leur adresse. Ainsi n'avions-nous aucun moyen de les retrouver. Nous ne savions même pas leur nom, ni celui de l'école où elles travaillaient, à supposer que cette école existât vraiment. Maintenant je les soupçonnais de tous les mensonges, de toutes les fourberies.

Cependant Juredieu ne partageait pas mon dépit. Une de perdue, dix de retrouvées.

– T'en fais pas, vieux, on les remplacera. Et plus vite que tu ne le crois.

Il m'engagea vivement à m'évader de la façon que j'avais conçue. Lui-même usait d'un procédé à peu près semblable, à ce détail près qu'il sortait non point par la porte mais par un soupirail de la cave. Et puis il n'y avait pas que les filles sur terre, on irait boire, on rigolerait, on retournerait Chez Tinou, la nuit serait longue pour nous, pleine de joies.

Nous avions remonté une bonne partie de la rue Sainte-Clotilde, en direction du théâtre, et nous arrivions presque à la petite place Montaigne, lorsqu'une forte déflagration nous cloua sur place. Devant moi j'eus le temps d'apercevoir une longue flamme bleue, juste avant le bruit de l'explosion, qui semblait sourdre de la terre comme si quelque conduite de gaz avait sauté. De toutes parts les gens accoururent. Nous suivîmes le mouvement. Pas un instant je n'avais pensé à un attentat, le criminel était en prison, mais en arrivant sur la place je vis que la stèle qui supportait le buste de Montaigne présentait ces mêmes traces noires que je connaissais bien. Un fol espoir me prit. La police s'était trompée, on avait arrêté un innocent. J'en tremblais de joie. Le coupable était libre, il courait encore, il narguait ses poursuivants et pour bien montrer qu'il fallait encore compter sur lui joyeusement il allumait un nouveau pétard, comme pour faire la nique à tous ceux qui l'imaginaient sous les verrous. Je donnai à Juredieu un grand coup de poing amical. À nous de jouer maintenant.

★

Je refusais de me l'avouer, mais cela me contrariait de trahir mes parents. Dès que je fus dans la rue, alors qu'ils me croyaient endormi, l'envie de revenir sur mes pas me saisit. Cependant je savais que je ne céderais pas à cette faiblesse, de plus en plus s'imposait à moi la certitude que j'avais des devoirs envers moi-même, je me devais à moi-même, je devais suivre ma pente, saisir tous les plaisirs qui s'offraient, prendre mon vol. En écoutant mes remords je ne pouvais que m'étioler, m'amoindrir. Il fallait à tout prix me dégager de la monotonie familiale, de cette douceur visqueuse où je m'engluais.

Juredieu m'attendait au Roi de Cœur. J'admirai une fois encore son aisance, cet air d'être partout chez soi, l'élégance involontaire avec laquelle il inclinait son visage par côté, en regardant son verre. Hormis ce langage un peu rude qu'il tenait du lycée, il était dépourvu de vulgarité. Il paraissait plus vieux que son âge, en même temps que son extrême jeunesse demeurait sensible à travers je ne sais quelle pureté préservée du visage, du sourire. On ne l'imaginait pas vieillissant.

Dès qu'il m'aperçut il se leva et m'entraîna. Il avait un projet dont il voulait m'entretenir sur-le-champ. Aussitôt que nous fûmes dans la rue il se lança dans un flot d'explications auquel je ne compris pas grand-chose. Il venait de faire une lecture qui l'avait bouleversé. Rien n'existait vraiment, oui. Il le maintenait. Partout il n'y avait qu'absurde et faux-semblant. Nous étions pareils à une étincelle jaillie du noir et qui s'éteint aussitôt qu'allumée. Mais ce que cette lecture lui avait appris, c'est qu'il importait malgré tout de faire son salut, de se prouver à soi-même que l'on existait, ne fût-ce que le temps d'un éclair. Son discours était confus, incohérent, je crus qu'il avait bu plus qu'à l'accoutumée. Cependant je dus convenir de mon erreur. Son excitation ne devait rien à l'alcool. Comme je lui demandai où il voulait en venir, il sortit de sa poche un morceau d'étoffe noire sur lequel il avait grossièrement dessiné une tête de mort.

– C'est un pavillon de pirate, dit-il. Désormais ce sera notre emblème. Toi et moi sommes les pirates de la nuit.

Je trouvai l'idée enfantine, indigne de lui, mais alors il me dévoila ses intentions. Nous allions tous deux monter au clocher de l'église Saint-François, au haut duquel nous fixerions le misérable bout d'étoffe.

– Ça va pas, non ? Tu es fou, mon vieux ! Nous nous casserions la gueule ! Et puis j'ai le vertige, moi ! Je crèverais de peur !

Juredieu ricana.

– Eh bien j'irai seul. Je savais bien que tu n'existes pas vraiment, Lajus. Tant pis pour toi.

– Mais réfléchis, pauvre idiot ! Tu vas te tuer ! Pour te prouver que tu existes tu vas te tuer, abruti !

– Libre à toi de rester dans ton caca, Lajus. Pour moi ma décision est prise.

Il me tourna le dos et s'en alla, dans le noir. Je courus à sa poursuite. Je ne pouvais pas le laisser faire cette bêtise. Il allait se tuer, s'écraser au sol. Il fallait absolument l'en empêcher. Quand je l'eus rejoint je le saisis par un bras, j'essayai de l'arrêter. Mais j'étais beaucoup moins fort que lui, il se dégagea. Je voulais malgré tout croire qu'il plaisantait.

– Tu ne vas pas faire ça, hein, Juredieu ! Tu me fais marcher, pas vrai ?

Il ne daigna même pas me répondre. Autour de nous les rues étaient désertes, obscures. Ce quartier si vivant pendant le jour se fige sitôt la nuit venue dans un lugubre silence. Je ne pouvais demander de secours à personne. À mesure que nous approchions la panique me gagnait. Je savais bien que Juredieu était fou. Je m'en étais toujours douté. Et sa folie maintenant éclatait. Pour se prouver Dieu sait quoi à lui-même il allait se tuer.

– Arrête, Juredieu. Arrête, je t'en supplie.

Soudain la vieille église surgit. Dans la nuit noire elle était à la fois massive et dentelée, semblable à quelque monstre surmonté d'écailles aiguës. L'obscurité était si grande qu'on distinguait à peine sa flèche, monolithe hostile perdu dans la brume. Juredieu fit le tour de l'édifice, et peu à peu l'espoir me revint. Les vieux murs de pierre étaient semblables à des remparts, énormes, lisses, sans failles. De toute évidence il était impossible de les gravir. Pour atteindre le clocher il aurait fallu passer par l'intérieur, mais à cette heure toutes les portes étaient closes, de vieilles et massives portes bardées de fer et dont la solidité m'était un réconfort. Je commençais à me sentir soulagé lorsque Juredieu poussa un cri de triomphe. Fixée à l'un des arcs-boutants qui soutenaient l'abside, il y avait une conduite d'eau que des bracelets métalliques maintenaient contre la pierre. Ces bracelets, espacés d'un bon mètre, pouvaient à la rigueur servir d'échelle. Aussitôt, s'aidant de la conduite d'eau comme d'une corde, Juredieu commença son ascension. J'essayai une dernière fois de le retenir, mais plus par devoir que par conviction. Je savais qu'il ne m'écouterait pas. D'ailleurs il montait avec une facilité qui me rassurait presque. C'est sans doute ce qui m'a poussé à le suivre, et aussi l'évidence de ma lâcheté.

Nous nous sommes retrouvés tous les deux à dix mètres du sol, sur un encorbellement de pierre. Un lointain réverbère éclairait vaguement les pavés, en dessous de nous, mais trop faiblement pour qu'on pût discerner le vide. Cette obscurité m'était propice, elle me préservait du vertige. Nous avons repris notre souffle, puis nous sommes repartis. Il s'agissait maintenant de traverser l'abside, afin de gagner la base du clocher. Nous nous sommes aidés de fleurs de lis sculptées qui décoraient l'arête d'une ogive. À demi couchés, à demi rampants, nous saisissions à pleins bras chaque motif de pierre comme nous l'aurions fait d'une bouée de sauvetage. Certains s'effritaient désagréablement sous les doigts, d'autres remuaient. À chaque propulsion je m'attendais au pire, le cœur douloureux à force de battre trop fort. Enfin nous avons atteint une balustrade et vite nous l'avons enjambée. Je me suis couché à même les dalles glacées et j'ai respiré longuement. Pour un moment je me sentais sauvé. Mais Juredieu ne m'a pas laissé profiter longtemps de ce répit. Le plus dur demeurait encore à faire. Je l'ai supplié d'en rester là, je lui ai démontré l'absurde de ce que nous étions en train d'accomplir, mais il n'a rien voulu savoir.

Nous sommes repartis. Par une succession de gargouilles et de statues nous sommes arrivés à une seconde plate-forme. C'est là que commençait véritablement l'ascension. Mais l'énorme base à pans coupés du clocher, plane, sans aspérités, paraissait infranchissable. Un moment j'ai repris espoir, puis nous avons découvert sur l'une des faces une succession de crochets à demi rongés par la rouille et qui se perdaient dans la nuit. C'était à l'aide de cette échelle primitive que les couvreurs devaient entretenir l'édifice. J'eus un mouvement de révolte. Que Juredieu fasse ce qu'il voudrait, moi je n'irais pas plus loin. Qu'il aille se casser la gueule si bon lui semblait, je ne le suivrais pas. Mais à peine s'était-il éloigné de moi que déjà je me retrouvais derrière lui, plein d'épouvante, pris de nausées, m'accrochant à chaque crampon au point d'en avoir mal aux poignets, n'abandonnant le précédent que quand je tenais si fermement le suivant que pour me faire lâcher prise il eût fallu m'écraser les phalanges. Je ne pensais plus à rien. En moi c'était la terreur, le grand chavirement. J'avançais comme un automate, en m'efforçant de ne songer à rien d'autre qu'à bien saisir ces crampons rugueux. Si j'avais imaginé une seule seconde l'espace béant qui m'entourait, et tout ce vide, en dessous, peut-être me serais-je évanoui, peut-être serais-je allé m'écraser quatre-vingts mètres plus bas. Mais la nuit était si noire que je ne distinguais rien, hors ce mur de pierre contre lequel je me collais de mon mieux. Et je perdais la notion du temps. Il me semblait que nous grimpions depuis des heures, parfois la pensée m'atteignait que mes forces me trahiraient, mais en même temps la rage de survivre était si forte en moi que je me sentais invincible. L'essentiel était de bien m'appliquer, de ne pas commettre un faux pas. Enfin j'entendis Juredieu, au-dessus de ma tête, m'annonçant qu'il avait atteint la croix terminale. Il ne lui restait plus qu'à fixer son pavillon. Je le suppliai de se dépêcher. Je commençai à me sentir à bout de forces. Il me sembla qu'il mettait un temps infini à attacher son bout d'étoffe, le froid me gagnait, une petite pluie fine commença à tomber. Je n'en pouvais plus. Alors il me donna le signal de la descente. Et lentement, avec des précautions extrêmes, je fis à rebours défiler sous mes doigts les vieux degrés de fer.

★

Je ne repris l'usage de mon cerveau qu'après avoir touché le sol. Alors toute l'horreur de ce que je venais d'accomplir me submergea, les larmes me secouèrent. Juredieu ne disait rien. À plusieurs reprises il me donna de grandes claques dans le dos, par amitié, pour bien me faire comprendre qu'il m'excusait.

– Promets-moi qu'on ne recommencera jamais, dis-je.

– Je te le promets.

– Jamais je n'ai eu si peur de ma vie, Juredieu.

– Moi non plus.

– On aurait pu y rester.
– On aurait pu, vieux. Mais c'est justement pour ça qu'on l'a fait.

Nous sommes retournés au Roi de Cœur. Après ma première réaction, je me sentais étrangement bien. D'avoir accompli cet absurde exploit m'emplissait d'euphorie, il semblait que désormais plus aucun danger ne pouvait m'atteindre. En allant jusqu'au bout de ma peur j'avais conjuré le mauvais sort, j'étais devenu intouchable. Je me mis à boire. Dans ma tête fusaient des cris de triomphe et de joie. Dommage que les deux petites nous eussent plaqués, j'aurais profité d'elles avec une ardeur sans limites. De temps à autre d'épouvantables images me traversaient, je nous imaginais tous deux accrochés aux flancs du vieux clocher, et alors ce vertige que je n'avais pas éprouvé au moment même s'emparait de moi, j'en vacillais sur mon tabouret, mais je parvenais à chasser cette image et plus rien sur terre n'existait que ce coffret rassurant et douillet du Roi de Cœur, ces tentures orange, cette musique qui flottait alentour comme un agréable parfum. Doucement, méthodiquement je m'enivrai. À la longue je ne savais plus très bien où je me trouvais, une agréable torpeur s'emparait de moi, il me semblait que j'allais m'endormir, voluptueusement, contre le bois précieux du bar. Je ne me rappelle pas très bien la fin de cette soirée. Après Le Roi de Cœur nous allâmes Chez Tinou, payer les potiches. On nous fit boire encore. Puis il y eut d'autres bistrots. Et dans chacun nous nous congratulions, Juredieu et moi. Nous nous racontions notre aventure, elle devenait peu à peu fabuleuse, irréelle.

Nous n'en parlions que pour nous-mêmes, convaincus que personne ne nous croirait si nous disions la vérité. Mais cela n'avait aucune importance. Les autres ne comptaient pas, nous nous suffisions à nous-mêmes. Quand tous les bars et cafés fermèrent, la nuit nous accueillit. Je nous revois, devant la Porte-Vieille, assis sur un trottoir. La pensée vague qu'à deux pas Vinca dormait m'emplit de bonheur. Je pris dans ma main le beau marron qu'elle m'avait donné et longuement je parlai d'elle à Juredieu. Mais ce que je disais était propos d'ivrogne, ma pensée tournait en rond, butant sur des mots simples, ressassant toujours les mêmes évidences. Je disais qu'elle était belle et gentille et que j'aurais bien voulu la tenir dans mes bras. À un moment j'ai attrapé Juredieu par les épaules et je l'ai embrassé sur la joue. Ce geste d'affection, en temps normal jamais je ne l'aurais accompli. J'aurais eu trop honte de montrer combien j'avais d'amitié pour lui. Mais nous étions au profond de la nuit, ivres tous deux et encore sous le coup de notre aventure. Cependant la pluie qui tombait nous glaçait, nous nous sommes levés. Juredieu m'a montré un objet métallique qu'il tenait dans sa main, c'était un coup de poing américain. En passant près d'une auto rangée le long du trottoir, il a donné un grand coup sur le pare-brise qui est devenu tout opaque. Cela nous a tellement amusés qu'il a recommencé quatre ou cinq fois, puis il s'est écorché les phalanges et je lui ai fait un pansement avec mon mouchoir. Je n'en pouvais plus de fatigue. Je suis rentré chez moi comme un somnambule, attentif seulement à ne faire aucun bruit.

De loin nous vîmes arriver Juredieu, il tirait une charrette à bras lourdement chargée. Cros et moi nous commencions à trouver le temps long. Depuis trois quarts d'heure que nous l'attendions devant la palissade, je finissais par croire qu'il s'était moqué de nous. Avec lui je vivais dans l'inquiétude, jamais très certain qu'il tiendrait parole.

Juredieu cala la charrette à bras contre le trottoir et souleva la bâche qui la recouvrait. Ma parole, il avait déménagé le salon de sa mère! Pêle-mêle s'entassaient des tapis, des flambeaux, des portraits, des coussins, des vases, un amas de bibelots et d'objets d'art auxquels se mêlaient prosaïquement de la vaisselle, un poêle à butane ainsi qu'un lot de boîtes de conserve.

– Allez, vous autres. Déchargez-moi ça.

Mais nous n'osions toucher à rien. Où Juredieu s'était-il procuré ce bric-à-brac? Il l'avait volé, c'était sûr. Le grand Cros et moi demeurions circonspects.

– D'où tu sors ça, Juredieu? Tu l'as pas au moins piqué, des fois?

Il nous rassura. Tout cela n'avait aucune valeur, ce n'était qu'un fond de grenier.

– Assez discuté. Au boulot.

Nous entreprîmes le transbordement. Juredieu dirigeait les opérations, indiquant à chacun sa tâche. Le grand Cros fut affecté aux gros morceaux, les pièces lourdes, les objets encombrants. Moi je m'occupai du fragile, les tableaux, les vases, les petits riens. Juredieu s'était réservé la mise en place. J'aurais bien voulu l'aider mais il m'envoya promener. Il n'avait confiance qu'en lui-même. Et c'était vrai qu'entre ses mains tout s'ordonnait et prenait forme, les tentures tombaient avec grâce, les chandeliers trouvaient leurs places exactes. Je l'admirais. À sa façon c'était un artiste, Juredieu. En moins d'une heure tout fut rangé, accroché, cloué, les rideaux, les portraits d'ancêtres, les miroirs biseautés. Tout était bien un peu fêlé, cabossé, défraîchi, mais c'était tout de même magnifique. Rien ne rappelait plus le vieux compartiment, nous étions transportés dans un boudoir où ne s'étalaient que luxe et beauté. Nous nous laissâmes tomber sur les moelleuses banquettes, au milieu des coussins. Eh bien vrai ! Eh bien les amis, qui l'eût cru qui l'eût dit ! Nous n'en revenions pas. Même Juredieu semblait étonné de son œuvre. À la clarté des chandelles, l'acajou verni des boiseries luisait d'une façon mystérieuse et intime, on se serait crus à bord d'un yacht. Pour fêter l'événement on déboucha une bouteille de champagne. Tous trois nous trinquâmes, la coupe à la main.

– Faudrait baptiser ce machin, dit le grand Cros.

– Bonne idée, fit Juredieu. Je propose *Le Bateau ivre*.

– Pas fameux dit le grand Cros. Faudrait quelque chose de plus chouette, de plus poétique, si tu vois ce que je veux dire. Moi je verrais bien qu'on appelle ça *Le Nautilus*.

On est coupés du monde, à deux cents pieds sous l'eau. Personne ne peut plus nous emmerder. On est disparus, invisibles.

– Va pour *Le Nautilus*. Si ça peut te faire plaisir.

Pour respecter les traditions, on arrosa le plancher d'un peu de champagne, puis chacun à tour de rôle se prosterna et lampa le vin répandu. Une seconde bouteille fut débouchée. La grande vie ! En commun nous divaguâmes. Maintenant que nous possédions un repaire, plus rien ne nous était interdit. Il faudrait donner des soupers fins, rien ne nous manquait, ni la vaisselle ni les conserves, on ferait chauffer le rata sur le poêle à butane. Et puis on amènerait des filles. Mais alors pas des poufiasses comme les deux petites, des vraies filles, mignonnes et distinguées, et qui auraient de la conversation. Justement le grand Cros avait donné rendez-vous à sa Marjolaine, elle n'allait pas tarder à arriver. Et on organiserait des soirées dansantes, pourquoi pas. Ça manquait bien un peu de place, mais on ne serait jamais très nombreux. Il faudrait un tourne-disque. Mais où trouver l'électricité ? Juredieu décidément avait pensé à tout. Il sortit de sa poche un petit transistor. Un instant nous restâmes sous le charme d'une rengaine à la mode, c'était absolument fabuleux et idéal de se trouver ainsi si loin de tout, perdus on ne savait plus où, au creux de ces coussins et bercés de musique. Puis la rengaine s'acheva, il y eut un bulletin d'information. À la suite de l'attentat de la place Montaigne on avait relâché le prétendu criminel. Celui-ci avait eu beau maintenir ses aveux, il ne s'agissait que d'un affabulateur. Cependant la police affirmait se trouver d'ores et déjà sur une nouvelle piste.

– Cause toujours, dit Juredieu. On sait ce que ça veut dire. Si nous ne nous en mêlons pas, ils n'arriveront à rien.

Nous en mêler, nous étions tous d'accord sur le principe. Mais de quelle façon ? C'est ce que le grand Cros voulait savoir.

– Comment tu vois la chose, toi, Juredieu ?

– Comment je vois la chose ? Eh bien...

Mais pour une fois Juredieu était à court d'idées. La ville paraissait singulièrement vaste, quand on y songeait. À moins d'un hasard j'imaginais mal comment nous pourrions réussir.

– Et ce type que nous avons rencontré l'autre jour ? dit Juredieu.

– Bérenger ?

– Ne m'as-tu pas dit qu'il cachait des bombes chez lui ?

– C'est sa bonne femme qui le prétend. Mais elle l'a toujours accusé à tort et à travers.

– On vérifiera tout de même. Il ne faut rien négliger.

Mais je ne croyais pas à la culpabilité de Bérenger, je connaissais trop bien l'imagination de tante Cléo.

À ce moment-là Marjolaine apparut. Je me la figurais rougeaude, mal lavée, et j'attendais sa venue avec une certaine impatience, persuadé que Juredieu et moi nous saurions nous divertir à ses dépens. La poule du grand Cros ! Ce devait être quelque chose ! Je voyais une paysanne mal dégrossie, laide bien sûr et suant la bêtise. Or la gamine qui venait d'arriver était en tout point différente, non pas jolie, mais piquante, vive, pleine de malice et d'espièglerie. De corps menu, presque fluet, elle était nantie d'une chevelure d'un roux flamboyant qui mettait en valeur ses yeux perpétuellement interrogateurs. Elle embrassa vivement le grand Cros, sans tendresse, et nous tendit la main. Je la jugeai délurée, sans timidité aucune. Et sur-le-champ elle me plut. Il y avait en elle une fragilité vivace qui donnait envie de la saisir, de l'étreindre, cependant qu'à sa façon décidée de vous regarder en face l'on devinait tout de suite qu'elle ne devait céder qu'à qui lui agréait. Mais qu'elle se soit embarrassée du grand Cros me décontenançait. Quel charme pouvait-elle trouver à ce butor. Certes j'admettais qu'il n'était pas sans qualités, et maintenant que je le connaissais mieux je lui prêtais une certaine innocence de cœur, de la générosité, de la franchise, mais rien en somme qui pût excuser ses grandes oreilles, son front bas ni l'irrémédiable bêtise de ses yeux troubles. De telles amours m'apparaissaient scandaleuses. Je voulais croire à quelque malentendu que je me plairais à dissiper, je ne pouvais admettre qu'une gosse aussi fraîche et allègre demeurât aux mains de ce lourdeau. En attendant il me fallait dissimuler, ne pas donner l'éveil, tout en me montrant malgré tout à mon avantage. Briller sans éveiller la jalousie du grand Cros, voilà qui n'était pas facile, mais il m'était venu une telle assurance, depuis peu, que je ne doutais pas de réussir. Je fis les honneurs du *Nautilus* comme si tout le mérite m'en revenait. Je montrai les doubles rideaux qui empêchaient qu'au-dehors on aperçût nos lumières, j'expliquai le fonctionnement du poêle à butane, j'allai jusqu'à faire visiter les cabinets dont je fis admirer l'impeccable propreté. Le grand Cros me laissait faire. Il ne semblait pas trouver malice à mes façons. Brave Cros, si peu lucide et si naïf. Déjà montait en moi un ricanement suave. Brave Cros si balourd que je bernerais bientôt. Cependant le comportement de Juredieu m'intriguait. On l'aurait dit indifférent soudain à tout, absent. Il demeurait à demi étendu sur une banquette, fumant un cigare et rêvant, le regard perdu dans quelque lointain connu de lui seul. Visiblement Marjolaine ne l'intéressait pas, il refusait de se mettre en frais pour elle. Et la petite était si appétissante, avec son tablier rose d'écolière et le soleil de sa chevelure, qu'un si parfait manque d'attention me semblait peu naturel. Mais brusquement la lumière m'inonda. Si Juredieu marquait pareille indifférence, ce n'était que pour mieux nous duper. Lui aussi avait des vues sur Marjolaine, le salaud. Il attendait son heure.

Aussitôt je décidai de sauver la gamine. Il ne fallait surtout pas la laisser aux mains de Juredieu. L'arracher au grand Cros, oui, mais en même temps la préserver, lui ouvrir les yeux, lui montrer ce qu'était Juredieu, un sale type.

J'allai aux cabinets, et sur une feuille de mon calepin je griffonnai ces mots : « Il faut que je vous parle. Retrouvez-moi tout à l'heure au pied de la passerelle du chemin de fer. Et surtout TAISEZ-VOUS. »

Revenu dans le compartiment, j'attendis le moment propice pour glisser mon billet. J'étais anxieux. Si je me montrais maladroit et qu'on me surprenne, cela ferait du vilain. Le grand Cros voudrait des explications. Juredieu s'en mêlerait, je courrais à de graves ennuis. Pourtant je me sentais tenu d'agir.

Je profitai de ce que le grand Cros s'occupait à moucher une bougie pour glisser mon message dans la main de la gosse. Juredieu rêvait toujours, les yeux au plafond. La petite était d'esprit agile, sans marquer la moindre surprise elle enfouit la boulette de papier dans la poche de son tablier.

La conversation languissait. Juredieu retranché de nous, nous n'avions pas grand-chose à nous dire. Il me tardait de m'en aller. Je brûlais de savoir si Marjolaine viendrait à mon rendez-vous. À un moment elle sortit dans le couloir, je ne doutai pas qu'elle allât prendre connaissance de mon message. Lorsqu'elle revint je décidai de calquer mon attitude sur la sienne. Si elle s'en allait bientôt, cela signifierait qu'elle acceptait, je n'aurais qu'à la suivre de peu. Si elle s'attardait, au contraire, c'était une façon de marquer son refus. Tout ceci tournait dans ma tête, je me posais mille questions. Mais la petite se chargea de les régler pour moi.

– Bon, dit-elle, maintenant faut que je rentre, il commence à se faire tard.

– Je vais te raccompagner, dit le grand Cros.

– Non, reste. Si tu m'accompagnes on va bavarder, ma mère m'engueulera. À demain.

Elle s'en fut.

J'attendis dix bonnes minutes, afin d'ôter toute apparence suspecte à mon départ, puis j'annonçai que je devais m'en aller moi aussi. À cause d'une dissertation que j'avais oublié de faire. Je craignais que Juredieu n'eût l'idée de partir avec moi, mais toujours mollement étendu sur les coussins il me tendit une main distraite. Je ne l'intéressais pas. Et cette indifférence qui m'eût peiné d'ordinaire pour une fois faisait bien mes affaires.

*

Dans la nuit je me mis à courir. Maintenant je craignais d'avoir trop attendu. Peut-être Marjolaine s'était-elle lassée… Peut-être même n'avait-elle jamais eu l'intention de venir à ce rendez-vous… Je me mis à courir plus vite… Soudain je butai contre un mauvais pavé, m'étalai de tout mon long. Bien fait pour toi, vieux. J'avais mal aux mains, aux genoux. Bien fait pour toi. Agir aussi bêtement. Je brossai mon pantalon, frottai mes paumes. Clopin-clopant je repris ma route.

La marée était haute, j'entendais le fleuve clapoter contre la berge, à deux pas. Au-dessus de ma tête il y eut le grondement d'un train qui entrait en gare, un instant jaillirent de l'ombre des péniches amarrées, des barques, de courtes flammes qui couraient à la crête des vagues. Puis de nouveau ce fut le noir, l'immense bras d'ombre de la passerelle. La pluie se mit à tomber. Au loin les lumières du port parurent se voiler. Le talus herbeux sur lequel j'avançais était gras, je faillis déraper. Plusieurs fois j'appelai… Marjolaine… Marjolaine… Mais il me semblait que ma voix se perdait dans les tourbillons de pluie… Elle n'avait pas dû venir… Ou elle ne m'avait pas attendu… Puis il y eut les phares d'un camion qui balayèrent l'espace, et je l'aperçus, minuscule silhouette planquée contre un pilier. C'était bien elle, mais si petite, si ridiculement petite contre l'énorme pilier qu'on pouvait la confondre avec quelque touche d'herbe. Accroupie par terre, elle avait rabattu son manteau sur la tête, pour protéger ses flamboyants cheveux.

– Vous en avez mis, du temps, dit-elle. Je pensais que vous ne viendriez plus. C'est quoi, ce que vous avez à me dire.

Je lui expliquai longuement qui était Juredieu, et pourquoi il fallait se méfier de lui. Elle m'écouta sans m'interrompre. J'accumulai les phrases, les mots. Elle ne disait toujours rien. À la fin ce silence me déconcerta. Comprenait-elle seulement ce que j'essayais de lui dire?

– Pourquoi vous ne répondez rien, Marjolaine?

– Mais je vous écoute.

– Est-ce qu'au moins vous m'avez bien compris? Juredieu c'est le vrai salaud. Il faut vous méfier.

– Et vous, qu'est-ce que vous êtes?

Qu'est-ce que j'étais, moi? Elle me le dit. Un bel hypocrite, oui. À la reluquer comme ça, devant le grand Cros, à tourner autour d'elle. Pas la peine de nier, on ne la lui faisait pas. Elle n'était pas née de la dernière pluie, les types elle savait ce qu'ils valent. Tous les mêmes. Débiner les copains pour mieux se faire mousser, et dès qu'on n'y prend plus garde les mains en avant. Des cochons, tous. Pas un qui fût différent. Mais je perdais mon temps. Que je me fourre bien ça dans la tête, je perdais mon temps. D'abord je n'étais pas son genre. L'espèce andouille, ça ne lui avait jamais plu. Et puis elle appartenait au grand Cros, je semblais l'oublier. Le grand Cros c'était quelqu'un, lui, il avait de l'honneur, c'était pas la sorte de mec à courser la poule des copains. Je me défendis avec véhémence. Est-ce que je lui avais manqué de respect, des fois? C'était vrai que je la trouvais mignonne, mais est-ce que j'avais eu un mot, un geste déplacés? Alors elle devint mauvaise. Peut-être aurait-il mieux valu que j'en aie, des gestes déplacés. Mais j'étais bien trop couard. Ma façon à moi c'était le sournois, l'allusif, le pas franc. Me glisser en douce. M'insinuer. Et peut-être que des fois ça marchait. Mais pas avec elle. Avec les gourdes, elle ne disait pas non. Mais elle n'avait rien d'une gourde. Elle comprenait sans qu'on lui fasse un dessin, elle. Et puis j'étais pas son genre, voilà. Elle y revenait. J'avais tout d'un crevard avec mes yeux de veau et mes minables épaules. Je l'écœurais. Je lui tapais sur les nerfs. Dès la première seconde elle n'avait pas pu m'encaisser. C'est des choses qui ne se discutent pas, ça. Une question de peau. À la fin j'en eus assez de me laisser insulter. Ma colère fusa, à toute volée je la giflai. Mais dans le noir je n'avais pu bien viser, je l'atteignis à l'oreille. J'eus conscience de lui avoir fait très mal. Le remords s'empara de moi. J'aurais voulu reprendre mon geste, que jamais cette colère ne m'eût dévoré. Je la suppliai de ne pas m'en vouloir, je n'étais pas un salaud, je n'avais rien d'une brute, simplement elle m'avait mis hors de moi.

– Dites quelque chose, Marjolaine. Dites que vous ne m'en voulez pas.

Mais elle s'obstinait à ne pas répondre, me laissant patauger dans mon désarroi. Je l'entendis qui doucement pleurait. Par contenance je continuais à bafouiller des excuses, cherchant comment réparer ma sottise. C'était malin, ça. Alors que je ne lui voulais que du bien. Alors que je ne cherchais qu'à la protéger. Car j'étais sincère, après tout… Enfin, presque… Volontiers je reconnaissais que ma démarche n'était pas entièrement désintéressée, mais tout ce que j'avais dit sur Juredieu était vrai, c'était un type dangereux, sans scrupules… Et si elle ne me croyait pas, tant pis ! Ce n'était pas son imbécile de Cros qui la protégerait, qu'elle le sache ! Juredieu était bien trop retors.

– Et s'il me plaît, Juredieu, qu'est-ce que ça peut vous faire ! (Elle trépignait à travers ses larmes.) Qu'est-ce que ça peut vous faire ! Vous êtes jaloux, ou quoi ? Il vous vaut mille fois, Juredieu. Ce n'est pas le genre de type à gifler les filles, lui.

– Bravo, petite. Bien répondu.

Je me retournai. Juredieu était là, dans l'ombre. Je ne l'avais pas entendu approcher. Avec anxiété je me demandais s'il était là depuis longtemps.

– Qu'est-ce que tu viens faire ici ? demandai-je.

– Je m'instruis.

– Il y a longtemps que tu es là ?

– Je t'ai suivi, ballot. Je t'ai même vu t'étaler dans la crotte.

– Alors tu as entendu...

– Lajus, mon pote, sache qu'on ne peut rien me cacher. De toute façon l'opinion que tu as de moi est nulle et non avenue. Mais je reconnais que tes propos ont du vrai.

– Je vais t'expliquer...

– Laisse tomber. On s'expliquera plus tard.

J'étais consterné. Je me mis à haïr Marjolaine. Par sa faute j'allais perdre Juredieu, mon seul ami véritable.

Le vent poussait vers nous la pluie qui redoublait d'intensité. Tous les trois nous nous planquions contre le pilier pour essayer de nous mettre à l'abri. L'obscurité était si dense que nous ne nous voyions qu'à grand-peine.

J'essayai encore une fois de plaider ma cause.

– Faut me comprendre, Juredieu. Je ne savais pas quoi lui dire. Alors...

– Alors tu as dit du mal de moi. C'est une entrée en matière comme une autre. Mais tu n'es qu'un maladroit, Lajus. Les filles, il faut savoir les prendre. Au lieu de tant déblatérer, tu n'avais qu'à l'embrasser. Hop.

– Pour qui vous me prenez? dit Marjolaine. S'il avait seulement essayé je lui crevais les yeux.

– Et à moi, poupée, tu me les crèverais?

– Je me gênerais.

– Montre un peu comment tu t'y prends.

Juredieu saisit Marjolaine par les épaules et voulut l'embrasser. Mais la petite se dégagea prestement et fila dans la nuit.

– La vache, dit Juredieu. Elle va me le payer.

Nous nous mîmes à courir sur la berge, à la poursuite de Marjolaine. Nous ne pouvions l'apercevoir mais nous l'entendions qui pataugeait dans la boue, devant nous. La joie m'habitait de nouveau. Juredieu finirait par me pardonner, nous nous réconcilierions sur le dos de cette petite garce. Car c'était une petite garce, oui, une bête malfaisante et mauvaise qui ne pensait qu'à semer la discorde, à faire le mal. Mais elle ne perdait rien pour attendre. Tôt ou tard nous la rattraperions, et alors je me promettais un régal de coups de pied, de cheveux tirés, de pinçons. Il lui était impossible de nous échapper. À droite il y avait le fleuve, à gauche nous longions une succession de hangars clos où elle ne pouvait trouver abri. Elle était obligée de filer droit devant elle, en direction de la ville, mais à chaque instant nous gagnions du terrain, nous l'entendions maintenant à quelques mètres à peine qui n'en pouvait plus d'essoufflement. Puis nous cessâmes de l'entendre. Elle avait dû s'arrêter. Mais nous eûmes beau chercher dans l'obscurité, nous ne la vîmes pas.

– Bon sang, fit Juredieu. Elle s'est volatilisée. Ça n'est pas possible.

Il tournait en rond, incrédule. Elle ne pouvait pas être bien loin. À sa façon de courir nous l'avions sentie à bout de forces. Elle n'avait pu nous échapper. Sans doute s'était-elle tapie dans un trou, dissimulée derrière un monticule. Mais cette satanée nuit pluvieuse nous empêchait de rien voir, ce n'était partout que nuée opaque, obscurité.

– Cherche, vieux. Je la veux.

Je cherchai. Moi aussi je la voulais. Je voulais secouer sa tignasse dorée, incruster mes ongles dans sa peau. Ses injures me revenaient comme un vin aigre. Ah, j'étais de l'espèce andouille. Ah, je n'étais pas son genre. Ah, j'étais sournois, froussard et lâche. Eh bien elle allait voir.

Soudain je l'aperçus. Un train qui passait illumina le paysage et je la vis, accroupie au fond d'une barque. Elle avait dû se laisser glisser sans bruit sur le talus herbeux, jusqu'à la petite embarcation. Jamais nous n'aurions eu l'idée de la chercher jusque-là. Il fallait une certaine dose de courage pour tenter son salut de la sorte, affronter ce fleuve visqueux, ce gouffre dont la seule approche vous donnait des frissons. Il fallait aussi de la ruse. Et j'imaginais les yeux anxieux de la petite, son corps fluet grelottant sur le plancher détrempé de la barque. Je ne pus me défendre d'une certaine admiration. Elle avait du cran, Marjolaine. Elle savait faire front, et se défendre avec cette même furie désespérée du menu gibier. Ma colère baissa d'un cran. Elle méritait une leçon, mais le rôle que nous tenions ne me plaisait qu'à demi. J'imaginais trop bien sa détresse, sa peur, cette sensation d'être pris au piège, traqué par plus puissant que soi. Nous n'étions que des brutes, Juredieu et moi. Nous commettions le mal.

Juredieu l'avait aperçue lui aussi.

– On va rire, dit-il.

À voix basse il m'expliqua son plan. Il allait lui aussi se laisser glisser jusqu'au ras de l'eau, puis il détacherait la barque.

– Tu ne vas pas faire ça? dis-je. Le courant l'emportera...

– Et après? La marée monte encore, elle ira s'échouer un peu plus loin.

– Mais si elle s'affole! Si elle se jette à l'eau... Tu sais bien qu'avec ces tourbillons même un bon nageur ne pourrait s'en sortir.

– La barbe, vieux. Elle ne s'affolera pas. Elle est bien trop maligne.

– Juredieu, je t'interdis... Si tu fais ça, Juredieu, je te casse la gueule!...

Je voulus le retenir, mais il me donna une bourrade et s'engagea sur la berge glissante. Je m'époumonai. Juredieu! Juredieu! Reviens! Ne fais pas ça, Juredieu! Je me sentais pétri d'angoisse, d'atroces images me venaient. J'imaginais Marjolaine flottant entre deux eaux, non loin de la barque retournée. Je voyais ses yeux fixes, son visage livide. J'aurais voulu sangloter pour attendrir Juredieu. Mais les larmes se refusaient à moi, seul m'habitait ce froid détestable qui vous saisit au moment des grandes catastrophes. Et je me promis que quoi qu'il advînt je ne reverrais plus Juredieu. Il était fou. C'était un pauvre dément irresponsable. Juredieu ! Je t'en supplie, Juredieu !

Cependant je menais si grand tapage que Marjolaine ne pouvait manquer de m'entendre, malgré la bourrasque. Au moment où Juredieu atteignit le rafiot, elle sauta sur la berge. Je l'entendis qui pataugeait dans la vase, elle progressait difficilement, à quatre pattes, je la distinguais mal mais j'entendais son souffle, un halètement pitoyable. Elle n'en pouvait plus. Elle se laissa tomber à mes pieds, épuisée.

– On ne vous fera rien, dis-je. Ça suffit comme ça.

Elle secoua la tête et d'un geste elle me fit comprendre qu'elle était incapable de parler. Elle respirait avec des râles qui attiraient ma mauvaise conscience. Juredieu vint nous rejoindre. J'eus peur qu'il ne remît ça, mais lui aussi avait son compte. Tous deux sentaient la vase, on les devinait dégouttant de boue sale, d'eau putride.

Enfin la petite put s'exprimer.

– Qu'est-ce qu'elle va me passer, ma mère ! Parlez d'une trempe !

– Vous allez lui raconter quoi ? fis-je. Il faudrait trouver une explication.

– Elle s'en fout, ma mère, des explications. Tout ce qu'elle verra, c'est que mon manteau est fichu, et puis mes godasses. Elle me le pardonnera jamais.

– Aussi, dit Juredieu, qu'est-ce que t'avais besoin de te planquer dans cette barque. On t'aurait pas bouffée, quoi. On voulait seulement rigoler.

– J'appelle pas ça rigoler, moi. Vous êtes que des salauds.

– On s'excuse, dis-je. Si on avait su on vous aurait laissée tranquille.

– À présent c'est facile à dire. Mais c'est tout à l'heure qu'il aurait fallu réfléchir. Maintenant c'est trop tard. Jamais j'oserai rentrer à la maison, moi.

– Il le faudra bien.

– Ça se voit que vous ne connaissez pas ma mère. Les garçons, elle s'en fout que je coure après, et d'ailleurs j'abuse pas. Mais esquinter mes frusques, parlez ! À coups de tisonnier qu'elle va me recevoir. Non, j'aime mieux pas rentrer.

– Ça n'est pas une solution. Tôt ou tard il le faudra bien, et plus vous tardez plus votre mère sera furieuse.

– Jamais je rentrerai.

– On dit ça. Mais comment vous ferez ? Où vous coucherez ? Et pour la bouffe ?

– Je m'arrangerai avec Cros. Il me laissera pas tomber, lui. C'est un type débrouillard. Il me cachera, il m'apportera à manger.

– On vous flanquera les flics aux trousses, oui... On vous rattrapera. Tout cela est idiot.

– On ne me rattrapera pas. Cros est plus malin que n'importe qui.

Cette histoire m'irritait. Je sentais la petite butée, entêtée, et je ne savais comment lui faire admettre que son attitude était déraisonnable. Que risquait-elle, après tout ? Une bonne raclée ? Sa mère ne la tuerait pas, que diable ! Et puis où se cacher, à quatorze ans, et de quoi vivre ? Un tel manque de réflexion me tapait sur les nerfs, et en même temps je ne pouvais m'empêcher de me sentir responsable. J'étais la cause de tout. Si je ne m'étais pas mis en tête de souffler Marjolaine au grand Cros ce désastre eût été évité.

– Allez, dis-je, assez discuté. On va vous raccompagner chez vous. On s'expliquera avec votre mère.

– Vous parlez ! Comme si des mômes comme vous ça peut l'intimider ! C'est quelqu'un, ma vieille.

Elle s'énervait.

– On ne va tout de même pas rester là des heures à se tremper ! Où c'est que vous comptez aller ? Dites-le, qu'on en finisse.

– Elle n'a qu'à se planquer dans le wagon, dit Juredieu. Je préviendrai Cros, je lui raconterai n'importe quelle histoire, il gobera tout.

La petite était d'accord. Le wagon, ça c'était une cachette. On n'irait pas la dénicher là. Et puis elle ferait sécher ses affaires devant le poêle, et demain on aviserait. Demain. Cela semblait loin à ses yeux, demain. L'essentiel pour elle était d'échapper à la raclée maternelle. Qu'on lançât la police à ses trousses, que nous fussions accusés de rapt, de séquestration, elle s'en fichait bien.

Tandis que Juredieu s'en allait chercher le grand Cros, j'essayai de lui expliquer la situation. Nous étions revenus au wagon et je l'entendais qui claquait des dents, devant le méchant butane dont la chaleur tardait à rayonner. Par mesure de précaution nous n'avions pas éclairé, je ne la distinguais que vaguement à la lueur du poêle sur laquelle elle se découpait en ombres chinoises. Elle s'était enveloppée dans un grand pan d'étoffe à fleurs et ses cheveux détrempés cernaient son visage blafard, elle paraissait plus menue encore, minuscule créature tout entière repliée sur son froid intérieur. Une sorte de vertige m'envahissait, l'impression que je glissais sans pouvoir m'arrêter vers quelque gouffre horrible. J'étais sur la mauvaise pente. De bêtise en bêtise je m'acheminais vers je ne savais quel désastre. J'aurais voulu appeler au secours, et qu'on me vînt en aide. Mais je ne savais à qui m'adresser. Je ne pouvais attendre mon salut que de moi seul, et je doutais d'avoir suffisamment de forces en moi pour assurer ce salut. Je détestais commettre le mal, et cependant le mal m'attirait malgré moi. J'accusai la malchance. Des forces malignes se liguaient contre moi. Qu'avais-je au juste souhaité? Échapper à l'ennui, m'amuser un peu, goûter à des plaisirs que je jugeais innocents. Mon âme m'apparaissait pure, mes aspirations légitimes. Et cependant je ne récoltais que des déboires. Cette dernière mésaventure m'accablait. On ne s'enfuit pas de chez soi, à quatorze ans, sans déclencher quelque cataclysme. Nous étions complices, on allait nous poursuivre, on nous retrouverait. Mes parents seraient prévenus. On me jetterait en prison, ou pour le moins on m'enfermerait dans une maison de correction. La terreur s'installait en moi. J'aurais voulu tout abandonner, me dégager de cette sombre histoire, redevenir l'être insouciant que j'étais la veille encore, mais cela m'était interdit, il me fallait payer mes notes. Car c'était moi qui avais écrit ce billet, moi qui avais entraîné Marjolaine sur la berge. Je m'étais conduit comme un imbécile. Je n'avais pas voulu commettre le mal, mais j'étais cause de tout.

Juredieu revint en compagnie du grand Cros. Nous nous étions mis d'accord sur une fable : nous avions rencontré Marjolaine près du fleuve, par hasard. Elle ne l'avait pas avoué à Cros, mais elle souffrait d'un violent mal de tête, elle avait espéré que l'air froid lui ferait du bien. Mais sur le chemin de halage elle avait glissé, il avait fallu que Juredieu vînt à son secours pour l'empêcher de se noyer, ce qui expliquait que lui aussi fût couvert de limon.

– Bon sang, dit le grand Cros, moi qui pendant ce temps préparais la garbure, sans me douter de rien.

Il en était tout ému. De ses grosses mains il effleurait Marjolaine, comme pour se rassurer lui-même et aussi pour lui dire combien il l'aimait. Maintenant la petite ne claquait plus des dents. Juredieu avait allumé une bougie et je vis qu'elle avait repris des couleurs, ce n'était plus le petit être traqué de naguère, elle avait retrouvé son calme, sa confiance. Le grand Cros était là. Et leur amour qui jusqu'alors m'avait semblé invraisemblable me devint tout à coup évident. Entre eux il y avait une immense tendresse, un élan si profond qu'il parvenait à gommer les oreilles du grand Cros, son front bas. Je me sentais de trop. Juredieu et moi n'avions plus rien à faire ici, ces deux-là se suffisaient à eux-mêmes. Et leur bonheur m'emplissait d'attendrissement en même temps que le dépit s'infiltrait dans mon cœur, j'étais seul, moi, personne ne m'aimait, celle que je vénérais, Vinca, n'aurait jamais pour moi cette petite lueur au fond des yeux qu'avait Marjolaine lorsque les grosses mains de Cros enveloppaient ses épaules. Je me sentais en marge, rejeté. Seul.

Cependant il fallait penser aux choses sérieuses. L'émotion du premier instant passé, le grand Cros retrouvait ses esprits. Marjolaine ne pouvait s'entêter dans ses idées de fugue. Ce n'était là qu'enfantillage. Sa mère savait qu'elle fréquentait le grand Cros, elle donnerait l'alerte, on fouillerait le jardin, le wagon, on trouverait la petite. Un beau gâchis. Et que risquait-elle, Marjolaine ? Une trempe. Bon. Quelques coups de trique et rien d'autre. Elle n'en mourrait pas. Ce qu'il fallait, c'était amadouer la vieille. Une vraie furie, celle-là, le grand Cros le reconnaissait volontiers. Mais il existait sûrement un moyen de la calmer. Évidemment le manteau était foutu, et les godasses aussi. Avec tous ces acides et le gas-oil qui traînaient sur le fleuve, aucun nettoyage ne parviendrait à les remettre en état. Mais il y avait une solution : on paierait un manteau neuf à Marjolaine, et des chaussures. Après tout qu'est-ce qui la faisait glapir, sa mère ? La dépense. Le reste elle s'en fichait. Que sa fille eût risqué la noyade, elle n'en avait cure. Mais le fric, alors ça ! La petite opinait du bonnet. Sans cette question de fric, sa mère ce n'était pas le mauvais cheval. Elle était compréhensive, pas regardante sur les heures, plutôt bonne copine. Mais les problèmes d'argent la ravageaient. Hélas à nous trois ce soir-là nous possédions tout au plus le prix d'une paire de lacets.

– Aucune importance, dit Juredieu. On va aviser. Mais d'abord il faudrait tranquilliser ta mère, qu'elle ne commence pas à faire du chambard en ne te voyant pas rentrer.

La petite nous rassura. Jusqu'à huit heures sa mère ne s'aviserait pas de son absence, et même au-delà elle patienterait un bon moment. Elle n'était pas du genre bilieux, sa mère. Encore une chance. Cela nous laissait plus d'une heure pour nous retourner. Cependant il fallait faire vite, les boutiques de la rue Sainte-Clotilde ne tarderaient pas à fermer. Nous filâmes.

*

Je me sentais bien mieux. Cette impression de glisser vers l'abîme s'atténuait. Un instant le doute m'avait envahi, mais la rassurante présence de mes copains me remettait d'aplomb. En quelques phrases ils avaient chassé mes fantasmes, remis chaque chose à sa vraie place. De fugue il n'était plus question, de police, de maison de correction. Le drame tournait à la farce, il suffisait de trouver quelques malheureux billets pour aplanir l'affaire. Marjolaine nous avait dit où aller, au Petit Louvre, c'est là qu'elle s'habillait d'ordinaire, nous y trouverions l'exacte réplique de ses nippes et sa mère n'y verrait que du feu. Tout s'arrangeait pour le mieux. Néanmoins demeurait le problème financier, que pour ma part j'étais bien incapable de résoudre. J'interrogeai plusieurs fois Juredieu, mais il m'envoya promener, selon son habitude. Il ne voulut même pas me dire où nous courions de la sorte, sous la pluie tenace. Enfin je compris que nous nous rendions chez lui, il nous demanda de l'attendre devant sa porte et disparut.

– Tout de même, dit le grand Cros tandis que nous nous abritions tant bien que mal sous un auvent, Juredieu, c'est un frère. Comment j'ai pu faire jusqu'ici pour pas le blairer ! C'est pas croyable d'être con à ce point. Il sauve la gosse, il la tire du pétrin, et tout ça pour moi qui ne rêvais que de l'étriper. Des fois ça me fait tout chose en dedans, d'avoir été à ce point salaud.

Je le rassurai. Nous commettions tous des erreurs de jugement, il ne fallait pas s'y appesantir. Et c'était bien vrai que Juredieu était un frère. Certes je ne pouvais pas confier au grand Cros ce qui s'était réellement passé, je ne pouvais pas lui dire que Juredieu avait essayé de lui souffler Marjolaine, mais il fallait reconnaître à notre ami ses vertus, dès que l'un de nous était dans l'embarras il fonçait, mû par sa qualité dominante, le don de soi. Juredieu se donnait. Sans calcul et sans petitesse il payait de sa personne, défendant le faible, encaissant les coups destinés aux autres, sans jamais se dérober. C'était une manière de chevalier. On pouvait compter sur lui. Et sa bourse aussi vous était ouverte. Je ne doutais pas qu'il était en train de puiser dans ses ultimes réserves, de racler ses économies, s'il en avait, pour tirer Marjolaine de ce mauvais pas. Peut-être se contentait-il d'escroquer son petit frère, ou de rouler le Pépé, mais la nuance était faible, de toute façon il n'avait pas le choix de ses ressources. Mais au lieu de consacrer celles-ci à d'égoïstes plaisirs, il en faisait don à qui était dans le besoin. Parce que j'étais plus timoré, il m'arrivait de me croire meilleur que lui. Parce que j'étais lâche je me croyais raisonnable. Je faisais vertus de mes peurs, de mes mesquineries, de mes petitesses. Volontiers je le reconnaissais. Juredieu était notre guide, notre modèle, et s'il m'arrivait de le critiquer ce n'était que par dépit.

Il revint chargé d'un paquet. Un paquet pas très gros.

– J'ai notre affaire, les gars. Nous sommes sauvés.

Il nous mena chez Sotiros, le Grec. Je connaissais bien Sotiros. Il tenait boutique rue Porte-Vieille, devant le lycée. C'était un vieillard obèse, au beau visage rose nimbé de cheveux blancs. Assis tout au fond de sa minuscule échoppe, il se livrait à un commerce indéfini, il troquait, revendait, achetait, on trouvait chez lui toutes sortes de choses épatantes, des sarbacanes et des romans interdits, des boules puantes, de vieux vélos. Souvent je lui avais cédé les manuels scolaires dont je n'avais plus l'usage, en échange de chewing-gums ou de cigarettes. Nous l'aimions bien. Il était moins voleur qu'un autre et plusieurs fois il m'avait fait crédit. Mais il était méfiant. Quand Juredieu eut défait son paquet, il avança son nez prudent comme pour flairer quelque dangereuse bestiole.

– D'où sors-tu ça, petit.

– Vous inquiétez pas, m'sieur Sotiros. C'est du régulier.

– J'ai jamais eu d'histoires avec toi, Juredieu, mais faudrait pas commencer. Le trop beau, j'aime pas ça.

Au creux d'un papier journal, Juredieu avait emballé un superbe appareil photographique, quatre écus anciens et un dentier en or.

– Je vous jure, m'sieur Sotiros. L'appareil je l'ai eu pour ma fête, les écus c'est rien, quant au dentier il vient de ma grand-mère qui est morte il y a deux ans. Je l'ai eu en héritage.

– Faudrait que tu m'apportes une autorisation de ton père. Ça vaut des sous, tout ça. J'ai pas envie d'aller en tôle.

– Combien vous m'en donneriez, si je vous apporte une autorisation ?

Sotiros soupesa le râtelier. La pauvre vieille, elle devait avoir une mâchoire de jument ! Combien je t'en donnerais ? Le bonhomme prit sa loupe et examina les écus un à un. Les vieilles choses, faut pas croire. On s'imagine un trésor, et puis qu'est-ce qu'on en tire, à la revente ?

– Je t'en donnerais tant, petit. Mais c'est parce que c'est toi. Et avec l'autorisation signée de ton père.

Nous n'en espérions même pas le quart.

– La moitié tout de suite, et on n'en parle plus. Je vous jure, vous risquez rien.

– Si ton père est au courant, pourquoi tu préfères pas attendre à demain ?

– On a une dette d'honneur, nous trois. Faut qu'on paye illico. Un bon mouvement, m'sieur Sotiros. On est des clients, quoi !

L'usurier sortit un à un des billets pliés en quatre dont il avait un plein sac en plastique, coincé sous son gilet. Cette comédie me semblait terriblement longue, je craignais que le Petit Louvre n'eût fermé, à cette heure indue. En fait nous arrivâmes juste à temps, au moment où les vendeurs achevaient de décrocher les lots de fripes pendues sur des cintres, tout autour de la porte d'entrée. Marjolaine était sauvée.

*

J'abandonnai là mes amis. Il était temps pour moi de regagner la demeure familiale, mais j'avais hâte aussi de me retrouver seul. J'étais content que cette aventure se fût terminée de si heureuse façon, et cependant je ne pouvais me départir d'un certain malaise. Des doutes m'assaillaient. D'où Juredieu sortait-il ce trop bel appareil photographique ? Je voulais croire qu'on le lui avait donné pour sa fête, comme il le prétendait, en ce cas son geste était généreux, mais je n'étais qu'à moitié convaincu. Et plus j'y réfléchissais plus s'imposait à moi l'idée qu'il l'avait volé. Juredieu était un voleur, voilà. Et j'étais moi-même le complice d'un voleur. Un vague sentiment d'écœurement m'envahit. Jusqu'alors je n'avais jamais accompli d'action malhonnête, je n'avais même pas supposé qu'il me fût possible d'en commettre un jour. Certes on ne pouvait m'accuser que de complicité, et encore d'une complicité involontaire, on ne m'avait pas demandé mon avis. Mais ces arguments ne parvenaient pas à m'apaiser, seul à seul avec moi-même ils n'étaient d'aucun poids. La vérité était que par goût du plaisir, et Juredieu symbolisait pour moi le plaisir, j'étais prêt à me perdre.

Je décidai de me reprendre en main. Je ne romprais pas avec Juredieu, je ne m'en sentais pas le courage, mais désormais je me méfierais. Et pour commencer je n'irais pas au rendez-vous qu'il m'avait fixé pour le soir même. En n'allant pas à ce rendez-vous je faisais un grand sacrifice, mais mon salut l'exigeait. Je voulais bien m'amuser, me donner du bon temps, mais à aucun prix je ne consentais à me mépriser.

Rasséréné par ces excellentes résolutions, je remontais les derniers mètres de la rue Sainte-Clotilde en chantonnant. La pluie avait cessé, j'étais trempé de la tête aux pieds mais l'âme légère, je prenais mes distances, je redevenais moi-même. C'est alors que j'aperçus, à l'angle du cours Michelet, deux silhouettes qui m'étaient familières. Yvette et Jocelyne. Yvette était vêtue d'un imperméable vert luminescent tandis que celui de sa sœur était rouge flamboyant. J'eus au cœur un pinçon aussitôt suivi d'une pulsion voluptueuse. Les deux petites fripouilles. Les adorables fripouilles. Ah, comme je conservais l'éblouissant souvenir de leur tiède peau, de leur petit mufle suceur. Que de succulents instants, d'extravagantes et folles minutes j'avais goûtés dans leurs bras. Suprême festin. Mirobolants vertiges. Et elles existaient ! Je n'avais pas rêvé. Elles étaient là, détentrices d'ineffables jouissances… D'un coup, leur vue ressuscitait en moi toutes ces extases, ces hauts sommets. Mes petites bonnes femmes. Mes petites sources de plaisir. J'en aurais hurlé de bonheur. Je les avais retrouvées. Tout allait recommencer comme avant. Et mon premier mouvement fut de courir à leur rencontre. J'oubliais qu'elles m'avaient plaqué. Ou plutôt je leur pardonnais. Je ne leur en voulais plus, puisque je les avais retrouvées. Mais je ne sais quel instinct me retint. Elles ne m'avaient pas vu, elles avançaient en se tenant le bras, sans se retourner. L'occasion était belle de les suivre, ainsi saurais-je où elles habitaient.

De rue en rue nous nous enfonçâmes dans le quartier Saint-François. Je marchais sur la pointe des pieds, pour ne faire aucun bruit. Elles-mêmes avançaient sans hâte, comme des filles qui se promènent en devisant. Je songeai à la joie de Juredieu lorsque je lui apprendrais la nouvelle. J'avais retrouvé les petites !

Elles s'arrêtèrent devant une modeste maison sans étage. Jocelyne fouilla dans son sac et ouvrit la porte. Désormais je savais où les retrouver. Peut-être aurais-je mieux fait de ne pas me montrer, peut-être aurais-je dû revenir avec Juredieu, il savait parler aux filles, lui. Mais un sot orgueil m'a poussé en avant, je me suis cru irrésistible. Ohé, vous deux ! Attendez-moi ! C'est moi, Lajus… Je me suis mis à courir pour les rejoindre.

Naïvement je pensais qu'elles allaient partager ma joie, me tomber dans les bras. Le bonheur des retrouvailles. Que de charmantes niaiseries je me promettais. Elles m'ont certes attendu, mais au lieu de ce sourire ravi que je leur prêtais déjà, je n'ai découvert que de vilains petits visages contrariés, yeux sévères.

– C'est des façons de crier ? m'a dit Jocelyne. Et les voisins ? On est des filles sérieuses, nous.

– Vous pourriez tout de même dire bonjour.

– Bonjour. Et maintenant adieu, faut qu'on rentre.

– On vous a attendues, avant-hier. Pourquoi vous n'êtes pas venues ?

– On n'avait pas de temps à perdre.

– On a pourtant bien rigolé, l'autre soir...

– Vous autres, peut-être. Mais nous on a mieux à faire.

– Et si on vous promettait de bien se tenir, est-ce que vous voudriez nous revoir ? Juste en copains, promis.

– Pas question. Ce qu'on veut, nous autres, c'est un ami sérieux. Des mômes, on n'en a rien à faire.

– Dommage. Je vous aimais bien, moi. Eh bien au revoir... On ne s'embrasse pas, pour la dernière fois ?

– Si ça peut te faire plaisir.

Jocelyne me tendit la joue. Yvette n'avait pas dit un mot. Quand je voulus l'embrasser, à son tour, je cherchai sa bouche, mais elle détourna la tête et je ne pus effleurer que son cou, là où ses cheveux sentaient si bon, j'aurais voulu lui murmurer quelque chose de gentil pour elle seule, une petite émotion me venait, un peu de tristesse... Était-ce ainsi qu'on se quittait à jamais... Je n'étais pas certain d'être sincère, mais la mélancolie qui m'habitait n'était pas désagréable, je m'y complaisais, je me trouvais à la fois magnanime et pitoyable, chassé sans doute, mais tout à mon honneur. Une larme eût fait mon affaire, pour compléter mon personnage. Hélas cette ultime douceur me fut refusée, je n'avais pas de véritable chagrin. Et aussitôt que je me retrouvai seul la rage me submergea. L'humiliation. La colère envers moi-même... Maladroit, imbécile... Tu n'as pas su y faire... Ah, si Juredieu avait été là ! Tu aurais vu ! Tu aurais vu comme il les aurait retournées, lui, ces péronnelles... Amenées à merci... Car c'est quelqu'un, Juredieu. Et toi tu n'es qu'un pauvre type.

Après le dîner mes parents décidèrent d'aller chez tante Cléo. Malgré mes bonnes résolutions, je ne pus m'empêcher d'en être contrarié. J'aimais bien tante Cléo, mais ce soir-là je n'avais aucune envie de la voir, et si j'avais décidé malgré tout de rejoindre Juredieu voilà qui m'en eût empêché. La moindre atteinte à ma liberté me mettait hors de moi. J'en voulais à mes parents de m'imposer leur façon de vivre, et j'étais d'autant plus furieux que je me rendais parfaitement compte de ma mauvaise foi. J'étais bien résolu à ne pas rejoindre Juredieu, ce soir-là, mais pour que ma décision ne dût rien aux circonstances je refusai d'accompagner mes parents. J'avais du travail en retard, dis-je. Qu'ils s'en aillent sans moi.

Dès qu'ils furent partis je me couchai. Et c'était vrai que j'avais du travail en retard, depuis plusieurs jours je ne faisais plus grand-chose, je ne voyais pas arriver certaine interrogation écrite sans quelque appréhension. Je n'étais pas un brillant élève, mais à force d'application je me maintenais à une place honnête, ne donnant ni joies ni soucis à ceux qui m'éduquaient. J'étais sans orgueil, et cette honorable grisaille me convenait parfaitement. Volontiers j'abandonnais les honneurs à qui les méritait.

Au premier rang de ceux-ci régnait en permanence un certain Juredieu. Tandis que distraitement je parcourais mon livre d'histoire, je songeai à ce paradoxe. Juredieu qui ne fichait jamais rien, Juredieu qui courait les filles, Juredieu qui buvait, qui passait des nuits blanches, qui ne lisait jamais, hormis quelques poètes, Juredieu nous écrasait tous, à tout coup, et en tout. Il était le meilleur. Étendu dans mon lit, goûtant la tiédeur de ma chambre close, après ce grand froid de la pluie, je m'interrogeais sur ce personnage déconcertant. Était-il véritablement intelligent ? Et qu'était-ce au juste que l'intelligence... Il comprenait vite, il comprenait bien, mais il était difficile, voire impossible, de discuter avec lui, on aurait dit qu'il ne vous écoutait pas, on aurait même cru qu'il ne réfléchissait pas. Il agissait d'instinct, rapidement et sûrement, mais toute forme de raisonnement et de déduction lui semblait étrangère. Mon père m'avait formé aux lentes analyses, aux approches laborieuses, j'avais appris à peser le pour et le contre, à cerner peu à peu la vérité, à maintenir le doute, à ne conclure qu'avec réticence, hésitation, laissant sa part au mystère. Chez nous tout devenait un problème, et nous nous délections des mille solutions possibles. Juredieu par sa façon d'être nous niait en bloc. Il nous ridiculisait. Il était la vie même, alors que nous tentions d'exister. Mais ce soir-là je le haïssais. Au-delà de mon admiration me revenaient en mémoire ses absences de scrupules, son cœur sec, sa cruauté. Il ne respectait rien. Il n'aimait personne. Il n'avait pitié de rien, seul le guidait son plaisir. Et tant d'indifférence envers les autres m'indignait. Je ne parvenais pas à le comprendre, il me posait une énigme, le tréfonds de sa nature m'échappait.

En regard d'un tel personnage je me sentais limpide. Je ne me croyais pas meilleur qu'un autre, mais toute souffrance excitait ma pitié. Sauf dans la colère, je n'avais pas de sentiment mauvais. Du moins me jugeais-je ainsi, ce soir-là. Comme il est délectable d'avoir l'âme en paix! Au travers des fenêtres j'apercevais le fleuve encore secoué par la bourrasque. Les feux des grands navires oscillaient pesamment, soulevés par les lames. Des paquets de pluie s'écrasaient parfois sur mes vitres, décuplant mon bien-être. Je me sentais à l'abri, calfeutré dans cette chambre au plafond bas comme dans une insubmersible cabine. Que j'étais à mon aise, étendu dans ce lit, le dos confortablement appuyé contre les oreillers de plumes. L'aventure ne me tentait plus. Pour un soir je la refusais, je me dérobais à cette absurde errance, à ces rencontres louches, à ces plaisirs aux arrière-goûts d'amertume. Je me voulais seul, de nouveau seul pour un soir, et sourd à toutes les tentations. Comme j'étais bien dans ce lit. Juredieu pouvait toujours m'attendre, je n'irais pas. Je ne m'enivrerais pas avec lui. Je ne m'encanaillerais pas. Je resterais sage, préservé, semblable à cette image un peu mièvre que ceux qui croyaient bien me connaître se faisaient de moi. Nulle hypocrisie non : mais l'envie de me retrouver tel que je me sentais profondément. Et cependant Juredieu m'attendait. Il m'était loisible de le rejoindre si j'en avais le désir. Mes parents étaient sortis, nul ne me contraignait, je pouvais agir à ma guise. Il me suffisait de vouloir pour rejoindre Juredieu. Mais je n'en avais pas le désir. Juredieu était mon mauvais ange. Avec lui je me perdais. Il m'entraînait à commettre des actes que l'on m'avait appris à mépriser, à me conduire bassement, à ne respecter rien. Il était l'esprit du mal. Et cependant je l'aimais. J'étais bien, dans ce lit, je me sentais détendu, l'âme au repos, mais je ne pouvais nier cette petite griffure, ce manque, cette absence qui empêchait que je puisse appeler bonheur tant de quiétude. Au Roi de Cœur Juredieu m'attendait, et de me refuser la joie si aisée de courir le rejoindre m'apparaissait peu à peu un péché envers moi-même. Un jour viendrait peut-être où cette possibilité me serait refusée, la vie se chargerait de nous séparer, de nous désunir. Et alors je regretterais de m'être ainsi privé de cette joie, par volonté sotte. Je m'en voudrais affreusement, mais il serait trop tard, on ne revient pas sur le passé, on ne rattrape pas ses erreurs, ses paresses. Ses paresses, oui. Car au fond je mourais d'envie de rejoindre Juredieu, mais en même temps il me répugnait de quitter ce lit douillet, d'enfiler mes vêtements humides, d'affronter de nouveau l'hiver. Et déjà je savais que j'allais passer outre. Encore une minute ou deux et je me déciderais, je bondirais. Car Juredieu, c'était la fête à son plein, les plaisirs, les filles, l'enchantement. C'était un grand feu doré vers quoi se précipitait le vagabond que j'étais. Et d'ailleurs je n'avais jamais su résister à l'appel de la fête. Je trépignais d'impatience. J'en avais des frissons d'impatience.

Mais Juredieu n'était pas au Roi de Cœur. On ne l'avait pas vu de la soirée, et il y avait peu de chances qu'il vienne maintenant, étant donné l'heure tardive. Je n'avais pas imaginé ce mauvais coup du sort. Mon désarroi devait être visible car Albert me demanda si j'avais des ennuis. Le mot me sembla fade. J'étais consterné, désorienté.

Qu'allais-je faire? Et pouvais-je seulement faire quelque chose… Peut-être Juredieu n'avait-il pu s'évader, mais il était bien plus probable qu'il m'avait trahi. D'une certaine façon je m'y attendais. Je le savais de cœur versatile, jamais fidèle, prêt à vous lâcher à tout instant s'il trouvait mieux ailleurs. Il était ainsi. Je ne l'en aimais pas moins, mais il me faisait souffrir. Et s'il était apparu à ce moment même, ma joie eût été si forte que je lui aurais pardonné. Mais il n'apparut pas.

– Est-ce que je peux téléphoner? demandai-je.

Ce que j'allais faire là était maladroit, mais tant pis. Je voulais savoir. Une voix d'homme me répondit, une voix agressive, désagréable. Qui étais-je? Un copain de Paul? Mais Paul dormait, à cette heure-là. Non, on ne pouvait le réveiller. Je n'avais qu'à rappeler le lendemain. On raccrocha. Je n'en savais guère plus après qu'avant. Il était possible que Juredieu fût au lit, mais je ne parvenais pas à y croire. Il m'avait trahi, c'était sûr. Il avait dû rencontrer quelque fille, qui sait où, et à cette heure il se souciait bien peu de moi. Et c'était vrai que je ne comptais pas pour lui. Il n'avait pas besoin de moi. Il m'admettait parfois, mais sans moi il menait sa vie tout aussi bien, je ne lui étais d'aucune utilité. Au lieu que privé de lui je retournais à mon enfance, je n'avais plus aucun courage, aucun allant. Je n'étais plus rien. Sur-le-champ j'en fis l'expérience. La blonde avec qui j'avais fait l'amour, pour la première fois, vint s'asseoir près de moi. Elle me demanda si j'avais gardé d'elle assez de bons souvenirs pour renouveler l'expérience. Je m'excusai poliment. Je n'avais pas le sou. Et même aurais-je eu assez d'argent que je n'aurais pas accepté. Le cœur me manquait. Livré à moi-même je me sentais pataud, désarmé. Elle m'abandonna sans un mot de regret. Pas le sou. Autant dire que je n'existais pas.

Je m'en allai. L'absurde idée me vint de parcourir chaque rue, de visiter chaque bar, à la recherche de Juredieu. Où es-tu, Juredieu, toi mon copain sans qui l'existence est privée de son sel. Mais l'extravagance d'un tel projet me retint. La nuit n'y suffirait pas, et d'ailleurs Juredieu ne devait certainement plus errer par les rues, à cette heure. Il y avait longtemps qu'il devait être à l'abri dans quelque chambre inconnue de moi, en joyeuse compagnie. Il ne pensait pas à moi. Je n'existais pas pour lui. Il était quelque part, derrière ces murs, continuant de vivre. Et l'impossibilité où j'étais de le retrouver me donnait une angoisse, m'exaspérait. Ces multitudes de façades hostiles, ces successions d'avenues et de places, de fenêtres obscures derrière l'une desquelles il était peut-être, m'accablaient. La ville m'apparaissait monstrueuse, d'une complexité tissée pour mon seul désespoir. Cette ville que j'aimais tant d'ordinaire pour ses recoins d'ombre et ses secrets, ses passages, ses labyrinthes, ses pièges, cette ville qui me dérobait le seul être que j'avais dans l'instant l'envie de rejoindre, soudain je la détestais. Elle m'oppressait. Elle m'encerclait. Elle devenait mon ennemie.

J'aurais dû rentrer chez moi, c'était la sagesse. Mais toute sagesse m'avait quitté. Rentrer chez moi, c'était renoncer à retrouver Juredieu. C'était me replonger dans cette douceur abjecte de ma chambre, cette quiétude du lit encore tiède où je pourrais à loisir savourer ma déception, mon amertume. Je n'en avais pas le courage. Maintenant que j'avais secoué ma paresse, je voulais profiter de ma liberté. Mais où aller... Aucun ami ne m'eût accueilli, à cette heure. Même le grand Cros ne m'eût pas compris, si j'étais allé l'éveiller pour lui conter mes déboires. Il m'aurait regardé de ses yeux troubles, il n'eût rien compris à mes tourments, pauvre vieux. Mais tu le reverras, Juredieu, m'eût-il dit sans doute, et dès demain, au lycée. Et c'était vrai que dès le lendemain je le retrouverais, Juredieu. Il n'y avait qu'à patienter une dizaine d'heures, et mon mal cesserait. Qu'était-ce qu'une dizaine d'heures ? Et ce laps de temps dérisoire m'apparaissait soudain comme un gouffre noir, un trou sans fond que je n'aurais jamais le courage de franchir. Le sang battait à mes oreilles. Je pris conscience que je devais avoir un peu de fièvre, j'avais dû attraper froid, sous cette pluie, je délirais doucement. Ah bon, ah bon, me disais-je. Un peu de fièvre, ce n'est rien. Voilà qui explique bien des choses. En temps normal tu t'en ficherais bien, de Juredieu.

Et la tentation de rentrer chez moi me reprit. Cependant le hasard m'avait amené jusqu'à la rue du Chai-des-Farines, là même où habitait Bérenger. L'idée saugrenue d'aller réveiller le vieux peintre me vint. D'ordinaire je n'aurais pas osé, mais j'avais la fièvre, ce soir-là, je me sentais toutes les audaces. Bérenger logeait tout en haut d'une vaste maison, un vieil hôtel orné de cariatides et de frontons sculptés et dont la toiture était supportée par deux immenses aigles aux ailes déployées. Le temps, la suie et la lèpre étaient peu à peu venus à bout de tant de magnificence, ce n'était plus désormais qu'un taudis.

La porte à double battant ne fermait pas, les dalles du hall d'entrée manquaient pour la plupart, dans le noir on se tordait les chevilles, il y avait beau temps qu'aucun éclairage ne fonctionnait plus. À la lueur d'une allumette je cherchai l'escalier. En volutes majestueuses je l'aperçus qui se déployait dans le noir. Je m'accrochai solidement à la rampe et commençai mon ascension. Maintenant la fièvre m'occupait tout entier délicieusement, j'avais des éclairs blancs au fond des yeux et toute une symphonie de vertiges, je brûlais, j'étais divinement bien. Quelle épatante idée de rendre ainsi visite à Bérenger ! Comment n'y avais-je pas songé plus tôt. Le voilà bien, l'ami que je cherchais, capable de compatir à mon malheur. Malgré tout je n'étais qu'à demi rassuré. Comment Bérenger allait-il m'accueillir ? Réveillé en sursaut, il était bien capable de me brandir au nez l'un de ses pistolets. Non qu'il eût peur de quiconque, Bérenger ignorait la peur, mais il se donnait à lui-même une perpétuelle comédie, il aimait s'effrayer, effrayer les autres. Holà ! Qui va là ! Arrière ou je fais feu ! Je l'entendais très bien. Et pan ! Pan ! La maison était vide, les étages en dessous n'étaient occupés que pendant le jour, il pouvait s'en donner à cœur joie, Bérenger, avec ses pistolets de collection... Écailler les vieux plâtres, crever les plafonds lézardés... Personne ne pouvait l'entendre... L'immense baraque était un théâtre à sa taille, caisse claire résonnant sous ses imprécations, champ clos désert où toute démesure était permise...

J'arrivai au dernier étage. C'était là qu'il avait sa tanière, derrière une petite porte. Un rai de lumière filtrait au travers des planches disjointes, il ne dormait pas.

Je toquai doucement. Mais personne ne répondit. J'insistai. Bérenger ! Bérenger ! C'est moi, Augustin ! Je fus tenté de m'en aller, maintenant tout ce noir m'oppressait, ce terrible silence des vieilles maisons désertes. Mais il me sembla entendre un craquement, derrière la porte, et je tournai le loquet. Bérenger était là, dans la pièce d'entrée, à quatre pattes, vêtu d'une robe décolletée jusqu'aux reins que je reconnus pour une défroque de tante Cléo. Il avait ainsi l'habitude d'user les hardes de son ancienne femme, pour économiser son unique costume. Muni d'une aiguille à tricoter, il fouillait un petit trou creusé dans le plancher.

– Tiens, dit-il en me voyant, c'est toi, gamin. Quel bon vent t'amène ?

Je lui racontai que je m'étais échappé de chez moi à l'insu de mes parents et je lui demandai de garder ma visite secrète.

– Je n'ai jamais trahi personne, Augustin, je ne vais pas commencer avec toi.

Il m'expliqua ce qu'il était en train de faire. Tout au fond du minuscule trou, il y avait un ressort qui en jouant découvrait une cache. Mais le ressort s'était coincé.

– C'est extrêmement fâcheux, me dit-il. J'ai rangé là l'élixir magique dont je me sers pour mes glacis, un mélange de mandragore et de sang d'évêque mort en état de péché mortel. Si je ne le récupère pas mon tableau est foutu.

Le nez à deux doigts du plancher, il se remit à la besogne. Une lampe à pétrole posée à même le sol projetait son ombre au plafond. À l'entour le désordre prenait des allures de cataclysme. Des montagnes de meubles hors d'usage et de toiles crevées, de caisses, de bouteilles, de boîtes de conserve vides, de planches, de cartons, de ferraille, d'engins détériorés, vélos, voitures d'enfant, poêle à charbon, de vieux vêtements, de journaux, de loques, de détritus de toutes sortes, innommables et poussiéreux, entassés là depuis trente ans peut-être, comprimés, écrasés, étayés par des morceaux de bois, retenus par des cordes, accrochés par des fils de fer, coincés par des débris de paravents et de persiennes, montaient le long des murs jusqu'au plafond, surplombaient la porte, formant des sortes de ponts, de pyramides qui se rejoignaient entre elles, se soutenant les unes les autres. De l'entrée à la chambre il n'existait plus qu'un boyau, une manière de tranchée par où l'on se faufilait à grand-peine. D'horribles détails vous accrochaient au passage : un bras en carton bouilli projetant vers vous sa main ensanglantée, une mâchoire de crocodile, des masques nègres, effrayants fossiles amalgamés à ces remparts pouilleux, strates de toute une existence dont on ne saisissait plus la signification. Là-dessous devaient nicher des rats, se tapir des araignées énormes. J'avais hâte de gagner la chambre, à tout prendre d'aspect plus humain. Entre deux bahuts crevés ricanait un singe empaillé. Un python déroulait ses anneaux du haut d'une armoire dont la glace de guingois, fendue en étoile, reflétait le lustre de Venise qu'une ficelle maintenait oblique à cause d'une avancée prodigieuse, une sorte de banquise projetée dans l'espace et tissée de vieux matelas, de cartons à dessin, de rouleaux de grillage. Mais Bérenger m'empêchait de passer. Agenouillé dans sa vaste robe écarlate qui le dénudait quasiment jusqu'aux fesses, il s'acharnait contre l'invisible ressort.

– Ah, carne, disait-il, je t'aurai, peau de couille, vicieuse, petite merde.

Son grand nez était surmonté de trois paires de lunettes, il était très myope. Enfin l'engin se déclencha, une latte de parquet claqua à la façon d'un piège à souris, découvrant une cache. Tout au fond, sur un petit lit d'ouate, il y avait une fiole.

– Cornes de général, dit Bérenger, je savais bien que je l'aurais.

Il mira l'élixir à la lueur de la lampe à pétrole. On aurait dit un vin très vieux, couleur de caramel.

– Aide-moi à me relever, petit, me dit-il, j'ai mes rhumatismes.

Je le soulevai sans peine, il était léger comme un petit enfant. Debout, il frappa à grands coups du plat de la main sur sa robe qui était toute poussiéreuse. Il portait des bas noirs à grosses mailles et des chaussures à talons hauts constellées de cabochons rouges et verts. Ses jambes décharnées étaient un peu tordues, on aurait dit quelque vieille gitane.

– Viens voir, dit-il. Je crois que cela te plaira.

Nous gagnâmes la chambre. Éclairée par un projecteur, sur un chevalet, une immense toile rayonnait à la façon d'un vitrail. Une grande émotion s'empara de moi. Je ne pouvais découvrir un nouveau tableau de Bérenger sans éprouver chaque fois le même enchantement mystique, la même plénitude heureuse devant tant de mystère et de beauté captive. On aurait dit qu'un écran venait de s'ouvrir, qui me projetait dans un monde inconnu, ciel ou enfer, je ne savais, forêt marine, grotte, planète lointaine, lieu secret et jamais vu mais qui sitôt révélé me devenait familier, plus réel et plus proche que mon univers quotidien. Dans cet espace informulé, et qui échappait à la pesanteur, dans cet entrelacs d'arabesques, d'ellipses, de volutes, de dentelles, d'ombres plus légères qu'une fumée, de résilles aussi délicates que les fils de la Vierge, et s'entrelaçant en de fastueuses couleurs, des verts profonds, des rouges mordorés, sanglants, hurleurs, pailletés d'or, atténués de bleu, frottés d'ocre léger, au cœur de ce réseau aquatique ou végétal, je ne pouvais en décider, Bérenger avait enfermé comme dans un cocon ses principaux fantasmes, des corps laiteux ou cuivrés, presque nus, dissimulés sous d'impalpables tulles, qui se tordaient et s'entrelaçaient, s'arc-boutaient, se confondaient, se nouaient d'inextricable façon au point qu'on n'aurait pu dire combien d'êtres s'accouplaient ainsi ni quel était leur sexe, l'œil ne discernant au hasard qu'une bouche, une épaule, un ventre, une jambe délicieusement modelée et terminée par une main à six doigts dont les ongles exagérément longs comme des griffes démoniaques se recourbaient en formes humaines, elles-mêmes engendrant d'autres corps liés, déformés, inversés, aux têtes multiples, aux bras innombrables. J'approchai humblement de la toile. J'aurais voulu dire à Bérenger combien j'étais bouleversé. Mais je ne savais m'exprimer. J'avais peur de proférer des bêtises, et qu'il ne se fâchât. J'aurais voulu dire au vieil homme quel élan presque religieux s'emparait de moi devant tant de douceur et de sauvagerie mêlées, d'harmonie, de splendeur. Mais il se voulait sacrilège. Il aurait cru que je me moquais de lui. De cette nébuleuse arrachée au néant et qui était comme un chant divin, il ne voulait voir, lui, que l'obscénité, la bestialité, la cruauté féroce de ces dents mordant à même la chair, de ces visages révulsés sous l'outrance du plaisir, de ces ongles d'où coulaient des larmes de sang.

– Ça t'en bouche un coin, hein ! Petit ! Avoue-le. Je vais appeler ça le grand massacre. Des hommes, des femmes, culbutés comme à Verdun ! Hop ! Le ventre ouvert, les entrailles dans la gorge ! Ils ne s'en remettront pas. Des trous du cul sanglants, de la viande en hachis. Ah, les pourritures, les ordures malséantes ! Tu verras ! Ils en dégueuleront ! Ma foi je ne suis pas mécontent de ma petite affaire. Il y a trois mois que je sue sang et foutre dessus, mais je ne regrette pas ma peine. Pour du boucan ça va faire du boucan.

De satisfaction il saisit une pomme qu'il tenta d'avaler d'un seul coup. Ses fortes mâchoires eurent beau s'activer, il s'étrangla, une quinte de toux le courba en deux tandis que sa face livide devenait cramoisie. Soudain il m'apparut très vieux. J'observai pour la première fois ses mains couvertes de taches brunes et son extrême maigreur. C'était un vieillard, il n'en avait plus pour longtemps, un jour prochain il nous quitterait. J'en fus peiné. J'aurais voulu lui dire combien j'avais d'affection pour lui, mais cela non plus il ne l'eût pas compris. Il se voulait seul, abandonné de tous. Il tenait à son rôle, c'était chez lui une sorte de coquetterie, son rôle de vieux maniaque obsédé qui ne pensait qu'à choquer ses semblables. Mais autant son art était grand, autant ses facéties demeuraient pitoyables, enfantines. Au-dessus du grand lit Louis-XV était accrochée une corde de pendu. De chaque côté du lit deux crânes servaient d'appliques. Sur les fauteuils aux tapisseries crevées siégeaient de somptueuses poupées de cire qu'il modelait lui-même. Ce n'étaient point des femmes, mais des fantasmes à visage de femme, des êtres aériens, enchanteurs, aux longs cheveux soyeux, aux yeux morts. Il les coiffait durant des heures. Il se ruinait à les vêtir d'habits merveilleux, robes anciennes, velours fragiles, flots de rubans pinçant leurs tailles incroyablement fines. Il disait d'elles qu'elles étaient ses maîtresses et que chaque nuit il les possédait. Il voulait qu'on les plaçât dans son cercueil, lorsqu'il serait mort. Elles étaient trois, Mélisande, Sabine et Cléo. Et celle qui s'appelait Cléo ressemblait effectivement à tante Cléo, non point à la tante Cléo que je connaissais, mais à celle dont Bérenger m'avait donné le portrait. C'était la plus belle. Une voilette adoucissait son visage adorable, elle avait un petit nez retroussé, une bouche si douce et si bien modelée qu'on avait envie d'y poser les lèvres. Plusieurs fois j'avais vu Bérenger lui faire sa toilette, la maquiller, brosser ses cils. Il lui prodiguait des soins d'une douceur extrême qui révélait tout l'amour qu'il avait dû nourrir pour la vraie Cléo, celle hélas qui était devenue homme. La fièvre maintenant me battait aux oreilles, je me sentais tous les courages.

– Est-ce vrai, oncle Bérenger, que vous avez voulu tuer tante Cléo ?

– Tuer ce vieux trognon, moi ! Mais c'est elle qui m'assassine à petit feu, gamin. Elle me poursuit, elle m'envahit, la puante ! Elle boit mon sang, elle me ronge jusqu'à l'os ! Son argent ! Est-ce que j'en ai, moi, de l'argent ! La gourgandine ! Elle m'a menacé d'ameuter la flicaille, sais-tu ? Et pour un malheureux coup de pétoire au plafond... Tiens... Voilà comment c'était...

Il ouvrit son coffret à pistolets.

– Elle était là, beuglant comme une vache. Mon argent, Bérenger ! Mon cher argent !

Il tira. Dans la pièce il y eut un grand bruit, une affreuse odeur de poudre.

– Son argent ! Ah, petit, elle n'a qu'à se le gagner, son argent. Elle a de la ressource. Docker, qu'elle pourrait être, avec ses bras. Ou cogne. Voilà qui lui irait bien, régler la circulation. Ou geôlier, pourquoi pas. Ou maquerelle, elle en avait la vocation... Dans le temps nous avons connu la splendeur, nous avions une bonne... Elle s'appelait Coralie, une Malgache... Il fallait voir... Ah, la chère mignonne, l'a-t-elle emmerdée... Tu ne peux pas savoir, petit, la vacherie des bonnes femmes... Les coups de tatane en dessous, les peaux de banane... Les petites allusions... Les perfidies... Les sous coupés en quatre et comptés recomptés... Les suspicions... Les piques... Les mots méchants lâchés par inadvertance, les gredineries camouflées, les vexations... Le fiel, le vinaigre... Le coup de dent. Gnac ! Et aussitôt après la douceur gentille... Pateline... Suspecte... Le revirement équivoque... On s'envoyait en l'air tous les trois, certains soirs... La grande partouze... Elle aimait ça, Cléo. Une dévergondée... Qu'elle ne m'ait pas trompé, j'admets... Mais Coralie et moi ça lui plaisait fort, ça l'excitait... Alors que j'étais de tempérament fidèle, moi... Parfaitement, gamin, de cœur fidèle, sérieux, besogneux, rangé, admirable... Je peignais des sujets champêtres... Des trumeaux, des choses gentilles, et qui se vendaient bien… Mais cette garce m'a détruit… Elle m'a enseigné le stupre, l'ignominie… La perversion… J'étais faible, ah… Comment lui résister… Comment lutter quand tout s'en mêle… Un certain charme et puis tant de grâce perverse… Elle nous dansait la danse serpentine… Elle se mettait devant ce canapé, celui-là, oui, où tu es assis en ce moment… En chemise, dans le noir… Souple, féline… Alanguie… Une torche électrique entre les miches… Et elle se tortillait… Elle chantait *Les Artilleurs ma mère…* En se tortillant… Voluptueusement… Parfois la torche électrique se fichait en l'air, Coralie s'esclaffait… Moi j'étais monté comme un âne, en ce temps… Je les pulvérisais toutes les deux, le plafond en était barbouillé… Les murs, les portes… Ça bramait de partout… Des cris, comment te dire… Inhumains… L'été les voisins se mettaient aux fenêtres… On nous entendait jusqu'aux quais… Des râles, des soupirs, des beuglements intenses… Je les pourfendais ferme, à chacune son tour… Vlan… Vlan… Un cric… Un essieu de locomotive… Elles me suppliaient… D'en rajouter… Et puis qu'elles n'en pouvaient plus… Moi j'étais déchaîné… Je les coursais dans la baraque, je les plaquais au hasard des murs, contre les armoires… Les meubles volaient en éclats… Elles m'ont démoli tout un Henri-II impeccable, qui me venait de ma grand-mère… Je peux le prouver, j'ai encore les débris là, dans l'entrée… Les chaises mignonnes, toutes sculptées, et la lourde table… Tout y est passé… Un vrai massacre… Et le jour cette mijaurée s'en allait à confesse, dans le quartier… M'accusant de cent mille vilenies, forfaitures, abjections… Que j'étais possédé par le diable… Que j'avais signé avec Belzébuth… Qu'elle n'en pouvait plus, elle si frêle, si languide, si pure... De tant d'horreurs accomplies... D'actes contre nature... Par moi imposés, l'affreuse menteuse. Par moi imposés, disait-elle ! Au boucher, qu'elle se plaignait ! Au poissonnier, à la mercière... Au buraliste qui me regardait comme un cancrelat. L'abjecte calomniatrice. Elle détruisait ma réputation d'honnête homme... Elle me ratatinait... Elle s'essuyait les groles sur mon honneur, Augustin... On me montrait du doigt... Le satyre... Le bourreau... L'homme des bois... Le violeur de fillettes... Le monstre... Le suceur de cornettes... Le détrousseur de 14 Juillet... Vlan... J'en prenais de toutes parts... Bérenger l'équarrisseur de pucelles... Le goulu dévoreur de chair fraîche... L'assassin... Le satrape, l'horrible... Le dégoûtant... Elle, pendant ce temps, se pavanait, toute fraîche et pimpante, la nuit m'asticotant le râble, ma complice... Et tout le jour bavant sur moi ses médisances ignobles. Fais-moi jouir, Bérenger, gueulait-elle... Et j'obtempérais, naïf... J'étais amoureux fou... Possédé, délirant... Elle était si flexible, si parfumée, si délectable... Ma petite source, mon tabernacle... Je ne résistais pas... Je succombais... Je bavotais... Je l'appelais de petits noms à moi... Lotus bleu... Cachemire... Hirondelle ma mie... J'étais envoûté... Puis une sorte de maladie lui est venue, insidieuse, subtile... La peau jaunâtre, le teint plombé... La fesse moins légère. Oh, trois fois rien tout d'abord... Je ne voulais pas voir... Je refusais l'évidence, Augustin... Puis sur le ventre une vilaine graisse, là... Des bourrelets, des choses pas très belles... Et des épaules comme ça... Larges... Puissantes... Une très fine moustache... De jour en jour plus abondante... Un peu de barbe… Elle s'épilait bien, la pauvre… Mais contre le mollet façon chasseur rien à faire… Ni contre le masque romain… Carré… Un centurion… Elle s'hommisait, c'était sûr… Elle devenait mâle… Mon cocorico s'enrouait, le goût ne m'en venait plus… Alors elle se fichait en fureur… Bérenger tu me trompes… Bérenger tu te fous de ma gueule, non content de me faire crever de misère avec ta peinture à la con tu me cocufies, Bérenger, tu me bafoues, tu me délaisses… Elle s'aigrissait, elle devenait mauvaise… Elle allait partout contant des absurdités grandissimes… Que j'avais des ardeurs pour les petits garçons… Les chiens… Les boîtes aux lettres… Que j'étais à pas fréquenter, vraiment bas et visqueux, moins que rien… Que je pissais dans mes couleurs… Que je la battais… Que je voulais l'occire… Approche-toi, Augustin… Plus près… Là… Regarde bien, sous la cinquième côte… Cette estafilade indélébile… C'est elle, l'assassine… Un soir particulièrement détestable… Avec le couteau à huîtres qu'elle m'a fait ça, neuf points de suture, et quinze jours d'hosto… La petite nitouche… L'adorable crotte… J'ai failli en crever, gamin, ç'aurait été le couteau à gigot j'y passais… Et maintenant elle gueule à tous vents que j'ai voulu la supprimer… Moi ! Moi !… Sa victime !… Son paillasson ! Son gigolo !… Pour elle j'ai renoncé à une carrière superbe… J'avais un don c'est vrai pour les vertes prairies, les bocages mignons, les moulins vermoulus… Ça plaisait… On en redemandait… On m'assiégeait de commandes… On m'avait proposé pour une médaille d'or, au salon des académistes… J'aurais pu être comblé… Devenir propriétaire… Péter dans du Louis-XV authentique… Avoir ma salle de bains, mon automobile... Et le dimanche flâner aux courses... J'aurais pu accéder au bonheur, sans cette roulure... Mais elle m'a proprement démoli... Anéanti... Je n'ai même plus un vélo pour aller sur le motif... Elle m'a ruiné, pompé jusqu'au trognon... Elle m'a dégoûté... Alors j'en suis venu à ces délires, petit, pour me consoler. Mais certains soirs je peux te l'avouer, j'en ai gros sur le cœur.

Il se leva et marcha à grands pas, en soulevant sa robe. Son vieux visage exprimait une sorte de chagrin désespéré. J'aurais voulu lui être de quelque secours, mais je ne pouvais ressusciter son bel amour perdu. Il me vint à l'idée que Vinca elle aussi vieillirait. C'était une idée parfaitement absurde et purement abstraite. Je n'imaginais pas Vinca vieillie, ou plutôt je ne parvenais pas à croire que le temps pût l'abîmer en rien. Ses cheveux deviendraient blancs, son visage se couvrirait de rides, mais elle ne pourrait jamais perdre cette aura indéfinissable qui étreignait mon cœur. Apparemment calmé, Bérenger s'arrêta. Il saisit ses deux beaux pistolets et visa un angelot de plâtre qui ornait la corniche du plafond. L'angelot vola en éclats.

– Faire du bruit, dit-il, voilà tout ce qu'il me reste.

J'osai enfin l'interroger :

– Oncle Bérenger, est-ce vrai que vous fabriquez des bombes ?

– C'est elle qui te l'a dit, n'est-ce pas ? Je savais bien que tôt ou tard elle me trahirait.

– Montrez-les-moi, oncle Bérenger.

– Alors jure-moi le secret, petit. Il y va de ma liberté.

Je jurai. Le vieil homme débarrassa un angle de la pièce qu'encombraient des toiles inachevées et s'agenouilla.

Délicatement il appuya sur la plinthe. Une lamelle de bois découpée d'invisible façon s'enfonça et le morceau de planche tomba. Creusée dans le mur, je vis alors une petite niche. Au creux de cette niche il y avait une demi-douzaine de tubes en carton comme on en utilise pour l'expédition des affiches, mais d'une taille inférieure environ de moitié. Chaque tube était muni d'une mèche.

– Est-ce qu'on peut les toucher, oncle Bérenger ?

– Tu peux, c'est sans danger.

Le vieil homme me tendit l'une des bombes. Malgré tout je ressentais un peu d'appréhension. L'engin était d'apparence inoffensif, ce n'était qu'un vulgaire morceau de carton, mais il me semblait qu'au moindre heurt il allait m'exploser dans les doigts et je le manipulais avec de grandes précautions.

– Ne crains rien, petit. Ça n'est jamais que de la poudre noire, ça ne pète pas comme ça.

– Est-ce que... Est-ce que vous avez déjà essayé d'en faire partir ?

– Tu es bien curieux, gamin.

– Je ne le répéterai pas, oncle Bérenger. Vous pouvez me faire confiance.

– Ça m'est arrivé, oui. Bien des fois. À la campagne, évidemment... Loin de tout... Le cafard te ronge, Augustin, l'impression que tu as raté ta vie... Il y en a qui boivent, mais je n'ai jamais bu... Il y en a qui cognent sur leur bonne femme, et maintenant je suis seul... Alors je m'esbigne... En douce... Je prends ma petite sacoche sous le bras, comme un employé du gaz... Et je gagne les bois... Ou quelque carrière... Ça fait un joli bruit... Une lueur de fin du monde... Vloum... Un quart de seconde, pas plus… Un quart de seconde où tous les meurtres s'accomplissent, ceux que l'on n'osera jamais commettre… Tous y passent… Cléo… Les flics… Mon percepteur… La curaille, le gouvernement, les voisins… Toi aussi, Augustin, qui m'irrites à tes heures… Et les femmes qui n'ont pas voulu de moi… Et celles qui m'ont accueilli, ces pétasses… Ces vérolées… Et la marmaille… Et les vieux… Et les jeunes gens, les culs-terreux, les genre ministre, les importants, les sans-le-sou, les crasseux… Les autres… Les autres… À certains moments faut qu'ils y passent tous, les autres… Alors vlan… Broum… Broum… Je les extermine… Je les anéantis… Disparus… Volatilisés… Supprimés… Ça fait un sacré bien, petit. Une jouissance inouïe… Un spasme… Tu n'imagines pas… Je les vois tous explosés aux quatre vents… Le bide éclaté… la tête à hue et à dia… Les membres… Bras et jambes, tous pêle-mêle, en l'air, comme au cinéma…

– Oncle Bérenger…

– Je t'écoute, Augustin.

– Est-ce vous qui commettez ces attentats, oncle Bérenger ?

– Qui peut le dire, petit. Qui peut l'affirmer. Certains le croient. Ta tante Cléo l'affirme même, à ce qu'il paraît. Mais qui peut le prouver ? Ne compte pas sur moi pour avouer. Mon compère Landru l'a bien dit, lui qui s'y connaissait. N'avouez jamais. Peut-être est-ce moi. Peut-être est-ce un autre. J'aime qu'un certain doute plane sur ma personne. On s'interroge… On prend peur… On s'alarme… Est-ce lui ? Et si c'était vraiment lui ! C'est bien connu qu'il n'a pas toute sa tête, le malheureux ! Bérenger, l'homme au grand couteau, l'homme aux fioles… Le coquin gredin pilleur de troncs d'église, ravageur de bonnes sœurs… Celui qui tua trois Allemands, pendant la guerre, qu'il vendit comme viande de boucherie… Qui viola sa sœur morte… Fit un enfant à sa grand-mère… Bérenger le répugnant, l'épouvantable… Toi, Augustin, penses-tu que ce soit moi, le coupable ?

Mais je n'en savais rien, vraiment rien. Il me fatiguait un peu. Il se démenait, tapait du talon, levait les bras au ciel au risque de perdre sa robe trop large pour lui. Je l'aimais bien, il était sans méchanceté aucune, mais il ne fallait pas le voir trop longtemps. À la longue il vous donnait le vertige. Je l'embrassai sur les deux joues et m'en fus.

*

La fièvre me berçait. Les éclairs blancs devant mes yeux devenaient plus nombreux, demain je serais malade, je ne pourrais pas sortir. Je ne verrais pas Juredieu. Je ne verrais pas Vinca. Mais ce qui aurait dû me tourmenter me laissait indifférent, j'avançais dans la nuit avec une grande paix au cœur, portant ma fièvre comme une grosse boule rougeoyante qui m'eût réconforté. Le ciel maintenant était clair, il ne faisait pas froid. Malgré tout il était grand temps de m'en aller au lit. Je n'avais pas sommeil, mais je savais qu'aussitôt couché je me laisserais glisser, incapable de résister à cette douceur du corps qui s'abandonne aux draps. Minuit sonna quelque part. Minuit, l'heure où l'on sort des spectacles. Des images de femmes en fourrure et de taxis me vinrent, j'imaginai Vinca dans sa loge dénouant ses chaussons. Il m'eût été possible d'aller la chercher, à la sortie du théâtre. J'avais projeté de le faire. Mais je craignais d'arriver trop tard, qu'elle ne fût déjà partie. Vinca. En permanence elle demeurait en moi, au plus profond. Son souvenir était comme une petite veilleuse jamais très vive et toujours lumineuse. J'avais du mal à recomposer ses traits, à revoir son visage. Mais elle était plus qu'un visage. Et sa présence ne m'était même pas nécessaire, il me suffisait qu'elle existât, quelque part, que je la sache vivante pour que surgissent en moi des sentiments généreux, le besoin d'être bon, le désir de chasser de moi toute pensée mauvaise ou impure. Elle me rendait meilleur. Elle me donnait honte de mes turpitudes, j'avais envie de devenir différent, très sage et très raisonnable, pour me sentir digne d'elle.

Non loin du cours Michelet, se découpant sur le ciel clair, j'aperçus la Porte-Vieille. C'était là que Vinca habitait. Une lueur née de la ville jouait sur les deux tours gigantesques, reflet blafard qui donnait aux vieilles ardoises un éclat lunaire. Très haut entre les clochetons jumeaux on distinguait à peine le léopard doré qu'aucun vent pour l'heure ne caressait. L'horloge marquait minuit dix, il était beaucoup trop tôt pour que Vinca ait eu le temps de rentrer chez elle. J'allai jusqu'à sa porte, au pied du vieux beffroi. C'était une porte usée, modeste, munie d'un marteau en forme de main que j'effleurai discrètement, Vinca avait touché ce marteau, ses doigts l'avaient soulevé, il me semblait qu'il conservait un peu d'elle-même, ainsi que ce seuil aux trois marches incurvées qu'elle franchissait chaque jour. Creusé dans le mur il y avait un trou qui servait de boîte aux lettres, et je fus tenté de griffonner un mot pour lui dire que j'étais venu, que je pensais à elle. Puis s'infiltra en moi l'envie de l'attendre. Peut-être serait-elle surprise de me trouver là, devant sa porte. Mais ne m'avait-elle point donné l'autorisation de la voir quand bon me semblerait ? Je m'assis sur l'une des marches, le dos appuyé à la muraille. J'étais heureux. Immanquablement Vinca allait survenir, d'un instant à l'autre. Elle ne le savait pas, mais elle était en train de marcher à ma rencontre, chaque pas qu'elle faisait c'était de moi qu'il la rapprochait, de moi seul. Et je l'entendis de très loin. Je n'aurais su m'y tromper, elle seule pouvait faire éclore dans la nuit cette lente pavane, ce martèlement mesuré et léger, rythmé par une musique intérieure.

*

Je voyais son reflet dans la glace. Sous le maquillage de scène qu'elle enlevait au moyen d'un morceau de coton, son vrai visage apparaissait peu à peu, enfantin, les yeux marqués de cernes, les joues creuses. On la sentait lasse. Son regard pourtant demeurait plein de gaieté, deux petites flammes couvant au fond de ses prunelles.

– Ne me regarde pas ainsi, Augustin. Je me sens laide.

Elle ôta les peignes constellés de brillants et sa chevelure croula sur ses épaules. Elle n'était vêtue que d'un déshabillé transparent qui la laissait presque nue. Son corps d'une blancheur crémeuse me troublait. Jamais encore Vinca ne m'avait troublé. Pour moi elle n'avait été jusque-là qu'une apparition lumineuse, un rayon de lune. Je découvrais soudain qu'elle était aussi une femme. Et ce corps merveilleusement doux au regard, délié, harmonieux, j'avais envie d'y frotter ma joue, de m'y rafraîchir comme à quelque source. Ma longue source. Mon algue marine. Pourquoi te mettais-tu ainsi presque nue devant moi, Vinca ? J'étais certain qu'elle ne voulait pas me provoquer. Elle était dépourvue de malice, de coquetterie. Il y avait simplement que ma présence ne comptait pas pour elle, elle agissait selon son habitude, quittant sa robe aussitôt que rentrée, pour se trouver mieux à son aise.

Elle fit glisser ses collants noirs. Un instant une maille filée requit son attention, son front se rida de contrariété légère. Ces bas filés, peut-être était-ce un petit drame. Je la soupçonnais de n'être pas riche. La chambre était misérable, sans grâce, sans rien qui l'embellît, hors quelques vêtements, çà et là, cette cape mauve que je connaissais déjà, une toque de fourrure, son grand manteau rouge...

– Est-ce que je t'ai présenté Roudoudou ? me dit-elle. Regarde de l'autre côté du lit, il est dans sa petite maison.

Je me penchai. Au fond d'une boîte en carton j'aperçus un cochon d'Inde qui rongeait des carottes.

– Prends-le. Il adore être caressé. Tu vas voir, il ronronne comme un chat.

Pour lui être agréable je m'emparai de la bestiole. C'était une pauvre chose tremblotante qui me dégoûtait un peu. Mais pour Vinca je me sentais prêt à tous les héroïsmes.

– C'est mon petit compagnon, dit-elle. Il me parle, et je lui réponds. Nous avons des conversations très intéressantes... En vérité c'est surtout moi qui parle. Sais-tu que je suis très bavarde, Augustin ? Je lui raconte des histoires. Je lui parle du temps où j'étais une petite fille très maigre et très laide, avec des yeux de fouine et des jambes comme des roseaux, lorsque j'habitais cette maison perdue dans les bois. En fait ce n'était pas une maison, plutôt un château, avec de grandes tours pointues et des girouettes, et tout autour un parc immense, mais depuis si longtemps qu'il était à l'abandon, ce château, on n'osait plus lui donner son nom, on disait la maison, tout simplement. La porte d'entrée ne jointait plus. Elle donnait sur une vaste pièce au dallage bosselé, tout râpeux, encore rougi par endroits comme par du sang. Le vent d'hiver chassait jusque dans les couloirs des brassées de feuilles mortes, et toutes sortes de débris, de la mousse, des plumes, de petits nids d'oiseaux abandonnés… Je m'acharnais de mon mieux à repousser tout cela au-dehors, avec un balai de brande. Mais le vent était plus fort que moi, plus tenace. J'aurais voulu que tu me voies, Augustin… Que je devais être *drôle*, en ce temps… Je portais deux grandes nattes que je tressais une fois la semaine, pour aller à la messe… Mes genoux étaient toujours couronnés comme ceux d'un garçon… J'avais un tablier bien trop grand pour moi, et toujours noir de crasse, et des sabots de bois, garnis de paille… La vieille à qui appartenait le château était très méchante, quand je faisais mal ma besogne elle me fouettait avec une branche de houx… Je m'occupais du cochon, du lavoir, et aussi des betteraves… C'était ma grande affaire, les betteraves… J'en faisais cuire de pleins chaudrons, durant des heures, dans une immense cheminée… Une cheminée deux fois comme cette chambre, Augustin… Et noire… Je m'asseyais sur une chaise basse, toute dépaillée, et j'activais le feu… Comme cela sentait bon… Cette odeur de betteraves en train de cuire, et le bois mort qui flambait… Tu ne peux pas savoir… Quand la vieille me tournait le dos, vite je piquais avec ma fourchette, au risque de me brûler, et j'enfouissais dans ma poche une ou deux betteraves que j'allais dévorer derrière le cellier… Mais parfois la vieille me surprenait… Elle avait des colères terribles, elle savait comment vous faire bien mal, avec sa branche de houx… Souvent j'ai eu la tentation de m'enfuir… Mais où pouvais-je aller, Augustin ? Les gendarmes m'auraient tôt retrouvée. Et puis en vérité je n'étais pas malheureuse. J'aimais toutes ces odeurs, et cette forêt derrière la maison. Quand j'avais fini mon travail, c'était là que je me réfugiais. Je grimpais tout en haut d'un arbre et je m'imaginais sur un grand navire. À l'infini c'était la mer, j'entendais le vent gonfler les voiles, les mâts qui craquaient, le grincement des cordages. Comme il faisait bon tout là-haut, Augustin. Comme j'aimerais retourner là-bas.

– Pourquoi n'y retournez-vous pas ?

– Mais j'y suis revenue !… Hélas je n'ai rien reconnu. On a rasé le parc, détruit le vieux château. Il ne reste plus qu'un pan de muraille.

Lorsqu'elle eut fini sa toilette elle vint se coucher. L'unique chaise était occupée par ses vêtements, je dus m'asseoir au bord du lit, tout près d'elle.

– Cette vieille, reprit-elle, elle a certainement dû mourir, maintenant. Tu ne peux savoir comme elle était méchante, Augustin. Sans cesse elle me tirait les cheveux, elle me disait que j'étais laide. Mais je ne lui en veux pas.

C'est à cause d'elle que j'ai décidé de devenir belle. Chaque soir je faisais une prière : mon Dieu faites que je devienne belle, pour punir cette mauvaise femme. Mais comme Dieu a mis du temps pour m'exaucer !

Elle éclata de rire. Je découvris ses dents qui étaient petites et merveilleusement régulières, son palais rose.

– Vinca, dis-je, quel âge avez-vous ?

– Pourquoi veux-tu savoir mon âge, Augustin ? Qu'est-ce que cela peut te faire.

– Dites-le-moi, dis-je d'un ton suppliant. Je veux le savoir.

– Tu es bien curieux, Augustin. Mais pourquoi te le cacher. Je vais avoir vingt ans.

– Je ne vous croyais pas si vieille, dis-je.

Et toutes ces années qui me séparaient d'elle m'accablèrent d'un coup, je la sentis s'éloigner, reculer, devenir inaccessible. Jamais je ne la rejoindrais. Je serais encore empêtré dans l'enfance qu'elle aurait décidé de sa vie, elle ne m'attendrait pas. Des larmes me montèrent aux yeux que je ne pus retenir.

– Ne pleure pas, Augustin. Surtout ne pleure pas. Je ne veux pas que tu sois malheureux.

– Comment pourrais-je ne pas l'être, dis-je. Vous ne pouvez pas comprendre.

– Mais je comprends très bien. Viens ici, là. Je te comprends très bien, Augustin.

Elle m'attira contre elle, la tête au creux de son épaule. Ne pleure pas, Augustin. Cela te passera. Ça n'est jamais bien grave, le mal d'amour, à ton âge. Tu m'oublieras. Et puis tu connaîtras d'autres filles, plus tard, des filles beaucoup plus belles que moi. Alors tu te rappelleras.

Et tu souriras en pensant à moi, tu t'attendriras, mais tu ne comprendras plus comment tu as pu souffrir un jour à cause d'une vieille, car je serai vieille, Augustin, si tu me rencontres alors tu ne me reconnaîtras même pas, je ne te plairai plus du tout, et même si tu me reconnais tu feindras de ne pas me voir, pour ne pas me peiner, car tu n'es pas méchant, je le sais bien.

– Mais je ne suis heureux qu'auprès de vous, Vinca. Loin de vous je me sens tout vide. Voilà ce que vous ne pouvez comprendre.

– Pourquoi ne comprendrais-je pas ? Écoute : je vais te confier un secret. Mais il ne faut surtout pas que cela te fasse mal. J'ai un amant, Augustin. Il est beau comme il n'est pas permis de l'être. Mais il est prisonnier. Il a des enfants, une femme, il ne peut s'évader. Jamais je ne le vois. Et sans cesse je pense à lui, à chaque minute, à chaque seconde, il m'habite, il est là, en moi, il dort avec moi, il peuple mes rêves, je ne le quitte pas, à chaque instant je suis tournée vers lui, tout entière occupée de lui. Et nous ne nous voyons jamais. Nous ne nous parlons pas. À peine m'écrit-il, de loin en loin. Mais je ne lui réponds pas. Je n'ose pas. Je ne sais pas très bien écrire, je fais plein de pâtés, et des fautes d'orthographe, je ne veux pas qu'il ait mauvaise opinion de moi... Est-ce qu'un jour tu voudras m'aider, Augustin ?... M'écrire un petit mot que je recopierai ?... C'est vrai ? Tu voudras bien ? Comme tu es gentil, Augustin... Comme je suis heureuse de t'avoir rencontré... Juste une page ou deux pour lui dire que je vais bien... Que je ne l'ai pas oublié... Que je l'aime... Que je l'aime à en mourir, Augustin... C'est à cause de lui que je suis venue vivre ici... Là-bas je l'apercevais quelquefois, sans pouvoir l'approcher… Cela me faisait trop mal… Il ne voulait plus me rejoindre, à cause de sa femme… De sa femme qui l'aimait elle aussi… Alors je me sentais comme privée d'eau, de pain… Une bête qui meurt faute de nourriture… C'est terrible d'aimer, Augustin, d'aimer sans espoir… Je veux que tu sois mon petit ami, mon petit compagnon… Mais que tu ne souffres pas… Et puis je ne suis pas tellement jolie, Augustin… Je t'apprendrai mes défauts… Je te montrerai, j'ai le cou trop long… Le front trop bombé… La bouche trop grande… Les yeux… Les yeux… Pourquoi ris-tu, Augustin ? Parce que je me moque de toi ? Mais jamais de la vie ! Jamais je n'oserais me moquer de toi !… Mais comme tu as chaud… Pourquoi as-tu tellement chaud, Augustin…

Elle passa sa main sur mon front moite. Maintenant la fièvre me ravageait, j'entendais bourdonner mes oreilles, cogner mon cœur. Je lui racontai comment j'avais dû prendre mal, sous la pluie, en poursuivant Marjolaine. Elle se leva et remplit un verre d'eau dans lequel elle fit fondre deux comprimés d'aspirine.

– Bois, dit-elle. Cela te fera du bien.

De grands frissons me parcouraient, la chambre basculait à ma rencontre. Quand elle se fut recouchée je posai de nouveau ma tête sur son épaule. J'aimais son odeur, c'était une odeur très légère de petit enfant bien propre et de savonnette. Je frottai ma joue contre son bras, j'aurais voulu la supplier de devenir déraisonnable, de tout oublier, de m'aimer, moi, ou tout au moins de faire semblant de m'aimer, de me confondre avec ce bel amant lointain, de me prendre dans ses bras, de me serrer contre elle… Il lui en aurait coûté bien peu pensais-je, et peut-être en aurait-elle eu du bonheur… Mais en même temps j'étais certain qu'elle n'aurait pas accepté. À ses yeux je n'étais qu'un enfant, je n'existais pas en tant qu'homme, cette comédie que je n'osais lui proposer lui eût paru contre nature. Et Vinca, je ne le savais que trop, n'était que limpidité, clarté, à l'opposé de tout ce qui est impur.

Pendant plusieurs jours j'ai été malade. Au début je ne pensais pas à grand-chose, tout entier requis par ma fièvre, rivé à cette brûlure qui me barrait la poitrine. La douleur m'occupait. Puis je suis allé mieux. J'ai pu enfin savourer ce plaisir d'être couché, en plein jour, tandis qu'autour de vous la vie continue. Ma mère, dès qu'elle rentrait du lycée, venait s'asseoir dans ma chambre. Elle me parlait comme si la maladie m'eût ramené plusieurs années en arrière, avec des mots que l'on emploie pour les très petits enfants. Elle s'alarmait facilement, elle avait peur de me perdre, elle m'accablait de soins, d'oreillers dans le dos, de tisanes, de livres d'aventures. Je la laissais faire avec délices. Cette maladie n'était qu'un entracte, je le savais bien, et bientôt je retournerais à ma vie véritable, mais pour l'heure je me laissais aller à la douceur de cet univers factice, jus d'orange, cérémonial du thermomètre. Au-delà de ma fenêtre, le fleuve poursuivait sa lente vie active. Un bananier tout blanc venait d'accoster, les mouettes chassaient au ras de l'eau, un remorqueur tirait un cargo comme un petit vieux traîne après soi une charrette à bras beaucoup trop lourde. Je me laissais couler dans les draps. Qu'il faisait bon, à l'abri de tout. L'hiver était là. Mais les vitres épaisses m'en protégeaient, et les grands rideaux rouges. À d'autres j'abandonnais les pavés secs de gel, les carrefours battus par le vent. Puis je suis allé encore mieux, j'étais presque guéri. Mon père le soir me rendait visite, son échiquier sous le bras. Il m'apprenait le mat par le cavalier et le fou, un coup très difficile. Je suivais d'un esprit distrait qu'il mettait au compte de la convalescence. On me bourrait de foie de veau, de côtelettes. Je reprenais des couleurs. Et l'appel du dehors se fit entendre de nouveau. Au-dehors Vinca continuait de vivre, et Juredieu. Je ne les avais pas oubliés, leur souvenir simplement s'était dilué dans la fièvre, mais à mesure que je retrouvais ma vigueur et mes forces leur absence devenait de jour en jour plus lourde. J'étais sans nouvelles d'eux et ce silence m'oppressait. Je m'imaginais qu'eux-mêmes s'étaient détachés de moi, que ne me voyant plus durant ces deux semaines ils avaient laissé envahir par d'autres cette menue place qu'ils me concédaient. L'expérience m'avait appris que j'aimais plus que je n'étais aimé. On me tolérait parce que j'étais là, mais on ne se souciait pas de moi. L'anxiété me prit, puis l'angoisse. On m'aurait oublié, c'était sûr. Je ne pouvais plus en douter. Juredieu se serait fait de nouveaux copains. Vinca pouvait avoir rejoint son bel amant.

Dès que j'eus assez de forces pour me lever, j'attendis le départ de mes parents et je téléphonai à Juredieu. Mais on refusa de me le passer, on raccrocha. Alors je lui écrivis, en lui demandant de venir me voir. Il ne me répondit pas. En désespoir de cause je m'adressai au grand Cros. Je lui exposai ma détresse. Peut-être y serait-il sensible, lui. Peut-être ne me laisserait-il pas tomber.

Il vint sonner dès le lendemain, peu après quatre heures. Ma mère l'introduisit avec circonspection. Il n'était vraiment pas beau à voir, le grand Cros, ni rassurant. Sa face semblait plus aplatie que jamais, et des poils maintenant lui sortaient de partout, des narines, des oreilles, une sorte de végétation sauvage qui menaçait de le dévorer tout entier.

– Assieds-toi, mon vieux. Quoi de nouveau au bahut ?

Il me fit signe qu'il ne pouvait parler devant ma mère. Mais sa façon de cligner de l'œil était si discrète que celle-ci ne fut pas dupe.

– Eh bien je vous laisse, dit-elle, puisque vous avez des secrets à vous dire.

Dès qu'elle fut partie le grand Cros se libéra. Il s'en était passé des choses, durant mon absence. Juredieu avait quitté le lycée. Son père l'avait fichu pensionnaire dans une boîte à bachot, le cours Fénelon, connu pour sa discipline féroce. Je n'en revenais pas. Juredieu avait quitté le lycée ! Mais que s'était-il donc passé ? Raconte, imbécile.

L'affaire était simple, encore que tragique. Et tout cela pour sauver Marjolaine, répétait sans cesse le grand Cros sans parvenir à combler ma curiosité. Je te l'ai toujours dit, Juredieu c'est un frère.

– Vas-tu t'expliquer, à la fin !

– Eh bien voilà…

Je finis par démêler le drame. Contrairement à mes soupçons, Juredieu n'avait pas volé l'appareil photographique, non plus les quatre écus anciens. Tout cela lui appartenait bel et bien. Mais le dentier en or ne lui avait point échu en héritage, comme il l'avait prétendu. C'était celui du Pépé. Et le Pépé pour une fois ne s'était pas laissé faire. Au matin, en voulant croquer ses biscottes, il s'était aperçu du larcin. Il avait ameuté toute la maison. Par un malencontreux hasard monsieur Juredieu était encore là, il avait saisi sa canne et bondi jusqu'au lycée. Le grand Cros me le décrivit. C'était un petit homme brun avec une fine moustache et trois doigts de la main droite amputés.

– Une sale gueule, si tu vois ce que je veux dire. Le type avec qui on n'a pas envie de rigoler.

Il avait fait irruption dans la classe, sauté sur son fils, et là, devant tout le monde, sans se soucier du prof ni de personne, il avait administré à coups de canne une formidable raclée à notre malheureux ami.

– Mais alors une raclée comme tu n'en as jamais vu, féroce, absolument terrible, à le tuer, le pauvre, dans les jambes, sur les reins, vlan, vlan, à te faire froid dans le dos, et que je te tape, et que je te cogne, on en avait mal pour lui, c'était affreux à voir… Il avait roulé à terre, Juredieu, il se protégeait comme il pouvait, avec ses coudes, avec ses pieds, mais l'autre frappait toujours comme un dingue, on aurait cru qu'il ne s'arrêterait jamais.

– Mais il n'a pas essayé de se défendre, Juredieu ?

– À aucun moment. On aurait cru qu'il était comme paralysé. Et pendant ce temps le prof gueulait ! « Vous n'avez pas le droit ! Monsieur ! Monsieur ! Je vous défends ! Vous n'avez pas le droit ! »… Mais tu parles. Le vieux était si furieux qu'il ne devait même pas entendre. Il cognait toujours. À la fin il en a eu marre, il s'est calmé. Il a forcé Juredieu à se relever et ils ont fichu le camp, l'un poussant l'autre à grands coups de pied. Dans la cour il lui a encore tapé deux ou trois fois dessus, avec sa canne, et puis ils ont passé la conciergerie, on ne les a plus vus.

– Et après ?

– Après je faisais dans mon froc, tiens ! Je me disais que Juredieu allait parler et qu'il nous mettrait toi et moi dans le bain. Ça n'est pas qu'il fasse peur, son père, j'ai aucune raison de le ménager, moi. Mais c'est mon père à moi qui me fout les jetons. S'il avait appris ce micmac et que j'ai aidé à fourguer de la camelote louche, tu parles d'une valse. J'étais bon pour la corrida, moi aussi. Mais Juredieu c'est vraiment un frère. Il n'a rien dit, c'est sûr. Depuis le temps ça aurait éclaté. Il a tout pris sur son dos. C'est héroïque, ça. C'est bien. Par son petit frère qui est en sixième on a su la fin de l'histoire. Il est enfermé à Fénelon, même le dimanche il peut pas sortir. D'un certain temps on ne le reverra pas, c'est certain. Ça me fait de la peine pour lui. Et puis pour moi aussi. Je l'aimais bien. On aurait fait de sacrées choses, s'il était resté avec nous.

De sacrées choses, oui. J'en convenais. L'aventure tournait court, et comme toute chose inaccomplie elle me laissait un goût de regret, de la mélancolie. Ainsi s'achevait une si belle amitié. De tant de projets grandioses aucun ne serait réalisé. Mais cette disparition de Juredieu, venant au terme de ma maladie, me touchait moins que si je l'avais apprise au moment même. Quinze jours s'étaient écoulés sans que je voie Juredieu, je m'étais un peu habitué à son absence, désintoxiqué. Il me manquerait, je n'en doutais pas, mais moins que je n'aurais pu le craindre. Sans lui la vie continuerait, un peu plus fade, bien sûr, un peu plus grise, mais je n'oublierais pas ses leçons, je m'efforcerais de ne pas retomber à ce néant dont il m'avait sorti. Et un autre sentiment, peu avouable, m'aidait à ne point trop souffrir. J'étais soulagé. Lâchement j'étais soulagé. Il m'était arrivé d'être pris de vertige en songeant à ce que me réservait l'avenir, avec Juredieu. C'était un être fascinant, mais redoutable. Il n'avait aucune notion de ce qu'est la mesure, jusqu'où m'aurait-il entraîné, vers quel désastre ? Je me savais trop faible pour rien lui refuser, trop peu raisonnable moi-même pour endiguer ses folies. Je repensais au clocher de l'église Saint-François, et je me disais que ce jour-là j'avais frôlé la mort de bien près, mais il y aurait eu d'autres absurdes exploits à tenter, d'autres bêtises à faire d'où toute innocence était exclue. J'avais eu ma part d'aventure, j'en avais réchappé, tout était pour le mieux. Désormais je me contenterais de mes souvenirs. Cette tristesse qui me gagnait à l'idée que je ne reverrais plus mon ami, je l'atténuais en songeant combien la vie me réservait de joies sûres et paisibles. Il me restait Vinca. Il me restait cette grande leçon que m'avait donnée Juredieu, qu'il faut savoir oser, prendre d'autorité ce dont on a envie. Je n'oublierais pas cette leçon. Désormais je ne regarderais plus les filles de la même façon résignée, je ne tremblerais plus d'appréhension au moindre geste à accomplir. Juredieu disparaissait, mais son souvenir demeurerait longtemps vivace, qui me porterait.

Le grand Cros me donna d'autres nouvelles. Après quelques jours d'accalmie les attentats avaient repris. Deux bombes venaient d'éclater coup sur coup, en plein centre. Je n'étais pas au courant. Le grand Cros me raconta que les gens étaient à bout de nerfs, maintenant.

Ce climat d'anxiété qui régnait depuis près de deux mois commençait à peser sur la ville, les gens rentraient plus tôt chez eux le soir, les journaux se déchaînaient. On en avait assez. Bien qu'on ne déplorât toujours aucune victime, la peur maintenant s'infiltrait. L'impuissance de la police était en elle-même un sujet d'inquiétude. On parla de manifestations, de défilés. Mais cette mauvaise humeur générale était inefficace. Manifester ne servirait à rien, les bombes continueraient d'éclater. Le grand Cros me demanda si je comptais poursuivre notre enquête, maintenant que Juredieu n'était plus avec nous. Mais cette enquête, en vérité je n'y avais jamais cru. J'avais rêvé, voilà. Ces beaux projets n'avaient été que songes creux, paroles en l'air. Juredieu lui-même n'avait pas été dupe. Il avait feint d'y croire parce qu'il n'avait après tout que quinze ans, l'âge où l'on renonce difficilement à toute forme de jeu, et la poursuite de ce criminel était un jeu bien excitant. Mais ce n'était rien d'autre qu'un jeu. Nous n'aurions pas abouti. Nous n'aurions obtenu aucun résultat, comment aurait-il pu en être autrement? Le grand Cros était bien de mon avis. Le plus sage était de renoncer, avant même d'avoir commencé.

Cependant je ne lui confiai pas le peu que j'avais découvert. Je ne lui parlai pas de Bérenger. Bérenger était-il l'homme que tout le monde recherchait? Je ne parvenais pas à le croire. Je l'imaginais trop rêveur lui aussi, trop peu porté à concrétiser ses fantasmes pour se livrer à l'action. Confectionner des bombes, les collectionner, voilà certainement qui lui suffisait. Mais un doute me demeurait. Et si malgré tout c'était lui l'auteur des attentats? Cela n'était pas impossible. Il nous est toujours difficile d'admettre qu'un être que nous croyons bien connaître puisse avoir un comportement hors du commun. Volontiers nous prêtons aux autres nos pusillanimités, notre médiocrité. Et Bérenger ne fût-ce que par son œuvre se différenciait du commun. Était-il coupable ou non ? Il était permis de se poser la question. Mais ce même doute me dictait qu'il valait mieux ne rien dire au grand Cros. Le grand Cros était un être loyal, j'étais certain qu'on pouvait compter sur sa droiture, son silence, mais il était si peu intelligent qu'il aurait pu me trahir sans même s'en rendre compte. Et je ne voulais pas qu'on soupçonnât Bérenger, même à tort. J'éprouvais envers lui une amitié qui ne reposait sur rien de raisonnable, je veux dire que dans cette amitié la raison n'entrait pas ; seul l'étayait un élan spontané envers ce vieil homme dont j'aimais le sourire guilleret, les grands gestes, les éclats de voix, et cette douce surprise par instants mais qu'il essayait si bien de cacher. Il y avait encore que je ne tenais pas à voir pris l'auteur des attentats. Que les gens s'émeuvent, que la ville tremble, je n'en avais cure. J'aimais, moi, ces éclairs subits qui zébraient la nuit. J'aimais l'orage, j'aimais le bruit, j'aimais ce petit frisson du danger côtoyé. Mes propres insatisfactions en étaient allégées, je me sentais soulagé pour un temps d'une appréhension vague, inexpliquée, de malaises infimes mais réels, de griffures internes, sentiments diffus de fautes par moi commises, de regrets informulés, d'envies à fleur de peau. Tout ce qui en moi s'agitait sans pouvoir sortir et pesait à la longue sur ma joie, soudain se libérait dans le vacarme. Une bombe sautait. Mon âme était plus légère.

*

Je retrouvai le lycée. L'absence de Juredieu une fois admise, je n'en souffrais presque plus. Le grand Cros prit pour moi la place de l'ami disparu, à cette nuance près que c'était moi désormais qui assumais le rôle du chef. Le grand Cros volontiers reconnaissait ma prééminence, il m'écoutait bouche bée, ne mettant jamais en doute ma parole. Je l'éblouissais. Je lui narrais nos exploits, du temps de Juredieu, tissant peu à peu une sorte de légende dont le rappel le rendait nostalgique. C'était le bon temps. Ah, c'était le bon temps. Je ne revis pas Vinca tout de suite. Maintenant que j'étais de nouveau livré à moi-même, je n'osais plus m'évader la nuit de chez moi. Je me donnais pour raison que j'avais scrupule à trahir mes parents, mais en vérité je craignais de trop tenter le Diable et de me faire pincer moi aussi. À trop compter sur la chance, j'avais peur qu'elle ne m'abandonnât. Mais Vinca me manquait. Je lui écrivis un petit mot pour lui dire ma maladie, omettant toutefois d'ajouter que j'étais guéri depuis plus d'une semaine. J'espérais une réponse qui ne vint pas. Elle m'avait pourtant prévenu qu'elle n'aimait pas écrire, mais ce silence, au bout de trois jours, devint tellement insupportable que je décidai d'aller l'attendre à midi, à la sortie de sa répétition. Je ne voulais pas me présenter à elle les mains vides. J'aurais aimé lui offrir un oiseau chanteur, comme je me l'étais promis, ainsi qu'une cage dorée. Hélas, je n'avais pas assez d'argent. Je songeai à lui acheter des fleurs, mais alors je m'imaginai, mon bouquet à la main, l'attendant devant la loge de la concierge, et la peur du ridicule me retint. Je me résignai à lui offrir ce qui sans doute lui ferait le plus de plaisir mais qui me coûtait à moi tellement, cette lettre d'amour qu'elle ne savait pas écrire et qu'elle destinait à mon rival. Ce geste me paraissait magnanime, plein d'héroïsme, d'abnégation et de délicatesse. Le cœur serré, la gorge contractée, je me mis au travail. Jamais encore je n'avais écrit de lettre d'amour, mais j'en avais beaucoup lu. Et sur-le-champ je me pris au jeu... Ne sachant rien des relations qui unissaient Vinca à ce bel inconnu je me lançai dans le vague, le flou, le conventionnel, mais alors avec un lyrisme tellement délirant que lorsque je relus ce poulet je fus certain que Vinca se fâcherait en croyant que je m'étais moqué d'elle. Au lieu de quoi, quand elle eût parcouru toute pâle ces six longues pages émaillées de soupirs et de déclarations enflammées, je la vis essuyer une larme cependant qu'elle me serrait vivement contre elle en m'embrassant. Je lui avais donné le plus grand bonheur de sa vie. Jamais elle ne saurait me remercier suffisamment. Et moi, hypocrite, profitant de cette minute heureuse pour m'enivrer de sa douce odeur, j'essayais en même temps de savourer l'amertume de mon sacrifice. Que ce que tu as fait là est grand, Augustin, généreux. Quel geste digne de l'antique. Mais en même temps que je me célébrais ainsi il me fallait bien convenir que ma jalousie demeurait très supportable. Cet inconnu à qui j'avais adressé six pages d'extases et de serments n'avait qu'une existence très relative. Il était loin, il demeurait sans visage, d'un peu plus j'aurais fini par le plaindre. Car c'était moi qui tenais Vinca par le bras, moi qui l'entraînais par la taille à travers cette ville qui soudain, et malgré le ciel bas, m'apparaissait tout ensoleillée, comme fleurie, moi qui respirais son odeur, qui écoutais sa voix, et non point lui. Et cette voix avait beau ne me parler que de lui, c'était moi et non point lui qui m'enchantais de ses modulations adorables, de cette étrange et unique façon de caresser certains mots, de les laisser en suspens.

Maintenant que je n'avais plus Juredieu pour me dissiper, je pouvais me consacrer davantage à Vinca. Je savais qu'elle ne m'appartiendrait jamais, je n'ignorais pas qu'un jour elle s'en irait, aussi voulais-je profiter le plus possible de sa présence, afin de prévenir mes futurs regrets. Chaque jour j'allais la chercher au théâtre. Il m'en coûtait d'affronter la curiosité de la concierge, de répondre aux bonjours que me lançaient au passage les demoiselles du corps de ballet. Maintenant tout le monde me connaissait, mais ma timidité ne s'en calmait pas pour autant. J'aurais voulu me fondre dans la muraille, disparaître. J'imaginais les moqueries murmurées dans mon dos. Pour toute autre que Vinca j'eusse refusé pareil supplice. Mais pour elle j'étais prêt à endurer les pires tourments. Elle arrivait enfin, habillée chaque fois de façon différente, tantôt d'extravagante manière, coiffée d'un chapeau dont la mode n'était point venue jusqu'à nous, moulée dans une étoffe chatoyante, tantôt vêtue d'un vieux pantalon et d'un pull-over délavé. Mais quelque parure qu'elle portât sa beauté demeurait toujours aussi radieuse, ses yeux aussi lumineux, sa démarche aussi souple. Elle m'embrassait de deux petits baisers piqués sur le front, sur les joues, comme on embrasse un bon camarade. Et nous partions à travers la ville, bras dessus bras dessous. J'étais fier d'aller à ses côtés. Parfois nous nous arrêtions à la terrasse d'un café où nous buvions de la limonade. L'intérêt qu'elle suscitait sans bien s'en rendre compte flattait ma vanité, je me rengorgeais niaisement. Mais ces satisfactions d'amour-propre comptaient bien peu auprès de ce bonheur que j'éprouvais. Elle était près de moi, je la respirais, je la frôlais, une ineffable douceur m'habitait alors, comme je n'imaginais pas qu'il pût en exister de plus profonde. Je ne lui demandais rien d'autre que d'être là, près de moi. Je n'attendais rien d'autre d'elle. Et c'était vrai que lorsque je la quittais tout m'apparaissait désenchanté, je me sentais saisi par son absence comme on l'est par un malaise physique, la langue amère, les jambes lourdes. Souvent nous allions à la foire aux attractions. Les pipes en terre volaient en éclats, les boîtes de conserve s'effondraient. Vinca riait de son adresse, et moi j'aimais son rire. Un jour nous gagnâmes cinq kilos de sucre, un autre jour un canard vivant que nous échangeâmes contre un petit accordéon. Vinca m'entraîna sur la grande esplanade qui surplombe le fleuve, et là elle se mit à jouer quantité de rengaines. Des enfants qui faisaient du patin à roulettes nous entourèrent bientôt. Vinca aimait les enfants, elle les attirait comme ces vieilles personnes qui attirent les pigeons sans même avoir besoin de leur donner de graines. Parfois nous allions nous promener le long des quais, vers le port des péniches. C'était là nos meilleurs moments. Vinca me parlait d'elle, de sa petite enfance, de son séjour en Angleterre, dans cette école où elle avait appris à danser. Ses récits étaient décousus, j'avais parfois de la peine à la suivre, mais j'étais si désireux de mieux la connaître que je l'écoutais avec une application religieuse, essayant de démêler dans ses propos confus le fil de sa vie. Sa mère était anglaise, elle l'avait tôt placée dans cette vieille demeure dont la propriétaire était si féroce. De son père elle ne me parlait jamais. Je n'osais la questionner de peur de l'embarrasser. Je flairais un mystère. Ou bien mon imagination vagabondait-elle ? Aux yeux de certains la simplicité de Vinca eût passé pour de l'innocence un peu niaise. Je m'étonnais, moi, au contraire, de la découvrir chaque jour si subtile, si droite, si clairvoyante. Jamais je n'ai rencontré d'être dont la conscience fût à la fois plus claire et plus intransigeante. Le mal et le bien pour elle n'étaient point rhétorique, mais vérité première, elle savait d'instinct ce qu'il était permis de faire et ce qui était défendu. Je lui avais conté mes frasques. Elle ne s'en était pas indignée, mais elle m'avait forcé de convenir qu'au fond de moi je n'étais pas tellement fier de ce récent passé. Et ces confidences par lesquelles j'espérais me rehausser à ses yeux, je les regrettais presque. J'avais peur de l'avoir déçue. Je me voyais tel qu'elle devait me voir… Un peu mufle… Un peu bas… Pas très regardant sur mes fréquentations. Un peu vantard, un peu ignoble… Cependant je savais que rien n'était perdu. Je n'étais pas vraiment perverti. À son contact je me sentais devenir meilleur, m'enchantant de plaisirs que j'aurais méprisés autrefois, avant de la connaître, le vol d'une mouette, la trace d'une goutte de pluie sur une vitre… Tout lui était sujet à émerveillement. Elle était heureuse, mais d'un bonheur sans arrière-pensée, un bonheur qui niait toutes les laideurs de la vie, les contraintes, les fatigues, les embarras d'argent. Son petit univers du théâtre n'était pourtant tissé que de mesquineries, de laides histoires, de minuscules jalousies. Elle me racontait les colères d'Oratio, le maître de ballet, et les démêlés avec la direction, les heures supplémentaires qu'on refusait de lui payer, les loges sans chauffage, les augmentations toujours promises et jamais accordées. Mais ces tracasseries journalières au lieu de l'irriter l'amusaient. Elle avait une forme d'humour très particulière qui l'amenait à considérer ces menus déboires comme autant de sujets de rire. Si tout avait mieux marché elle se serait ennuyée. Et puis elle ne se prenait pas au sérieux, sa qualité d'artiste ne la troublait guère. Elle ne parlait jamais de son art que par les petits côtés, les chaussons qui s'usaient trop vite, les corselets qu'il fallait recoudre sans cesse. J'appris qu'elle avait du talent par les comptes rendus des journaux, mais une fois que je la complimentais elle me fit taire, elle n'attachait aucune importance à ces choses. Pourtant elle me proposa d'aller la voir danser, un dimanche après-midi. Elle m'offrit trois billets, afin que je puisse amener mes parents. Ceux-ci n'osèrent pas me refuser, mais je savais combien il leur en coûtait de subir *Faust* trois heures durant. Au reste leur ennui devint bientôt le mien. Si je n'avais eu pour me soutenir cette attente de Vinca, cette impatience uniquement tendue vers la seconde où elle apparaîtrait, jamais je n'aurais pu supporter pareille épreuve. Mais elle vint. Dans cette nuit de Walpurgis qui plongeait la scène dans une pénombre bleutée, soudain elle fut là, à quelques mètres de moi, grandie sur ses pointes et si différente de la Vinca quotidienne qu'un instant je fus sans la reconnaître. Puis à un mouvement de ses bras qui lui était familier je l'identifiai, et alors déferlèrent en moi des flots d'adoration et de ferveur, je l'aimais, je t'aimais, Vinca, d'un amour sans limites, j'aurais voulu le crier, te le crier, Vinca, te faire comprendre que jamais plus pareil élan ne m'emporterait.

L'idée me vint de l'inviter. Mais chez nous nous ne recevions jamais personne, ma mère qui était pourtant de nature accommodante s'affolait à l'idée d'avoir à cuisiner, à mettre un couvert. Je ne voulais pas lui infliger pareil supplice. Emmener Vinca au restaurant n'était pas dans mes moyens, et je n'osais pas réclamer l'argent nécessaire à mes parents qui pourtant ne me l'auraient certainement pas refusé. Mais j'éprouvais envers eux des pudeurs inexplicables, je n'avais pas le courage d'exiger d'eux ces subsides dont ils me privaient par simple étourderie. Car pour eux l'argent ne comptait pas, et ils n'imaginaient pas que je puisse en avoir besoin. J'eus soudain une illumination. Je pensai à notre vieux wagon, dont nous avions fait si peu d'usage. Depuis le jour où je m'étais si mal conduit envers Marjolaine, je n'y étais pas retourné. Il est vrai que maintenant que Juredieu n'était plus parmi nous ma vie avait bien changé. Je ne pensais même plus à ces débauches dont nous avions rêvé. Tout cela me paraissait loin, embrumé. Et d'évoquer le *Nautilus* me donna un peu d'amertume. C'était le bon temps. Certes aucun moment de ma vie ne m'avait semblé plus heureux que celui que je vivais alors, aux côtés de Vinca. Mais j'étais ainsi fait que le bonheur étale ne pouvait chasser de ma mémoire des joies plus épicées, un certain désordre qui m'était aussi nécessaire. Je demandai au grand Cros s'il voyait un inconvénient à mon projet. Il n'en voyait pas, au contraire. Mais il exigeait la présence de Marjolaine. Je ne pouvais qu'accepter, encore que je me fusse bien passé d'elle. Je craignais qu'en me revoyant elle ne fût reprise par ses griefs et ne finît par dire la vérité au grand Cros, qui ne me l'aurait pas pardonné. Mais c'était un risque que je ne pouvais écarter et je me promis de nier tout en bloc si elle m'accusait. Il fut convenu que nous donnerions un goûter. Un dîner n'eût pas été possible, Vinca devant se rendre au théâtre dès neuf heures. Nous remîmes notre cabine en état. Elle avait d'ailleurs peu souffert de ce temps d'abandon et nous eûmes tôt fait de lui redonner cette belle luisance du premier jour. Nous avions lancé nos invitations pour quatre heures, un jeudi. Dès deux heures nous étions à l'ouvrage. Le grand Cros avait disposé des monceaux de fruits dont il avait fait provision dans l'entrepôt paternel, ananas, clémentines, oranges énormes qui embaumaient l'étroit espace. Je beurrai des tartines, préparai du thé, du chocolat. Un peu avant l'heure je tirai les rideaux et allumai les candélabres. Puis nous allâmes attendre nos invitées devant la palissade.

Marjolaine arriva la première. Je redoutais sa rencontre, mais elle semblait avoir tout oublié, elle me tendit la main franchement, comme si rien ne s'était passé. Je la trouvai embellie. Son petit visage sans fard avait une maigreur vivace et gracieuse qui remuait en moi des pensées troubles. Je n'éprouvais envers elle aucun sentiment, si ce n'était la gêne, mais peu de filles m'avaient donné cette envie de les tripoter, quitte à recevoir un coup de dent. Je me promis de la revoir. Il n'était décidément pas possible que ce dadais de Cros profitât seul d'une telle merveille. Mais alors que je supputais ces projets coupables Vinca descendit d'un taxi. Pour mieux ménager mes effets je n'avais pas prévenu le grand Cros de ce qu'était Vinca. Je lui avais parlé d'elle comme d'une fille pour qui j'avais un sentiment, sans plus, et il avait dû imaginer l'une de ces gamines semblables à celles que nous courtisions d'ordinaire, ni plus banale ni moins jolie. Vinca descendant de ce taxi avait de quoi surprendre. Je lui avais demandé de se vêtir de son mieux, pour faire honneur à mes amis. Mais je n'avais pas prévu le diadème qui ornait ses cheveux ni cette robe pailletée d'un vert transparent, ni ses souliers argentés. Toute autre qu'elle eût paru ridicule, ainsi vêtue sur ce trottoir défoncé, dans cette minable banlieue. Mais Vinca n'était jamais ridicule. Il y avait en elle une grâce telle que ce qui chez toute autre eût semblé extravagant et déplacé devenait chez elle au contraire d'une simplicité évidente. Elle était ainsi, et elle ne pouvait être autrement. On l'acceptait d'emblée. Cependant le grand Cros faisait une drôle de tête. La timidité, ou l'admiration, je ne sais, le raidissait au point qu'il eut du mal à serrer la main qu'on lui tendait. Il bredouilla quelque chose qui devait être une formule de politesse mais qui ressemblait plutôt à un grognement de vieux chien. Je lui donnai une claque dans le dos. Allez, Cros, remets-toi. Sa stupeur n'était pas pour me déplaire. Parfois j'avais moi aussi des accès de vanité, j'aimais bien qu'on m'envie. Certes Vinca n'était rien d'autre pour moi qu'une amie, et il n'était pas dans mes intentions d'en laisser supposer davantage, mais cette amitié suffisait à assurer mon prestige. Désormais, aux yeux des copains, je ne serais plus le Lajus de tous les jours, celui que l'on traite en quantité négligeable, tant il vous ressemble.

Désormais je serais l'ami de Vinca, l'élu des dieux, le confident de cette créature mythique. Je me pavanai. À son habitude elle m'embrassa. Son geste témoignait d'une familiarité qui empêchait qu'on doutât, j'avais dit vrai. Je regardai Marjolaine. Il me semble que son attitude envers moi n'était plus la même. À ses yeux j'avais grandi d'un coup, je n'étais plus tout à fait l'andouille qu'elle avait cru. Elle ne songeait même pas à cacher l'admiration que Vinca lui inspirait. Bouche bée elle la contemplait, comme incrédule. Un tel hommage muet me toucha. Elle aurait pu feindre le mépris, et cette humilité me la rendit sympathique.

Nous nous dirigeâmes vers le wagon. Plusieurs fois Vinca m'avait questionné sur ce *Nautilus* à bord duquel je l'invitais, mais je n'avais pas voulu lui en révéler la nature. Je voulais que sa surprise fût complète. Je la connaissais bien. Je savais quel était son pouvoir d'émerveillement. À peine fut-elle entrée dans le vieux compartiment qu'elle s'extasia. Tout l'enchantait, tout l'étonnait, les lourdes étoffes disposées avec tant d'art par Juredieu, les miroirs, les vases, les grands chandeliers. Nulle complaisance, nulle politesse de sa part, non. Vinca était un être sincère, incapable de se forcer. Elle n'en revenait pas. Quel endroit merveilleux, disait-elle, oh, comme on s'y sent bien. Elle voulut tout voir. Le grand Cros s'empressait, maintenant il s'était repris, la gentillesse de Vinca venait à bout de sa raideur et il se dégelait, peu à peu, il montra la petite glacière qui ne fonctionnait pas, faute de glace, et le placard à provisions, la pharmacie, le transistor, tout, tout, le butane, les portraits d'ancêtres, les dentelles précieuses et si légères, si légères, épinglées aux dossiers des banquettes, et les chiottes, et la longue-vue marine en cas de danger, la boîte à chaussures qui servait de bibliothèque, d'autres merveilles encore, des coutelas pour se défendre, du fil et des aiguilles, un plein casier de clous, et des monceaux de rideaux, de tapis, enfournés sous les sièges faute d'avoir su où les caser... Maintenant Marjolaine s'en mêlait. Elle avait retrouvé l'usage de sa langue, elle aussi. Vinca ne l'intimidait plus, elles bavardaient toutes deux comme de vieilles connaissances, discutant de la façon dont on pourrait encore améliorer le *Nautilus*. Car elles avaient plein d'idées. Sans critiquer les garçons, n'est-ce pas, il fallait avouer qu'une main féminine, parfois... Et de déplacer un petit abat-jour, de casser un pli de tenture trop raide à leur goût... Je les laissais faire, plein d'indulgence et tout heureux. Comme on s'entendait bien tous les quatre. Quel bel après-midi nous allions passer ! Un instant j'eus le regret que Juredieu ne fût point parmi nous, c'était son œuvre, ce *Nautilus*, puis je songeai qu'il eût peut-être tout gâché. Juredieu ne savait pas goûter les joies simples. Il se fût agacé de tant de fadeur, il n'eût pas supporté longtemps ces bavardages, cette gentillesse. Il ne se plaisait que dans le déraisonnable, l'absolu. Avec Vinca il se serait heurté. Ils n'auraient pu s'entendre, je le savais bien. Ils étaient trop différents. Et lâchement je me félicitai de ce qu'il eût provoqué sa propre perte, me permettant ainsi de savourer des joies qu'il m'eût interdites.

Nous goutâmes. Le grand Cros lui-même avait disposé la collation sur la petite tablette de bois verni. Je ne lui supposais pas tant de goût. Il n'avait rien oublié, ni le napperon brodé, ni les petites serviettes, ni les cuillers en argent. Les filles faisaient le service. Marjolaine aurait voulu que Vinca ne s'occupât de rien, mais Vinca insista. Cela l'amusait trop. Elle nous raconta comment, dans cet arbre où elle se réfugiait, lorsqu'elle était petite, elle avait elle aussi aménagé une cabine, un lieu secret où elle faisait la dînette. Mais au lieu de tous ces beaux objets dont nous étions pourvus, elle ne possédait qu'une assiette ébréchée, en place des fruits dont nous nous gavions que quelques fraises sauvages. Cela n'avait d'ailleurs pas d'importance. L'essentiel pour Vinca n'était point tant les choses réelles que celles qu'elle imaginait. Ainsi, n'ayant pas d'ami de son âge, elle en avait créé un. Il s'appelait Romuald. Elle avait choisi ce nom en piquant au hasard sur le calendrier.

– Romuald…

Et elle prononça ce nom avec une telle ferveur qu'il me sembla que ce Romuald dont elle ne m'avait jamais parlé pénétrait dans le *Nautilus*, s'asseyait parmi nous.

– Au début je ne savais pas grand-chose de lui, dit-elle. Il accourait dès que je l'appelais, mais je ne voyais pas bien son visage. J'ignorais jusqu'à son âge, je lui prêtais tantôt dix ans comme moi, tantôt plus. Puis je l'ai mieux connu. Il avait de grands yeux verts et des cheveux tout bouclés, comme un pâtre. Il était très fort. Quand je me sentais malheureuse, si la vieille femme qui me gardait avait tiré mes nattes, par exemple, il me consolait. Il me promettait qu'un jour je partirais avec lui, très loin, au bord d'un océan que secouaient des vagues plus hautes que les tourelles du château. J'aimais le grand vent, la tempête, les gros nuages noirs qui dévoraient l'horizon. Nous nous serions promenés le long des dunes, les cheveux rendus fous par la bourrasque. Il m'aurait tenue par la taille, pour m'aider à marcher. Il était bien plus grand que moi, et beau comme vous ne pouvez imaginer. Peu à peu il m'a appris sur lui bien des choses. Il était doué de pouvoirs surnaturels. Ainsi pouvait-il à sa guise devenir minuscule, si petit qu'il lui était possible de se glisser sous une porte, ou au travers d'un trou de serrure. Quand la vieille s'était montrée particulièrement méchante, je lui demandais de me venger. La nuit Romuald se glissait dans sa chambre. Elle avait beau se barricader, cette sorcière, tirer son verrou, coincer une chaise contre le battant, il trouvait toujours une fente assez large pour se glisser. Alors il lui faisait des farces. Il la mordillait comme une souris. Il la chatouillait comme une puce. Il entrait dans ses narines et il gambadait jusqu'à ce qu'elle éternue. Au fond de mon lit, moi qui savais, je riais toute seule. Et au matin, quand la vieille me regardait d'un sale œil, sans se douter que c'était sur mon ordre qu'elle avait passé une nuit blanche, j'avais toutes les peines du monde à ne pas pouffer. Que c'était *drôle*, mon Dieu. Vite j'allais rejoindre Romuald, dans notre arbre. Raconte-moi, Romuald. Dis-moi comment elle se tortillait. Et Romuald racontait. Il me disait les soubresauts de la méchante femme, ces claques qu'elle donnait dans le vide, avec ses mains toutes crochues. Nous nous amusions bien… Mais un jour Romuald ne vint plus. Il avait disparu.

– Disparu comment, dit le grand Cros, puisqu'il n'existait pas pour de bon ?

– Ah, fit Vinca, c'est une histoire un peu triste, je préfère vous la raconter un autre jour.

Marjolaine proposa de danser. On débarrassa en vitesse les restes du festin, pour faire de la place, puis le grand Cros chercha sur le transistor une musique qui nous convînt. Mais je ne savais pas danser. Un peu dépité je dus l'avouer à Vinca.

Elle me saisit fermement par les bras et me serra contre elle. Comme elle était aussi grande que moi nos deux visages se touchaient, je respirais son parfum, cette odeur entêtante et légère comme d'un sous-bois et j'avais qui frôlaient mes yeux la masse dorée de ses cheveux, la douce courbe de sa nuque. Entre les deux banquettes il n'y avait pas beaucoup d'espace, à peine pouvions-nous bouger. Et contre moi je l'avais toute vivante, toute chaude et douce et souple, je l'aimais, je l'adorais, j'adorais sa taille exagérément fine et ses hanches si pures, ses hanches douces comme des collines, évasées et longues, et ses jambes radieuses… Éperdument je l'adorais, tout entière, et cependant que sa joue caressait la mienne l'envie me prit de mordiller son oreille, de l'embrasser, doucement, de lui dire cet amour qui me serrait la gorge. Et cette envie devint si forte que je ne pus résister. Je me penchai, posai mes lèvres sur son cou. Mais d'un petit mouvement elle se dégagea.

– Non, dit-elle, non, Augustin, il ne faut pas.

Si doucement, ces mots, que j'avais été seul à les entendre. Et dans ses yeux je ne découvris aucun reproche, aucune contrariété, mais une immense tendresse navrée, une grande pitié pour moi, le petit Augustin, qui l'aimais sans espoir.

*

Nous dansâmes encore un moment, puis le transistor se mit à débiter de la musique d'orgue. Le grand Cros proposa qu'on débouchât une bouteille de champagne, pour se rafraîchir. Ça c'était une idée. Vinca et Marjolaine n'acceptèrent que le fond d'un verre, elles ne buvaient jamais, mais le grand Cros et moi étions de taille à finir la bouteille. Nos coupes en main, au creux des moelleux coussins, nous goutâmes la paix de l'instant. Qu'on était bien. Qu'il faisait bon, à l'abri de tout, loin des fâcheux, des imbéciles, coupés du monde. Que nous étions heureux. Vinca profita de ce temps mort pour se refaire une beauté. Elle ouvrit son sac à main, un réticule tout doré duquel elle sortit sa boîte à maquillage. Marjolaine loucha dessus avec envie. Il y avait là tout un assortiment de petites brosses, et des pinceaux minuscules, des fioles, des pastilles comme d'une boîte à peinture, vert, vert bleu, rosé, outremer, argent, brun foncé, des tubes de rouge, des flacons, un petit miroir…

– On peut voir? dit la gamine.

Vinca lui tendit son sac.

– Mince, dit Marjolaine. Ce que j'aimerais pouvoir me payer des trucs comme ça.

– Veux-tu que je te maquille? dit Vinca.

– Vrai? Ça ne vous ennuierait pas?

– Au contraire, cela m'amuserait. Et puis tu vas voir comme tu seras jolie. Mais d'abord je vais te peigner, tous ces cheveux te mangent la figure.

Vinca saisit à pleines mains la tignasse ensoleillée de Marjolaine.

– Ne coupez pas surtout, dit la petite. Ma mère gueulerait.

– Ne t'inquiète pas, dit Vinca en clignant des yeux comme une artiste. Voyons... Un peu bouffant... Parfait... Augustin, fais-moi passer le paquet d'épingles qui est au fond de mon sac... Et toi ne bouge pas... Ne bouge pas je te dis... Encore un peigne sur la nuque, là... Très bien... Regarde-toi, maintenant. Qu'en dis-tu ?

Marjolaine se contempla dans une glace.

– Ça me vieillit, dit-elle. Ça me fait vieille.

– Moi je te préfère comme ça, dit le grand Cros. Tu fais plus... Plus distinguée.

– Maintenant assieds-toi, dit Vinca. Je vais te transformer en princesse orientale.

– Beaucoup de bleu aux yeux, s'il vous plaît, dit Marjolaine. Et puis tâchez d'enlever mes *pigasses*.

– Je vais faire de mon mieux, dit Vinca.

Elle humecta du bout de sa langue un petit pinceau et se mit au travail. Je remarquai combien son visage soudain s'était fait sévère, ses yeux attentifs. Elle avait cette même expression tendue que si souvent j'avais remarquée chez Bérenger, lorsqu'il était au travail, cette même précision des gestes, cette même lenteur efficace. Le grand Cros et moi nous la regardions faire, émerveillés. Peu à peu s'effaçait notre Marjolaine, cette petite fille encore un peu acide, aux si touchantes taches de rousseur, tandis qu'à sa place naissait une jeune personne aux grands yeux alanguis, au teint laiteux. Nous n'en revenions pas. Eh bien vrai. Eh bien ma vieille, quand tu vas te voir !

– Vous foutez pas de moi, vous deux.

– Mais on se fout pas de toi. T'es vraiment chouette, on te dit.

Marjolaine enfin put s'admirer. Un soupçon d'inquiétude demeurait encore au fond de son regard, mais qui vite fit place à un petit sourire de complaisance. C'est moi, ça ! C'est vraiment moi ! semblait-elle dire. Elle tournait la tête, à droite, à gauche, pour mieux se délecter de son image, mais avec des précautions extrêmes, comme si elle avait craint de détruire ce chef-d'œuvre qu'elle était devenue.

– Ne te raidis pas tant, dit Vinca. Tu peux remuer, cela ne risque rien.

– C'est mon falzar qui cloche, dit Marjolaine, et mon pull. Si j'avais su je me serais nippée autrement.

– Veux-tu que je te prête ma robe ?

– Vrai ? Vous me la prêteriez ?

– Mais puisque je te le propose.

Tandis que ces demoiselles changeaient de vêture on nous pria de sortir dans le couloir. Je trouvai pour ma part que Vinca était prise d'un bien curieux accès de pudeur, elle qui se montrait presque nue devant moi, lorsque nous étions chez elle. Mais sans doute était-ce la présence du grand Cros qui la gênait.

Lorsqu'on nous demanda de revenir il y eut un grand moment de stupeur. Était-ce vraiment Marjolaine, cette petite fée rousse dans sa longue robe vert pâle ? Elle nous fit une révérence, toute sérieuse, toute digne, mais l'on sentait qu'elle mourait d'envie de pouffer.

– Ce que t'es mignonne, dit le grand Cros. T'es tellement mignonne que tu ne voudras plus de moi.

– Connard, dit Marjolaine.

Vinca s'était moulée dans un vieux rideau à fleurs qui lui donnait des allures de prêtresse hindoue.

– Ce qui serait amusant, dit-elle, c'est de nous déguiser tous les quatre, une autre fois. On ferait un goûter costumé. Toi je te vois très bien en empereur romain, dit-elle au grand Cros. Toi, Augustin, je t'imagine en dandy londonien. Un petit melon, un veston croisé, tu serais à croquer. Pour moi j'ai une idée, vous verrez.

– Mais où c'est qu'on trouvera les frusques ? dit le grand Cros. Chez moi j'ai que des costards pour aller tous les jours.

– On se débrouillera. On louera des vêtements. Et puis je sais très bien coudre, je vous aiderai.

–Vous me feriez une robe comme celle-là ? dit Marjolaine.

– Une encore plus belle. Avec des petits volants pleins d'étoiles, et une traîne.

– Bon sang, dit le grand Cros, ce qu'on va se marrer, les potes ! Moi j'y suis déjà.

Hélas, les heures passaient, il fallut bientôt songer à nous quitter. Dans un seau d'eau Marjolaine se lava la figure, pour ne pas exciter l'humeur maternelle, et elle troqua sa belle robe contre son vieux pantalon. Dehors il faisait nuit. Le poêle à butane donnait des signes de lassitude, il faudrait songer à changer la bouteille. Le froid s'installait dans le vieux compartiment. Un peu de buée maintenant recouvrait les glaces, avec mon doigt je traçai un V, puis un A, côte à côte, et je formai un vœu. Je demandai aux forces obscures qui nous mènent de me ménager ainsi d'autres haltes heureuses, d'autres instants bénis auprès de Vinca.

Nous avons donné ce goûter costumé, et bien d'autres. Nous avons vécu dans ce *Nautilus* nombre d'heures privilégiées, nous y avons accompli d'immobiles voyages dont le souvenir en moi demeure vivace. J'étais conscient du bonheur qui était le mien. Je savais qu'il ne durerait pas éternellement, et je le savourais de mon mieux. Hélas une part de moi-même demeurait insatisfaite. Il m'arrivait de trouver quelque fadeur à tant de quiétude. J'aspirais à je ne sais quoi, j'espérais l'imprévu, l'ineffable. Pour tout dire je regrettais le temps où Juredieu était parmi nous. Juredieu c'était l'aventure, un grain de folie, un frisson délicieux. Alors que le grand Cros se révélait popote en diable. Ce faux truand avait des rêveries de petit-bourgeois, il avait décidé une bonne fois pour toutes d'être fidèle à sa Marjolaine, et jamais je ne suis parvenu à le débaucher. Auprès de Vinca je me sentais parfaitement heureux, mais le bonheur ne suffit pas toujours à nous combler. Il me manquait quelque chose, ou plutôt quelqu'un. Et ce quelqu'un s'appelait Juredieu. Je n'avais pas perdu l'espoir de le revoir un jour. Et à l'idée que tout recommencerait comme autrefois, j'en avais comme des envies de crier. Mais en même temps je me promettais de ne pas succomber. Juredieu c'était le danger, la stupide bêtise qu'on peut commettre à tout instant. Je me voulais raisonnable. Je menais la vie qui au fond me convenait, à la fois médiocre et emplie de tendresse, studieuse, sans histoires. Je n'avais qu'à m'en contenter. En rentrant du lycée, un soir, je trouvai une lettre à mon nom. Je l'ouvris sans méfiance. Mais aussitôt mon cœur bondit. C'était Juredieu qui m'écrivait. Il me donnait rendez-vous à dix heures le soir même, devant l'école Fénelon, à droite du troisième réverbère. J'enfouis la lettre dans ma poche, bien décidé à ne pas me rendre à ce rendez-vous. Je n'irais pas et je n'irais pas. Non. Ce serait vraiment trop bête que de tout gâcher, maintenant. La chance m'avait permis d'échapper à Juredieu, une première fois. Je n'allais pas volontairement retomber dans ses pattes. Tout au long du repas je demeurai silencieux. Tandis que mes parents bavardaient entre eux, fort de ma résolution je m'autorisai à rêver. Je n'irais pas, non. C'était entendu. Mais mon esprit pouvait bien gambader, lui. Voilà qui ne me ferait aucun mal. Et j'imaginai ce que pourrait être notre nuit, si je répondais à l'appel de Juredieu : la ville endormie, les rues noires, et les bars, et les filles, les filles, pourquoi pas, d'autres Yvette, d'autres Jocelyne, leur bouche étrangement douce et goulue, et ce vertige énorme, ce tourbillon, ce plaisir ineffable à aucun pareil, cette douce mort auprès de quoi rien n'existait… Que faisais-je donc là, bon sang, à m'encroûter, à m'enfoncer dans l'ennui, la stupeur étale, le trantran, la quiétude, la désespérance morne des heures qui s'écoulent sans que jamais rien n'arrive… Ah, j'étais raisonnable ! J'étais studieux, appliqué ! Je ne trompais personne ! Je ne trahissais pas !... Mais encore ? Où donc me menaient ces vertus équivoques ? Vers quelle plage ? Vers quel terrain vague ? Vers quelle grisaille sans nom ? Fallait-il que je sois lâche pour me féliciter de tous ces renoncements. Je ne trahissais personne, c'est vrai, hors moi-même. Mais alors moi je me trahissais bien. Je me rognais les ailes. Je m'émasculais, tout content. Le brave petit Augustin. Le brave petit imbécile, tout heureux de sa non-existence.

Et la tentation s'infiltra, un petit coup de griffe au cœur, un pinçon. Rien qu'une fois, Augustin. Rien qu'une nuit. Après je me reprendrai. Je te le promets, après cette nuit si tu me l'offres je me reprendrai.

Malgré tout j'étais bien décidé à résister, quand je m'en fus au lit. Je me trouvais héroïque. Puis quelque part dans la maison la demie de neuf heures a sonné. Elle était loin, cette école Fénelon, à l'autre bout de la ville. Dans cinq minutes il serait trop tard, je ne pourrais plus y parvenir à temps. Alors je me suis retrouvé debout, mon pantalon à la main. Tant pis. J'irais. Au fond je n'en avais pas douté un seul instant.

★

J'entendis un sifflement léger qui venait du ciel. Je levai la tête. Dans l'ombre j'aperçus Juredieu, à califourchon sur le mur du collège. Il était en pyjama. Il me jeta un gros paquet enveloppé dans du papier journal, puis il sauta.

– Filons, vieux. Le coin ne me vaut rien.

Nous détalâmes dans la nuit, sur la pointe de nos chaussures. À cette heure-là les boulevards extérieurs étaient déserts, éclairés seulement de loin en loin par des lampadaires qui ménageaient de grandes zones d'ombre. Juredieu s'arrêta dans un recoin particulièrement obscur. Il défit le paquet qu'il m'avait confié. À l'intérieur ses vêtements étaient soigneusement pliés, rangés à côté d'une forte corde munie d'un crochet.

– Pour le retour, vieux, dit-il en me désignant la corde. Il faut tout prévoir. Question d'organisation.

Dans la nuit froide il ôta son pyjama, sans hâte, puis s'habilla posément. Après quoi il joignit corde et pyjama et reficela le tout.

– Et voilà, dit-il. Ni vu ni connu je t'embrouille. On peut y aller.

– Où ça ? fis-je. Au Roi de Cœur ?

– Terminé, Le Roi de Cœur. Albert est un salaud. Nous ne nous parlons plus.

– Parce que... Parce que ce n'est pas la première fois que tu sors ainsi ?

– Lajus ! Tu ne vas tout de même pas croire que je suis resté enfermé là-dedans plusieurs semaines sans me donner d'air ? Tu ne me connais pas. Dès le second soir je gambadais à ma guise. Tel que.

– Alors pourquoi ne m'as-tu pas donné signe de vie plus tôt ?

– Va savoir. Un peu de superstition, peut-être. Je me suis imaginé que tu me portais la poisse.

– La poisse, moi !

– Ne te vexe pas. Maintenant c'est fini, je n'y pense

plus. Mais au début je t'en ai voulu, à cause de cette rouquine… Comment l'appelles-tu ? C'est ça. Marjolaine. Sans toi je lui faisais sa petite affaire, hop ! Et je n'aurais pas connu tous ces ennuis. Mais il a fallu que tu t'en mêles, avec tes gros souliers. Total, vois où j'en suis. Prisonnier. Pire que la tôle. Heureusement que j'ai de la ressource. J'ai soudoyé le pion. Parce qu'il faut te dire, mes malheurs ont attendri le Pépé. Il m'envoie des mandats, des gros. Je suis plein aux as, vieux. À nous la fiesta.

*

Il n'était plus tout à fait le même. Il n'avait pas vraiment changé mais ni son comportement ni son apparence n'étaient exactement semblables à ceux que je lui avais connus. Il me semblait plus nerveux, plus dur, avec un rien d'amertume dans la voix. On sentait qu'il avait souffert. Nous nous étions pourtant retrouvés comme si nous nous étions quittés la veille, effaçant d'un commun accord ces longues semaines de séparation. Mais je devinais que hors de ma vue il avait continué de vivre. Il avait dû connaître bien des aventures dont je me sentais à jamais exclu. Il avait mûri. Et je me défendais mal d'un peu de jalousie. Tandis que je l'imaginais réduit à l'inaction, il s'évadait soir après soir et poursuivait la fête. Mais sans moi. Sans moi.

Il me raconta brièvement cette fameuse raclée qu'il avait subie devant toute la classe. Il n'en voulait pas à son père. Les pères, c'est fait pour cogner. Mais depuis il faisait la grève. Jusqu'alors il avait obtenu des résultats brillants, espérant qu'ainsi on lui ficherait la paix. Mais puisqu'on n'avait tenu aucun compte de ses efforts, désormais il renonçait. Il rendait ses copies blanches, dormait en étude, n'ouvrait même plus ses livres. Bien fait pour leurs gueules.

– Quand on m'aura sorti de cette boîte, je me remettrai au boulot. Mais tant que je serai là je n'en ficherai pas une rame.

– Et l'on ne te dit rien ?

– Penses-tu. Ne rien foutre, là-dedans, c'est la règle. Je ne fais que suivre le mouvement.

Nous arrivions sur les Allées Marines. Les rues étaient désertes, silencieuses, nous étions seuls. C'est ainsi que j'aimais la ville, figée comme une forêt minérale, adoucie par la brume, sans âme qui vive. Elle nous appartenait, cette ville, avec ses longues perspectives qui se perdaient dans l'obscurité grise, ses réverbères aux halos jaunâtres, ses maisons hautes et sans lumière. Dormez, braves gens. Nous sommes deux rôdeurs qui nous suffisons. La fête est en nous. Dormez et laissez-nous vagabonder.

Peu à peu j'oubliais ces longues semaines durant lesquelles nous avions été séparés. Tout redevenait comme avant. La vie reprenait son aplomb, son équilibre. Et le début de conscience qui m'avait agité tout au long de la soirée me paraissait soudain bien ridicule. Qu'avais-je à hésiter, qu'avais-je à me poser tant de questions ? Mon destin était là, en compagnie de Juredieu. Lui seul me comblait. Lui seul m'apportait ce qu'en vain je cherchais ailleurs, le sentiment de vivre pleinement, d'exister. Alors commença une nuit fabuleuse. Nous allâmes tout d'abord au Cro-Magnon, une sorte de bar à matelots d'une espèce bizarre, on y accédait par un long couloir taillé dans la rocaille, avec des stalactites au plafond et des éclairages dissimulés derrière des draperies de calcaire, on se serait cru au cœur de quelque montagne, et soudain l'on débouchait dans une caverne des temps préhistoriques, le bar lui-même était taillé dans le rocher, il y avait des torches, des peaux de bêtes accrochées çà et là, de grands bisons sauvages dessinés au noir de fumée. Je n'avais pas bu depuis bien longtemps. Tout excité je m'assis sur un banc, contre un énorme marin suédois qui m'envoyait de grands coups de coude dans les côtes, il était déjà passablement ivre et sa large face écarlate exprimait une béatitude imbécile. Il sentait fort la bière et le gin. De temps à autre il se tournait vers nous, comme s'il allait parler, mais il se contentait d'émettre un petit renvoi, puis il souriait stupidement, comme pour s'excuser, et frappait du plat de la main sur la lourde table pour réclamer une nouvelle chope. Juredieu et moi nous commandâmes une bouteille de vin blanc. J'avais soif, il faisait beaucoup trop chaud, à cause du manque d'air, mais aussi de la vaste cheminée où l'on grillait des saucisses. Ce vin blanc presque glacé me parut délectable, j'en bus d'affilée plusieurs verres. Dans ma tête flottait une brume bienheureuse. J'avais retrouvé Juredieu, tout était bien. Une grande paix m'habitait. De temps à autre je le regardais, il avait toujours ces mêmes yeux gris, un peu embués, et cette mèche rebelle qui lui barrait le front. En retour il m'adressait un petit clin d'œil, pour me dire que de son côté aussi tout allait bien. Nous ne pouvions que difficilement parler, à cause du vacarme. Un cargo étranger avait dû accoster depuis peu, toutes les tables étaient prises, on s'entassait sur les bancs, sur des caisses, par terre. Il fallut nous serrer un peu plus contre le marin suédois. Juredieu me demanda des nouvelles des copains. Je m'étonnais qu'il ne m'eût pas encore interrogé, mais il était ainsi, détaché du passé, peu curieux de ce qui ne le concernait plus. Je lui parlai du grand Cros, mais j'eus l'impression de l'ennuyer, il ne m'avait interrogé que par politesse. Je lui parlai aussi de Vinca, mais il eut pour elle quelques mots grossiers qui me blessèrent. J'aurais tant voulu pourtant qu'ils fussent amis. Je les aimais de façon différente, l'un et l'autre, mais parfois je n'aurais su dire lequel je préférais. Ils se complétaient, je les englobais dans le même élan, la même émotion. Hélas ils voulaient s'ignorer. Et je trouvais leur entêtement d'autant plus stupide qu'ils se ressemblaient étrangement, malgré les apparences. Tous deux avaient parfois ce même regard tourné vers l'intérieur, cette façon de devenir absents. Juredieu me demanda si nous nous occupions toujours de ces attentats. Lui-même ne s'y intéressait plus que de très loin, à Fénelon il ne pouvait lire les journaux. Je lui dis que nous avions renoncé à nos recherches. Sans lui rien n'était plus possible. Et puis je n'y croyais plus. D'ailleurs les attentats s'espaçaient, aucune bombe n'avait éclaté depuis plus d'une semaine. C'était dommage, Juredieu en convint avec moi. Mais le criminel avait dû se lasser. Les dernières explosions n'avaient suscité qu'une émotion fugitive, à la longue les gens s'habituaient, ils ne s'indignaient plus.

Comme la chaleur devenait insupportable, nous quittâmes le Cro-Magnon. Le vin blanc me rendait euphorique, je sentais devant moi une nuit sans limites, des heures et des heures à errer. Et demain il en serait ainsi. Et chaque nuit qui viendrait il en serait de même. Ah, j'avais été fou d'hésiter. La vraie vie était là, dans cette brume de l'esprit, avec au cœur cette chaleur de l'amitié. Nous allâmes ensuite Chez Tinou. Là tout était silencieux, feutré, ouaté, on y parlait bas. Le patron nous offrit sa tournée. On ne nous avait pas oubliés. Nous reparlâmes des potiches et de notre fuite éperdue dans le vieux quartier. Le grand Noir était là, celui qui avait étendu Juredieu d'un seul coup de poing. Pour lui montrer qu'il était sans rancune, Juredieu lui offrit un cigare. Et c'est vrai qu'il était sans rancune. Rien n'existait vraiment, disait-il. Il était sans haine, sans colère. Mais aussi sans amour. L'humble fille au gros matou vint à son tour nous serrer la main. Mais le chat était mort. On l'avait trouvé un matin dans sa caisse, raide, déjà froid. Elle en était encore toute bouleversée.

– Un animal que j'avais connu tout petit, répétait-elle. Savoir ce qui lui est venu, à cette bête. Peut-être le cœur, qui sait. Les animaux c'est parfois comme les hommes.

Nous bûmes encore du vin blanc, et puis du Picon. Juredieu parlait fort. Je le connaissais trop bien maintenant pour ne pas me rendre compte qu'il était déjà ivre. Et moi aussi j'étais éméché. Mais j'étais bien décidé à ne pas m'arrêter en aussi bonne voie. C'était sacrément bon, cette ivresse, l'impression que vous grandissez, que la terre vous appartient. Tout devient aisé, facile, léger. Les idées affluent, les mots se bousculent en vous, vous planez, vous dominez le monde. Pour un temps vous échappez à votre médiocrité, à vos peurs, à vos mesquines craintes. Vous êtes roi. Votre royaume est sans limites. Nul ne peut plus vous résister.

Ensuite nous allâmes au Florian, un beau café devant le théâtre. Mais les garçons ont refusé de nous servir, à cause de notre âge. Juredieu a commencé à faire du tapage. Il a renversé quelques chaises puis il a attrapé l'un des garçons par sa veste et l'a secoué en le traitant de sale larbin. On nous a menacés d'appeler la police. Il en fallait bien plus pour intimider Juredieu, il a continué de crier de plus belle. Alors tous les garçons s'y sont mis et l'on nous a expulsés à coups de pied dans les fesses. En vérité nous étions beaucoup moins saouls que nous n'en avions l'air, mais Juredieu aimait bien jouer la comédie. Un moment nous sommes demeurés assis au bord du trottoir, devant le théâtre qui était tout illuminé comme pour un gala. Un petit rire intime m'est venu, Vinca était là, qui levait la jambe. Saute, fifille. Saute. Crève-toi au boulot, moi pendant ce temps je m'amuse. Cette pensée sacrilège m'a sur le moment rempli de gaieté, puis j'ai eu honte de moi. Mais Vinca n'en saurait jamais rien. Et pour me faire pardonner je lui ai adressé un petit baiser, dans la nuit. Saute, mon amour. Demain il fera jour. Puis Juredieu s'est relevé, une idée venait de lui venir. Rangés sur le côté du théâtre, une vingtaine de taxis attendaient. Il m'a expliqué la conduite à tenir. Nous nous sommes approchés, mine de rien. Et brusquement nous nous sommes mis à ouvrir les portières des voitures, à les claquer, à toute volée, à les rouvrir… Deux, trois, quatre… Toute la rangée, vlan, vlan… Les chauffeurs sommeillaient à l'intérieur, attendant la fin du spectacle… Ils ont commencé à gueuler, les malheureux... Coincés par leur volant... Pas assez vite, pas assez rapides pour nous donner la chasse... Sauf un, l'un des derniers, muni d'un grand fouet, et qui s'est mis à nous poursuivre... Un escogriffe... J'ai reçu quelques coups de lanière dans les jambes, je riais tant que je pouvais... Mais nous avons réussi à le semer, ou bien ne voulait-il pas s'éloigner trop de sa bagnole ?... Ah, la bonne galopade... La franche rigolade...

Sur un banc nous avons repris notre souffle. Les étoiles luisaient faiblement dans le ciel. J'en avais mal aux côtes à force de rire. La gueule de ces vieux, tout effarés ! Une ville si tranquille, où rien jamais n'arrivait. Puis nous nous sommes calmés. Il faisait froid. Nous ne pouvions pas demeurer là trop longtemps, à nous geler.

– Qu'est-ce qu'on pourrait faire encore? ai-je demandé à Juredieu.

J'avais une furieuse envie de m'amuser. Mais il avait des projets qu'il me révéla. Tout à l'heure nous irions chez une jeune femme qu'il connaissait, Dolorès, une personne charmante, qui lui voulait du bien. Mais il fallait attendre minuit.

– Minuit ? Pourquoi ?

Juredieu m'expliqua que cette jeune femme avait un ami sérieux, un avoué, qui avait accoutumé de passer la soirée chez elle, et qu'on ne pouvait décemment la mettre dans l'embarras en se pointant trop tôt.

– Tu verras, c'est une fille épatante. Ça vaut le coup de la connaître.

– Est-ce que... Est-ce que tu couches avec elle ?

– Cette question ! Qu'est-ce que j'en aurais à foutre autrement ?

– Mais alors je vais vous gêner.

– Lajus, mon vieux, tu es vraiment toujours aussi tarte. Si je t'emmène avec moi, c'est pour que tu en profites toi aussi.

Je me sentis pétri d'espérances immodestes.

– Tu crois qu'elle voudra.

– Sûr. Je lui ai parlé de toi. C'est une vicieuse, tout lui est bon.

Décidément, cette nuit s'annonçait savoureuse. Quel type formidable, Juredieu ! De sa prison il trouvait le moyen de tomber des filles alors que moi, tout libre que j'étais, je ne parvenais à rien. Et sa générosité m'allait droit au cœur. Juredieu partageait tout ce qu'il possédait, l'argent, les femmes, il ne gardait rien pour lui, c'était un frère.

Nous allâmes tuer le temps au Flageolet, un petit tabac-bistrot de la rue Sainte-Clotilde où fréquentaient les employés des journaux. Je refusai de boire, j'avais déjà mon comptant. Je ne tenais pas à ce que la ravissante Dolorès eût trop mauvaise opinion de moi, je voulais conserver un peu de ma lucidité, ne pas lui faire mauvaise impression. Ma sagesse mit Juredieu en gaieté. Il s'en fichait bien, lui, de l'impression qu'il faisait sur les autres. Il avait soif. Un double rhum, garçon, et que ça saute. Cul sec, là, comme un grand. Et remettez-moi ça.

– Tu ne devrais pas tant boire, Juredieu. Tu finiras par te rendre malade.

– Ta gueule, vieux. La vie est courte. Autant en profiter.

Il ne servait à rien de le retenir. Lui-même ignorait peut-être vers quoi il désirait aller, mais il y courait de toute sa hargne. Un autre, garçon. Encore un autre. Je ne l'avais jamais vu ivre à ce point. Son visage d'ordinaire assez pâle était violacé, ses yeux vagues, sa bouche amollie par un sourire imbécile. Il voulut faire une partie de machine à sous, mais en essayant de se lever il trébucha, il retomba lourdement sur sa chaise. Ses épaules s'arrondissaient, il dodelinait de la tête. De temps à autre il examinait la pendule, au-dessus du comptoir, dont les aiguilles inexorablement rongeaient le temps qui nous séparait de notre rendez-vous. Si bref était ce laps de temps qui nous restait que l'inquiétude commença de m'atteindre. Jamais Juredieu ne serait en état de repartir. Par sa faute nous allions gâcher cette soirée. Nous allions gâcher cette soirée dont je me promettais tant de joies. Il ne pourrait plus tenir sur ses jambes. Il allait s'effondrer, d'une minute à l'autre. Déjà je guettais sa chute, j'observais les oscillations de son buste, de plus en plus amples et inquiétantes.

Mais je le sous-estimais. Quand il fut temps de s'en aller il parvint à retrouver un semblant d'équilibre. Allez, viens. Viens, Lajus, c'est le moment d'aller rigoler. Il vacilla, puis reprit son aplomb. Il m'agaçait. Il me dégoûtait un peu. Je l'aurais voulu plus raisonnable. Mais ce n'était point pensable qu'il se réformât. Il était ainsi voguant dans la démesure, et s'il avait été différent il ne m'aurait pas fasciné de la sorte.

Je craignais que l'air froid du dehors n'achevât de le griser, mais il parut au contraire reprendre ses esprits, sa démarche s'assura, il put lâcher mon épaule.

– C'est ici, dit-il d'une voix pâteuse. On va sacrément rigoler, Lajus. Fais-moi confiance. Comme vicieuse on ne fait pas mieux, tu verras.

Il m'entraîna par des rues mortes du côté de la Poste centrale. À certains carrefours il semblait hésiter, comme s'il avait perdu son chemin. Puis brusquement il fonçait dans une direction opposée à celle que nous suivions jusque-là. Peu à peu je fus convaincu qu'il s'était égaré. Je renonçai à tout espoir de vivre cette nuit orgiaque qu'il m'avait promise, mais que pouvais-je faire d'autre que de le suivre, jusqu'à ce qu'il ait retrouvé son état normal ? Je n'avais pas le droit de l'abandonner, c'était mon copain. Soudain il s'arrêta devant une petite maison sans étage. C'était là. Un doute me restait qu'une modeste carte de visite fixée par une punaise dissipa : *Dolorès, Manucure, Sur rendez-vous seulement.*

– Hein, répéta Juredieu, hein, vieux ! J'te l'avais bien dit que je la retrouverais, c'te salope ! J'suis moins saoul que j'en ai l'air, parole !

Il n'y avait point de sonnette, mais un marteau de fonte. Juredieu s'acharna dessus. Pan ! Pan !... Dans la nuit cela faisait un boucan énorme... Pan... Pan ! Pan !... Ouvriras-tu, mignonne... C'est ton Popaul adoré... Ouvre-moi, ou j'enfonce la porte...

Par l'imposte une lumière jaillit, puis l'huis s'entrebâilla derrière lequel j'aperçus une jeune femme en bigoudis. Elle semblait furieuse.

– Vas-tu te taire, imbécile ! Et les voisins !

– Ça va, dit Juredieu. La ramène pas.

La jeune femme nous fit entrer dans le couloir.

– Est-ce une façon de s'annoncer chez les gens ! Un pareil vacarme, alors que je suis déjà mal vue dans le quartier !

– Bonsoir, chérie, dit Juredieu.

Il pesa de tout son poids sur la jeune femme dont il écrasa la bouche avec ses lèvres. Mais elle se dégagea.

– Tu as encore bu. Tu sens l'alcool.

– Écoute, poupée, si c'est comme ça que tu nous accueilles, on s'en va. Les mégères on en a rien à foutre, nous autres… Allez, ajouta-t-il, viens-t'en, Lajus.

– Ne te fâche pas, dit la jeune femme en le retenant par le bras. Mais c'est pour ton bien que je parlais, mon minet. Tu bois vraiment trop. Cela te fera mal.

– La morale, fous-toi-la où je pense. Je suis venu pour baiser, moi, pas pour entendre le catéchisme.

– Ne sois pas grossier, mon chou.

– Ta gueule.

Juredieu saisit Dolorès par la taille et d'une main plongea dans son peignoir. Elle gloussa.

– Arrête, dit-elle. Tu me fais mal.

– On fait la paix ?

– Mumm, fit-elle.

Elle se frotta à lui, puis ils s'embrassèrent longuement.

– Je ne t'ai pas présenté Lajus, dit Juredieu lorsqu'il en eut terminé.

– Enchanté, monsieur, fit Dolorès en me tendant la main.

– Appelle-le Augustin. Et mets-y un peu de chaleur, c'est un timide. Allez, embrassez-vous, tous les deux.

Elle me tendit ses lèvres. Je les effleurai sans conviction, elle m'impressionnait un peu, et puis je n'étais pas sûr de lui plaire. C'était une fille assez forte et très brune, pas tellement jolie.

Elle nous entraîna dans sa chambre. Le lit était défait, sans doute dormait-elle déjà lorsque nous avions fait irruption. Un certain désordre régnait alentour, de la lingerie sur les sièges, à terre des revues et des disques, des cendriers pleins.

– Asseyez-vous, dit-elle. Faites comme chez vous.

Elle se laissa tomber en travers du lit. Aussitôt Juredieu fut sur elle, la bousculant à la renverse.

– Arrête, dit-elle... Mais arrête... Est-ce que c'est des façons de se tenir, devant ton copain. Qu'est-ce qu'il va penser.

– Tu vas pas faire ta bégueule, dit Juredieu. Je t'ai parlé de lui. Tu m'as promis qu'on rigolerait tous les trois, sans faire d'histoires.

– Pas ce soir.

– Pas ce soir ? Et pourquoi ?

– D'abord tu ne m'avais pas dit qu'il était...

– Qu'il était quoi ! Il ne te plaît pas, Lajus ? Des moins tordues que toi s'en sont contentées.

– Peut-être. Mais je ne l'imaginais pas si jeune. C'est un gamin.

– Non, mais... Écoute ça, Lajus... Un gamin, toi... La terreur des mémés...

Juredieu s'efforça de rire en se tapant sur les cuisses. Lajus, un gamin ! Le tombeur de ces dames !... Ah, elle était bonne, celle-là, on la lui copierait... Mais cependant qu'il s'efforçait de rire je le vis soudain devenir très pâle, presque blafard... Il eut un hoquet, ses yeux chavirèrent... Il se tut... Il fit des efforts comme pour avaler, se passa la main sur le front...

– Qu'est-ce que tu as ! Ça ne va pas...

– Ce n'est rien... Tout ce rhum, sur le vin blanc... Je me sens un peu barbouillé.

– Je vais te faire de la camomille, dit Dolorès.

– Laisse. Ce n'est rien, je te dis. Je vais aller dans la salle de bains, me rafraîchir un peu. Ça va me passer.

Dolorès voulut l'accompagner, mais il la rabroua. Les bonnes femmes. Jamais foutues de vous laisser la paix dans les sales moments.

Il s'enferma. On entendit un bruit d'eau, et les efforts de quelqu'un qui vomit.

– C'est malin de boire comme ça à son âge, dit Dolorès. Un type épatant comme lui !

– D'habitude il ne s'enivre jamais. Mais ce soir je ne sais pas ce qui lui a pris...

Nous étions assis côte à côte, sur le lit défait. Mon cœur tapait dur. Y vais-je, y vais-je pas. D'un côté cela m'ennuyait de me donner du bon temps pendant que Juredieu agonisait à demi. Mais laisser passer une pareille occasion me paraissait impardonnable. Si tu ne tentes rien, Augustin, c'est que tu n'es qu'un lâche. Invisible derrière la porte Juredieu semblait se calmer. Nous parlions de lui. De qui d'autre aurions-nous pu parler ? Je pris la main de Dolorès, une main potelée, brune, aux ongles trop longs.

– Vous avez de jolies mains, dis-je.

Elle ne parut pas m'entendre. J'embrassai ses doigts, un à un. Puis je lui sautai dessus. Elle résista mollement, puis elle se rendit. Elle devait estimer qu'il y avait moins d'effort à céder qu'à refuser. Elle avait de gros seins un peu mous, et des cuisses courtes. Comme elle n'avait même pas ôté son peignoir je ne me crus pas tenu de me déshabiller, à peine baissai-je mon pantalon. Maintenant l'eau coulait à grand bruit dans la salle de bains. Pauvre Juredieu. J'imaginais sa détresse, ses vertiges, ses horribles malaises. Malheureux Juredieu. Je le plaignais de tout mon cœur. Et cependant je n'avais nul remords. Dolorès sentait bon, elle avait une grande bouche agréable et chaude, Juredieu à ma place eût agi de même façon. Pourtant je conclus sans que me fût révélé d'où la jeune femme tenait sa réputation de « vicieuse ». Elle se débarrassa de moi comme d'un édredon superflu et courut à la porte de la salle de bains.

– Ouvre, Popaul, ne fais pas l'idiot. Dépêche-toi.

Juredieu tira la targette. Dolorès se précipita à l'intérieur.

– Eh bien mon cochon ! se mit-elle à crier. C'est du propre ! Il est frais, mon carrelage...

Elle expulsa Juredieu qui vint s'écrouler près de moi, dans un fauteuil, les yeux hagards, les joues creuses, le teint blême.

– J'ai dégueulé partout, dit-il. Ça va mieux.

– Moi je l'ai sautée, fis-je.

– T'as bien fait, vieux. Moi ce sera pour demain, ce soir je ne suis vraiment pas en forme.

Nous quittâmes Dolorès un peu fâchée. Venir faire ses saletés chez les gens à une heure du matin, elle n'admettait pas ça. Elle refusa d'embrasser Juredieu, à cause de l'odeur. Moi-même elle ne m'autorisa qu'un petit baiser rapide, elle ne voulut rien promettre quand je lui demandai l'autorisation de la revoir. Mais Juredieu me rassura. On la reverrait, Dolorès, et dans de meilleures conditions. C'était la bonne fille, plus gueularde que méchante. Elle ne savait jamais dire non. On se donnerait du bon temps, tous les trois. Je verrais. J'apprendrais ce que c'est que l'amour, le vrai, avec ses complications et ses broderies, ses fioritures et ses variations.

– Pas l'amour à la papa, vieux, dessus dessous comme un notaire. Mais des trucs et des machins pas ordinaires, vraiment terribles. Tu n'en reviendras pas.

Je voulais bien le croire. Mais je le sentais fatigué, encore tout secoué par sa récente cuite. Il avait des difficultés de parole, des hésitations dans la marche. Nous avancions à petits pas, comme des vieux. La ville dormait. Plus un café ouvert, plus une persienne éclairée. J'aurais pourtant bien voulu boire un dernier verre, pour achever ma soirée. J'avais la gorge sèche, les lèvres en carton. Soudain nous aperçûmes une enseigne allumée, tout au bout d'une étroite ruelle, une chope qui clignotait, blanche et ambrée, et ma soif devint si précise que j'en avais des impatiences.

Nous courûmes. Hélas au moment même où nous arrivions le patron s'apprêtait à boucler sa porte.

– Laissez-nous entrer, dis-je. Juste un verre, on crève de soif.

Le bonhomme ne voulut rien entendre. Il bouclait, il bouclait. C'était l'heure. Vu? On essaya de l'attendrir, Juredieu et moi. J'expliquai que mon copain avait été malade, et qu'un verre d'eau lui ferait du bien. Mais le bougnat était du genre intraitable, il s'en fichait bien de nos malheurs. Il bouclait.

Nous aurions pu tenter notre chance plus loin, mais c'était là que nous voulions entrer, là et pas ailleurs.

– Salaud, cria Juredieu. Torchon à vinasse.

– Non, mais! dit le bonhomme. Petit jean-foutre. Blanc-bec de mes deux.

Il y avait un chantier, devant le bistrot, une tranchée qu'éclairait une lanterne, et au bord de la tranchée des pavés bien rangés, en petits tas méticuleux. Juredieu saisit l'un de ces pavés, un pas très gros, qu'il avait bien en main, et de toutes ses forces il le lança. La vitrine du bistrot s'écroula dans un épouvantable bruit, il y eut des retombées de verre, comme des cloches de cristal, des paquets d'éclats qui giclaient alentour, un tintamarre effroyable... Déjà je détalais à toutes jambes, éperdu... La terreur aux entrailles... Dans mon dos j'entendais Juredieu, pauvre vieux, encore mal remis et qui soufflait terriblement... Et plus loin des gens qui criaient, tout un bruit de poursuite... On nous donnait la chasse, comme le soir de Chez Tinou. Une chasse féroce. Je les entendais qui gagnaient du terrain... Ils étaient sacrément nombreux, toute une armée... D'où pouvaient-ils sortir, ces furieux... Toute une armée bien décidée ce coup-ci à nous occire... Mais nous avions pris de l'avance, nous avions pour nous la jeunesse, et cette énergie du gibier... On s'en sortira, me disais-je. On les sèmera... J'avais bon espoir...

Pourtant nous avons commis la suprême faute, l'impardonnable bévue... Au lieu de foncer droit devant nous, jusqu'à épuisement, nous avons voulu finasser, prendre des raccourcis, semer la meute... Et nous avons débouché tout droit devant le commissariat central... Galopant comme des malfaiteurs, avec à nos trousses ces acharnés gueulards... Il y eut tout un branle-bas, des coups de sifflets... Nous étions faits... Je me suis retrouvé par terre, tenu à bras-le-corps, le nez contre le macadam... Ils ne m'ont pas tapé dessus, mais pour me dégager rien à faire… Juredieu, lui, a été plus malin… Il les a crochetés, déroutés, puis il a disparu… Un coup de chance, une porte mal fermée qu'il n'a eu qu'à pousser… Hélas ils l'avaient repéré… Ils s'y sont mis à dix ou douze qui sortaient du commissariat comme de grosses fourmis noires, avec leurs bottes luisantes et leur casquette… Et les chiens… Et dans leurs mains des petites matraques en cuir tressé… Le bougnat nous avait rejoints, il hurlait après sa vitrine… Il voulait me gifler mais on m'a protégé, c'est lui qui s'est fait engueuler… Il n'en revenait pas… Ces petits saligauds, criait-il en bavant, ces ordures dépravées, ces assassins en herbe… Un inspecteur en civil est venu le prier de se taire, qu'il faisait trop de bruit, qu'on allait le boucler lui aussi… pendant ce temps Juredieu demeurait toujours invisible… Moi j'avais une formidable panique… Je pensais à mon père… À cette catastrophe idiote où je m'étais fourré, cette débâcle… Cet irréversible merdier… J'en avais des sueurs, les jambes toutes faibles… L'envie de supplier… Qu'on me relâche… De demander pardon… Mais tu parles… Qu'on passe l'éponge, qu'on oublie… La pensée de me suicider… Rentrer dans le noir, disparaître… Et Juredieu demeurait toujours introuvable… Ils ont fini par le découvrir, sur le toit de la maison, derrière une cheminée… Il s'est encore un peu défendu, dix flics à ses trousses ne lui faisaient pas peur, il n'avait peur de rien, Juredieu… Mais ils l'ont eu quand même, un peu rudement, à vrai dire… Ils l'ont ramené dans la rue, ils nous ont bouclés dans une vaste pièce, avec des clochards et des putes, et un bon gros pour nous garder.

★

Tout aurait pu s'arranger facilement, si nous avions eu de l'argent. Le bougnat n'exigeait que le prix de sa glace, il renonçait à porter plainte si nous pouvions le dédommager. Mais voilà : nous n'avions plus un sou sur nous. Juredieu jura sur ce qu'il avait de plus sacré qu'il se procurerait les fonds dès le lendemain matin, qu'il paierait. Mais le bougnat n'avait pas confiance. Tout de suite ou rien du tout. C'était un vieux féroce un peu borné. J'essayai de lui expliquer que son obstination nous menait à la catastrophe. S'il s'entêtait il allait falloir prévenir nos parents, ce serait la fin du monde. Le commissaire lui-même essaya d'arranger les choses.

– Puisqu'on a leurs papiers, répétait-il, qu'est-ce que vous risquez, monsieur Lespinasse ? Puisqu'ils promettent de payer !

– J'ai point à leur faire de fleur, à ces gnards, moi, je veux mon fric ou bien alors qu'on les embarque.

La discussion a duré plus d'un quart d'heure. Mais dans la salle d'attente les urgences s'accumulaient, les tire-laine pris sur le fait, voleurs d'autos, pochards obscènes. Avec notre minable forfait nous bloquions le mécanisme, il fallait prendre un parti.

– Tant pis, dit le commissaire, ça vous apprendra. Je téléphone chez vous.

Tandis qu'on nous poussait dans un coin il saisit son appareil. Le drame était accompli. J'avais comme envie de vomir, je voyais trouble, tout gris, je me sentais vraiment malade. Ainsi c'en était fait. Mes vieux. Pour eux ce serait un coup fatal, peut-être ne s'en remettraient-ils jamais. Tous ces mensonges, toutes ces sournoiseries qu'ils allaient découvrir, eux qui m'avaient toujours fait confiance. Jamais plus ils ne me croiraient. J'aurais beau leur promettre n'importe quoi, il leur demeurerait toujours un doute. Et le malheur voulait que je me fasse prendre après des semaines de sagesse. Mais pourquoi n'avais-je pas su mieux résister? Pourquoi avais-je écouté Juredieu? Je savais bien pourtant que tout cela finirait mal. Il n'était pas méchant, Juredieu, mais il n'avait pas toute sa tête, il ne réfléchissait pas. Qu'avait-il besoin de lancer ce pavé? Une impulsion, rien de plus. Le geste absurde qu'il ne pouvait s'empêcher d'accomplir, le geste fatal. Je ne lui en voulais même pas, c'était plus fort que lui. Jamais il ne changerait.

Monsieur Juredieu est arrivé le premier. Je ne le connaissais pas. Le grand Cros m'en avait fait une description sommaire, mais il ne m'avait pas dit ses yeux froids, sa bouche mince, son élégance un peu démodée. Je m'attendais à le voir surgir plein de fureur, mais il paraissait très calme au contraire.

– Encore toi, a-t-il dit en découvrant son fils. Décidément tu te surpasses. Bravo.

Il a rédigé un chèque qu'il a tendu au bougnat.

– Cela vous suffit-il?

Le bonhomme a empoché le chèque en bredouillant des remerciements serviles. Mais c'est beaucoup trop, m'sieur. Vraiment trop. Visiblement agacé, monsieur Juredieu lui a tourné le dos. Il m'a regardé. Un instant j'ai cru qu'il allait m'adresser la parole, il a hésité, et dans ses yeux j'ai cru discerner une lueur amicale, une brusque douceur qui l'humanisait. Mais il s'est tu. Jamais je ne saurai ce qu'il a voulu me signifier, à cette minute. Peut-être voulait-il me mettre en garde. Peut-être simplement pensait-il à autre chose. Ils sont aussitôt partis, le père et le fils, sans même un au revoir.

*

Le commissaire m'a dit que j'étais libre, mais qu'il me conseillait d'attendre mon père, afin de ne pas lui causer de nouvelles inquiétudes. J'ai obéi. Je me sentais prêt à toutes les soumissions, pourvu qu'on me pardonnât. J'aurais bien voulu raconter mon histoire, m'expliquer, me justifier. Mais personne ne s'occupait de moi. Sans cesse on amenait des petits casseurs, des prostituées, des ivrognes. Immanquablement le commissaire ordonnait de les ficher « au trou », jusqu'au lendemain. Une porte alors s'ouvrait qui donnait sur un petit escalier s'enfonçant dans le sol, on y précipitait le nouveau venu qui n'essayait même pas de protester. Tout cela me paraissait monotone, d'une grande tristesse. Et mon père n'arrivait toujours pas. L'inquiétude me prit, j'imaginai mes parents au désespoir, incapables de venir me reprendre tant leur douleur était vive. Je les voyais atterrés, paralysés par la souffrance. Mais soudain j'aperçus mon père, par une porte ouverte, qui bavardait calmement avec un planton. Il me vit lui aussi et m'adressa un petit geste amical. Posément il acheva sa conversation, puis il vint enfin me rejoindre. Il s'enquit de la somme à payer, et comme on lui répondait que tout était réglé il insista pour verser une obole aux bonnes œuvres de la police. Je le trouvai un peu ridicule, avec ses billets à la main dont personne ne voulait. Enfin nous quittâmes ces lieux lugubres. Je n'en menais pas large. Je savais que quelle que fût la faute commise j'échapperais à l'engueulade, mais je m'attendais à une explication, tout au moins à des questions précises. Rien ne vint. Mon père sifflotait, nous marchions côte à côte comme de vieux copains, à travers la ville endormie, il faisait bon, un froid sec, et je savais combien mon père aimait marcher ainsi la nuit, quand les talons claquent joyeusement sur les pavés durcis par le gel. À la fin je n'y tins plus.

– Papa, dis-je, je te jure que je ne recommencerai jamais plus.

Et d'énormes sanglots me submergèrent, je fondis en larmes. Mon père s'arrêta et me prit par les épaules.

– Mon petit Augustin, dit-il. Pleure, ça te soulagera.

– J'ai été dégueulasse, dis-je dans un hoquet. Je vous ai menti. Et ce n'est pas la première fois… Ah, papa, si tu savais…

– Mais je sais, fils. Moi aussi j'ai eu ton âge.

– Mais ce n'est pas pareil, papa. Juredieu et moi on en a fait, tu ne peux pas t'imaginer…

– J'imagine, Augustin. Mais ne me dis rien, cela vaut mieux. Les mots aggravent tout… Vois-tu, ce qui m'inquiète, ce sont les réactions de ta mère. Les femmes ont bien du mal à comprendre certaines choses.

– Tu lui diras que c'est fini, papa. Tu lui diras qu'elle n'aura plus jamais rien à craindre. D'ailleurs je ne reverrai plus Juredieu. Ce soir j'ai vraiment eu trop peur, lui et moi c'est terminé.

Peu à peu je réussis à me calmer. Et nous reprîmes notre marche, mon père et moi. À plusieurs reprises j'essayai de lui conter mes frasques, mais il me coupa, il ne voulait rien savoir. Il prétendait qu'en me racontant je finirais par grossir ce qui m'était arrivé, et qu'il valait mieux oublier, s'en remettre au silence. D'ailleurs qu'avais-je fait de tellement horrible ? Une vitre brisée, cela pouvait arriver à tout le monde. Et ce n'était même pas moi qui avais lancé ce pavé, j'étais incapable de telles impulsions mauvaises, moi, il me connaissait trop bien, il savait comment il était, son petit Augustin, un brave gosse, mais vraiment trop faible, toujours prêt à écouter le premier qui lui proposait des bêtises. J'acquiesçai. Et c'était bien vrai que je ne me sentais point l'âme mauvaise. Cependant m'habitait la conviction que mon père n'avait pas tout à fait raison. Je revendiquais ma part de responsabilité, moi. Juredieu n'était pas venu me sortir du lit, c'était de mon plein gré que je l'avais rejoint.

Chez moi l'on ne me parla plus jamais de cette nuit tragique, mais rien ne fut désormais comme avant. L'indulgence de mon père était plus calculée que profonde, il ne voulait pas me braquer, me pousser à la révolte, mais je devinais son inquiétude permanente, cette hantise de me voir mal tourner. Il essaya de me distraire, à sa façon. Nous allâmes trois fois par semaine au cinéma, on me gorgea de livres, de promenades nocturnes. Je me laissais faire, partagé entre le remords et l'apathie. Ma mère me surveillait discrètement. Chaque soir elle venait m'embrasser dans mon lit, longtemps après que je fusse couché. Elle passait des nuits blanches, l'oreille tendue, à guetter ma possible évasion. Mais elle s'alarmait pour rien. J'étais bien décidé à changer de vie. Juredieu m'eût-il écrit que je n'aurais même pas décacheté sa lettre. Je ne voulais plus entendre parler de lui. Ardemment je souhaitais désormais une existence calme, consacrée au travail, à la lecture, et aussi à Vinca. Vinca m'était d'un grand secours. Je ne lui avais pas caché ma piteuse aventure, tout en lui assurant que ce serait la dernière. Mais les reproches qu'elle m'en fit tranchaient sur son habituelle indulgence. J'avais grande confiance en son jugement. Son bon sens l'empêchait d'enfler ce qui ne le méritait pas, ce qui donnait d'autant plus de poids à ses paroles lorsque celles-ci se faisaient graves. Plus que la discrétion inquiète de mes parents, ses remontrances me forcèrent à réfléchir. Chaque jour je la rejoignais, à la sortie du lycée. Elle me faisait beaucoup de bien. Je trouvais auprès d'elle une compréhension que je n'avais jamais rencontrée chez moi. Je pouvais tout lui dire, même mes pensées les plus secrètes, même mes désirs les moins avouables. Entre elle et moi une intimité s'était créée peu à peu qui m'autorisait à toutes les confidences, nous nous comportions comme un couple parfaitement accordé, à cette nuance près que les gestes de l'amour nous étaient interdits. Et cette interdiction qui m'avait tant coûté jadis ne me pesait presque plus, j'en souffrais de moins en moins. J'avais pourtant bien du mérite. Lorsque nous étions chez elle Vinca abandonnait devant moi toute pudeur, elle s'habillait et se déshabillait comme si je n'avais pas été là, et ce faisant elle n'agissait pas dans l'intention de me provoquer, mais au contraire pour bien souligner qu'entre nous il ne se passerait jamais rien, que je n'étais pour elle, et d'une manière définitive, qu'un gentil camarade devant qui l'on n'a pas à se gêner. Elle ne me refusait pas non plus certaines privautés dont j'avais pris l'habitude, mais elle n'y participait pas. Ainsi pouvais-je mordiller son oreille, glisser la joue entre ses seins, elle me laissait faire, mais je la savais absente, sans désir, loin de moi à jamais. Son amant l'occupait tout entière. Je continuais d'adresser à ce bellâtre d'effarants billets, auxquels il ne répondait que bien rarement. Peu à peu je m'étais d'ailleurs fait une opinion sur le personnage, c'était un être égoïste, un peu veule et qui jamais ne se soucierait vraiment de Vinca. Mais je gardais mon jugement pour moi. Je ne voulais en aucun cas peiner mon amie, ni paraître jaloux. Essayant de ternir l'image de celui qu'elle aimait, j'aurais pu baisser dans son estime, elle m'eût méprisé, détesté. Et je voulais que tout restât en l'état. J'étais heureux, je n'en demandais pas plus, je ne m'interrogeais pas sur l'avenir, je ne me demandais pas ce qu'il adviendrait plus tard de ce couple étrange que nous formions, chaste et pourtant plus uni qu'un couple véritable.

★

Les vacances de Pâques arrivèrent que j'allai passer chez ma grand-mère. Elle habitait de l'autre côté du fleuve, dans un lointain faubourg. Depuis quelque temps je la négligeais, je n'allais plus la voir aussi souvent qu'autrefois, retenu que j'étais par Vinca, par le grand Cros, par toutes sortes de tentations nouvelles qui rendaient bien fades mes plaisirs anciens. Pourtant j'aimais ma grand-mère, et si je reniais toute cette petite enfance vécue dans ses jupons, ces jeudis un peu mornes, ces longs dimanches, parfois pourtant m'en venait la nostalgie. Quand ma mère, inquiète de ces huit jours où je serais livré à moi-même, me proposa de renouer avec ces vieilles habitudes, je ne refusai pas. Il m'en coûtait de ne plus voir Vinca d'un certain temps, mais j'éprouvais le besoin de me retrouver seul, de me replonger dans un univers à la fois innocent et familier où j'achèverais d'oublier ces mois de mauvais rêves, Juredieu, nos nuits folles.

Je fis ma valise avec délices. Mes parents m'accompagnèrent jusqu'à l'autobus comme pour un grand départ, ainsi qu'ils le faisaient autrefois. Ne fais pas enrager ta grand-mère, Augustin. Et téléphone-nous. Je les embrassai comme si je partais pour six mois. Puis je me livrai tout entier au plaisir du voyage, calé au fond d'un gros autobus contre une glace, afin de mieux voir le paysage. En vérité c'était un bien court voyage que j'entreprenais là, à peine durait-il une demi-heure. Mais je retrouvais mes émois d'autrefois : Passer le pont ! Et découvrir d'un coup la rade, l'immense courbe des quais avec les navires accostés et les grues, les clochers des églises, et ces enfilades de rues tout à coup méconnaissables, creusées dans la ville comme d'étroites tranchées. Un encombrement survint à propos, qui nous bloqua de longues minutes entre ciel et vagues, me permettant de goûter tout à mon aise la splendeur du panorama, l'ordonnance des quais, l'harmonie des toits. Ma ville, cet entrelacs de ruelles et de petites places, de lieux secrets, de fontaines, de passages menant à des jardins, à des cours, ce labyrinthe tissé de tant d'heures exaltantes. Puis la circulation reprit, nous fûmes de l'autre côté de l'eau. Là commençait un nouvel univers moins héroïque, plus terre à terre. J'entrais dans la laideur des faubourgs. Mais cette succession de maisons vieillottes et de jardinets ne m'accablait pas, j'en savais le charme tranquille, les plaisirs cachés. On venait là pour se reposer, se retrouver, face à soi-même. Tout ici était lent, mesuré, rythmé par un passé encore proche et délicieusement anachronique, une douceur provinciale où tintait encore l'enclume du maréchal-ferrant, où se respirait l'odeur des clapiers, la senteur forte des basses-cours, l'humide parfum des lavoirs. Et les gens eux-mêmes n'étaient point tout à fait comme chez nous, ils conservaient une certaine rusticité, une façon à eux de s'habiller et de nommer les choses qui évoquait la campagne, les blouses empesées, les longues jupes raides. Condamné à vivre là j'aurais péri d'ennui, mais un bref séjour m'était profitable, j'aimais me replonger dans cette lenteur et ce dénuement qui rendaient à chaque chose son prix, sa saveur, aux pêches leur velouté, au pain sa senteur de four, au poulet doré du dimanche sa qualité de mets rare. La maison de ma grand-mère était semblable à toutes les autres maisons du quartier, étroite et trapue, mal éclairée, mal ordonnée, sentant un peu l'humide et le moisi, mais aussitôt la porte franchie des flots de souvenirs m'assaillaient, je me sentais soudain chez moi, à l'abri dans ces pièces minuscules dont je connaissais chaque lézarde du plafond, chaque accroc de la tapisserie, chaque veine du vieux plancher passé à la lessive. J'allais de chambre en chambre m'assurer que tout était bien à sa place, les pendules dorées sous leur globe, les rideaux au crochet masquant les étroites fenêtres, les assiettes au mur alternant avec les photos encadrées d'ébène et qui représentaient des personnages morts bien avant ma naissance, mon grand-père, mon arrière-grand-père, les bibelots ébréchés par mes soins au fil de ma petite enfance, le général en terre cuite dont j'avais écorné le képi, la ballerine à qui il manquait une jambe… Je furetais, je humais, je vérifiais, j'ouvrais un tiroir, j'examinais le contenu d'une armoire, peu à peu rassuré, gagné par ce bonheur de tout retrouver immuable, figé dans l'espace et le temps. Ma grand-mère me laissait faire, ravie de cette tendresse que je portais à ces menues horreurs. C'était une femme un peu forte, extrêmement vieille, on l'aurait dit centenaire tant elle était ridée et bossue, engoncée dans ses châles. Elle marchait en s'appuyant sur deux cannes, elle se traînait plutôt, à court de souffle au bout de trois pas, mais tant de décrépitude évidente ne parvenait même pas à m'apitoyer, je l'avais toujours connue ainsi, je la croyais éternelle. Elle avait toute sa tête, l'âge n'avait en rien diminué son mauvais caractère, sa faculté à critiquer, sa propension à se faire du souci. Chaque jour elle lisait le journal de la première à la dernière page, et aussi quelques revues que lui prêtait le curé, ainsi pouvait-elle entretenir une sorte de hargne latente qui l'avait occupée sa vie durant, pester contre le gouvernement, les malfaiteurs, les chauffards, s'enrager contre ces fauteurs de troubles, ces assassins, ces porteurs de guerre qui vous menaçaient, passé le pont. Car au-delà du pont, croyait-elle, commençait une jungle effroyable où fleurissaient le meurtre et la violence. Au-delà du pont vivaient les sauvages, et ce qu'elle n'avouait pas, mais que j'avais deviné depuis toujours, c'est qu'elle rangeait parmi ces sauvages sa propre bru, ma mère, cette évaporée qui m'élevait à la va-comme-je-te-pousse et qui surtout, surtout, me nourrissait Dieu sait comment. Car pour ma grand-mère l'art de vivre et la source de tout bien naissaient dans sa cuisine, devant son fourneau. Ses dernières forces, elle les usait à mijoter des sauces, à mitonner, à rôtir. À peine avais-je franchi sa porte qu'elle me tâtait comme une volaille, se lamentant sur mes côtes saillantes, mes cuisses osseuses, éprouvant de sa forte main paysanne les maigreurs de mon fessier. De gros soupirs lui venaient. Ce petit, ah, ce petit. Elle n'en disait pas davantage, mais l'on devinait mille rancœurs remâchées, mille reproches tus qui lui gâtaient les sangs. Ce petit. Ce misérable petit. Comme pour essayer de rattraper le temps perdu, elle me gavait de sucreries, de bananes mélangées à du miel, de beurre, de graisse d'oie tartinée. Un peu goinfre, je me laissais faire, sachant bien malgré tout de quels maux de tête il me faudrait payer cette gourmandise. Mais je ne savais pas résister. Et surtout je ne voulais pas la peiner. La tendresse qu'elle me portait était si vraie, si profonde, si exclusive que je me sentais incapable de lui causer la moindre contrariété. Ainsi étais-je amené à supporter bien des déboires, bien des humiliations, pour lui être agréable. Devant les voisines accourues, la plupart aussi vieilles qu'elles, il faut bien le dire, elle me flanquait sur les genoux, à la renverse, et relevait ma chemise, sans souci de ma honte, faisant apprécier à la ronde comment on soignait les « drôles », au-delà du pont, jusqu'à les rendre pareils à des petits lapins maigres. Tout empourpré mais sans réticence aucune, je me laissais tâter, palper, retourner, soupeser. Ces dames avaient des petits cris d'horreur. Le pauvre. On n'en revenait pas de ma mine souffreteuse, de mes yeux cernés. Si je ne m'étais senti en aussi bonne santé, j'aurais pris peur. Mais tout cela n'était que rhétorique, habitude, manie. Bientôt mon supplice prendrait fin, et alors je serais libre de m'échapper, par la porte de derrière, vers le grand jardin où poussaient la rhubarbe et la rose trémière. Car chez ma grand-mère il y avait un jardin, un vaste terrain à l'abandon plein de rocailles et d'arbres fruitiers à demi morts de vieillesse, d'herbes folles, de laurier sauvage, de vigne vierge rampant au travers des touffes de romarin. Là j'étais libre. J'échappais aux voisines indiscrètes et aux petits pâtés en croûte, je respirais, je galopais, je me couchais dans l'herbe, je me dorais au soleil, j'aspirais à pleins poumons cette odeur de banlieue si suave, senteurs de crottin et d'usine mêlées, parfum de forge, de trains à vapeur, de sureau, d'aubépine, effluves d'eau stagnante et de canards barbotant dans leur mare, douceur entêtante des framboisiers, des groseilliers. Moi l'enfant de la ville, l'enfant sans jardin, je renouais avec la nature, je me grisais d'espace, de fraîcheur végétale. Étendu sur le dos, je regardais l'immense ciel, les nuages, les fumées légères qui s'échappaient des cheminées alentour. J'étais heureux. Le calme m'habitait.

Pourtant cette fois-là je ne parvenais pas à retrouver ma quiétude ordinaire. Depuis mon dernier séjour une certaine innocence m'avait été ôtée, je me sentais différent, moins apte qu'autrefois à profiter de l'instant. Une certaine part de moi-même demeurait là-bas, rivée à cette ville qui seule pouvait me dispenser le vrai bonheur. J'éprouvai le regret de ce temps un peu fou, de cette période de ma vie aujourd'hui révolue mais qui me laissait de la mélancolie, de l'amertume. Et puis il y avait Vinca. Elle me manquait. J'avais accepté de m'éloigner d'elle, pensant que l'absence me permettrait de mieux savourer mon amour. Et voilà qu'à peine arrivé je mesurais mon erreur. Seule sa présence me comblait. Loin d'elle je me sentais désorienté, comme dépossédé d'un équilibre que je ne pouvais analyser, mais dont la rupture néanmoins m'était difficilement supportable.

Plusieurs jours passèrent. Je renouai avec Monique, ma petite amie de toujours. Elle habitait la maison voisine de celle de ma grand-mère, pour la rejoindre je grimpais sur une glycine qui escaladait le mur mitoyen, je n'avais plus alors qu'à me laisser tomber au milieu des plates-bandes que monsieur Leroux, le père de Monique, entretenait négligemment, à la sortie de son bureau. Monique m'entraînait dans sa chambre, où nous jouions aux dames, aux dominos. Longtemps je l'avais trouvée jolie. Elle avait deux ans de moins que moi, c'était une petite fille douce et chétive, avec de longs cheveux un peu crépus qu'elle portait étalés dans le dos. Ils étaient sa fierté, ces cheveux, elle en parlait comme d'une chose indépendante d'elle, comme elle aurait parlé d'un meuble de famille ou d'un bijou. Et longtemps moi aussi j'avais cru qu'il n'en était pas de plus admirables. C'était une enfant modeste, non point sotte mais ignorante de presque tout, docile, appliquée à m'être toujours agréable. Il était convenu que nous nous marierions plus tard, et j'avais longtemps cru que cette douceur vague qui s'emparait de moi lorsque j'étais près d'elle était effectivement de l'amour, mais la revoyant après une aussi longue absence je fus désenchanté, je la trouvai insignifiante, un peu niaise, absolument pas désirable. Elle avait un corps grêle dénué de poitrine, ce que justifiait sans doute son âge, mais aussi, ce que je n'avais point jusque-là remarqué, une tête disproportionnée, beaucoup trop grosse, et une peau sans éclat qui ne me donnait aucune envie de l'embrasser. Elle m'accueillit avec la même joie que naguère, et pour ne pas la décevoir je feignis moi aussi d'être heureux. Mais j'étais tout entier occupé de Vinca. Les jeux auxquels elle me convia ne m'intéressaient plus. Par fidélité envers moi-même, je réussis pourtant à m'y appliquer, je ne voulais pas trop soudainement me détacher de ce qui avait composé ma vie jusqu'alors. Elle avait tout un assortiment de pâte à modeler multicolore avec laquelle je lui confectionnai une ferme, les animaux, la maison, le puits minuscule. Je n'étais pas très adroit, et puis je m'embêtais un peu. Mais un rien la satisfaisait, elle m'applaudissait sans malice. Moi je songeais à Yvette, à Jocelyne, à Dolorès, et je me délectais de ce que l'existence pût ménager tant de contrastes. Elle possédait aussi une lanterne magique dont je connaissais chaque image par cœur. Nous n'avions pas l'autorisation de nous en servir, il nous fallait attendre le retour de monsieur Leroux qui s'était réservé le droit de manipuler cette merveille. Dans le noir, assis tous deux par terre, nous regardions défiler sur une serviette épinglée au mur les silhouettes floues du Roi Dagobert ou de la Chatte blanche. Monsieur Leroux faisait le boniment. Ses plaisanteries étaient toujours les mêmes, ses calembours, jamais il n'en changeait un mot, je les attendais avec un plaisir équivoque, partagé entre cette satisfaction de retrouver chaque chose à sa place et l'envie d'éclater de rire, tant le bonhomme était pontifiant, content de soi. Pourtant ce n'était pas un mauvais bougre, il aimait les enfants, il passait des heures et des heures à essayer de nous distraire, et j'étais sensible à sa bonne volonté, à sa patience. Son grand succès, mais qu'il ne s'autorisait que rarement, c'était un « Père la colique ». Il le sortait avec des précautions infinies d'une armoire où il dormait avec les autres trésors familiaux, les alliances des grands-parents défunts, les missels de première communion. Monique se pourléchait. Ah, ce qu'on allait rire... On faisait cercle autour de la table, et madame Leroux abandonnait un instant son raccommodage, pour ne point perdre semblable spectacle. Moi-même je feignais le plus grand plaisir. Il y avait beau temps que ce « Père la colique » ne m'amusait plus, avec ses petites crottes grésillantes qui s'échappaient comme un flot de saucisses, mais j'avais à cœur de me montrer bon public. C'était pour moi que l'on se mettait en frais, je n'avais pas le droit de décevoir ces braves gens. D'ailleurs ils n'auraient pas compris. Ils n'auraient point admis qu'on ne partageât point leur plaisir, tant eux-mêmes le ressentaient sans mélange. Et c'est vrai qu'autrefois j'avais été des leurs moi aussi, j'avais admiré sans réserves ces menus trésors, le Père la colique, le phonographe à manivelle, la boîte à cigares rapportée de Savoie et qui jouait *Le Lac des cygnes*, j'avais été des leurs, jadis sans effort, mais je m'apercevais avec tristesse que s'ils étaient toujours tels que je les avais connus, moi-même j'avais évolué, j'avais perdu de ma naïveté, de mon enthousiasme, de ma spontanéité. Je m'étais dégradé. Et pour être fidèle à mon personnage, j'étais contraint de leur jouer la comédie, je me forçais à rire, je mimais une joie factice que je ne ressentais plus.

Les jours me semblaient longs. Sans cesse j'égrenais les heures qui me séparaient du retour. J'écrivais à Vinca des lettres désolées où je forçais ma tristesse, sachant combien elle aimait le beau style un peu déclamatoire, mais je n'avais pas à me forcer beaucoup, ces vacances dont j'avais espéré tirer un grand repos moral m'accablaient au contraire, je sombrais dans l'ennui. Fait extraordinaire, Vinca répondit à l'une de mes lettres. Son écriture lui ressemblait, c'était une grosse écriture toute naïve, toute simple, avec des pleins et des déliés comme on les enseignait jadis à l'école. En deux phrases et quelques fautes d'orthographe elle me disait qu'elle aussi pensait bien à moi, et qu'il lui tardait de me revoir. Sa lettre ne contenait aucune formule de politesse, simplement une petite fleur dessinée que je voulus prendre pour le symbole d'un baiser.

Faute de mieux, je passais avec Monique le plus clair de mon temps. Nous n'avions pas grand-chose à nous dire, elle était trop ignorante de tout, mais nous jouions aux cartes, aux jonchets, aux puces, à toutes sortes de jeux dont elle avait une pleine boîte et qui étaient tous plus lénifiants les uns que les autres. Quand je n'en pouvais plus, je m'emparais d'un livre, et je lisais, sans souci d'elle, des heures entières étendu sur le divan dont je saccageais le plumetis, replongeant avec délices dans les mésaventures du Petit Trott ou de Gribouille. Alors j'oubliais tout, mon exil, Vinca, mes parents, le temps si long à s'écouler. J'étais pris tout entier par ce bonheur de la lecture. Monique se taisait. Elle respectait mon absence. Levant les yeux, de temps à autre, je la découvrais qui me regardait, immobile, attentive seulement à ne point me déranger. Puis je retournais à mon histoire, je l'oubliais aussitôt. Elle ne me gênait pas. Autour de moi la vie continuait sans que j'y prêtasse attention, madame Leroux vaquait à ses affaires, des avions passaient, des trains…

On entendait les sirènes des usines, le maréchal-ferrant qui frappait son enclume. Rien ne me dérangeait. J'étais bien loin d'ici, plongé dans ma béatitude, ces bruits m'étaient si familiers que je ne les percevais plus.

Ainsi n'entendis-je pas vraiment ce coup de sonnette, un après-midi plus léger que les autres, un après-midi de grand ciel bleu où l'été déjà semblait proche, non plus que je n'entendis le pas de madame Leroux allant ouvrir au visiteur. Rien ne me concernait de cette vie qui se menait autour de moi. Je ne prêtai pas davantage attention au conciliabule qui se tenait devant la porte, et dont l'écho ouaté montait jusqu'à nous. Et quand madame Leroux vint prier Monique de la rejoindre un instant je ne levai même pas les yeux de mon livre. J'étais bien, rien ne m'inquiétait. Puis un certain silence, autour de moi, finit par m'être sensible, je remarquai alors qu'il y avait de longues minutes déjà que j'étais seul, la maison semblait vide, je n'entendais plus rien, hormis ces voix qui devant la porte continuaient à murmurer, et sans que je sache pourquoi une angoisse me vint, une angoisse peut-être due au silence anormal de cette maison vide, ou bien à ces voix indistinctes, je ne sais, dont la tonalité basse et sans éclats évoquait des secrets chuchotés. Je m'assis sur le divan bas. Je crus que mon angoisse allait disparaître, elle était sans raison, je n'avais aucun sujet d'inquiétude, rien qui me menaçât. Et pourtant je me sentais de plus en plus oppressé, gagné par une panique tellement insupportable que je finis par me lever. C'est alors que j'entendis Monique qui remontait à l'étage et s'en venait vers moi. Elle ne se dépêchait pas, il n'y avait donc rien de grave, c'était absurde de m'alarmer ainsi, sans motif. Ma petite amie pénétra dans la chambre et me dit que sa mère désirait me parler. Je lui demandai ce qu'on me voulait, mais déjà elle avait disparu. J'avais eu le temps de remarquer son visage impassible, son regard fuyant. Je sus que le malheur s'abattait sur moi. Comme un fou je dévalai l'escalier, me précipitai dans le couloir au bout duquel j'aperçus madame Leroux en conciliabule avec une personne que je ne reconnus pas tout d'abord, à cause de la pénombre. Mais au bruit que je fis la visiteuse se retourna, c'était tante Cléo. Sa présence inattendue dans ce couloir décupla mon angoisse. Il était arrivé malheur à mes parents. Je me précipitai vers elle et la suppliai de me parler. Elle était en larmes. Son vieux visage couperosé ruisselait, sa grande bouche était agitée de tics... Elle me serra dans ses bras en hoquetant, mon pauvre Augustin, mon pauvre petit Augustin... Il ne faudra jamais oublier ton papa, mon petit Augustin. Un grand froid me saisit, une griffure glacée qui dessina ma colonne vertébrale, de la nuque aux reins... Mon père était mort... Mon père était mort... Je n'étais même pas étonné... De toujours j'avais su que le malheur me frapperait... Qu'un jour la mort viendrait qui faucherait l'un de nous... Eh bien voilà, l'instant était arrivé... J'en avais mille cloches dans la tête, et les tempes comme écrasées... Mais je ne souffrais pas... J'avais toujours su, j'avais toujours attendu cet instant, la certitude en était au fond de moi, enracinée, ancrée. Et je m'étonnais cependant de ne pas souffrir, de ne rien ressentir, hors de ce froid, et ce sentiment de l'irrémédiable, mais abstrait, indolore... Irréel... Et je ne pleurais pas... J'aurais voulu pleurer, mais mes yeux restaient secs... À peine mes joues tremblaient-elles un peu, un petit tremblement que je ne parvenais pas à dominer... On me parlait et je n'entendais pas... Tante Cléo me racontait... Elle dut s'y prendre à trois fois... Mon pauvre petit Augustin, il ne faudra jamais oublier ton papa... Il était mort presque sans souffrance, en quelques minutes... Une crise cardiaque... On l'avait ramené de l'observatoire... Il faudra être bien gentil avec ta maman, Augustin. Elle a tant de peine... Alors j'éclatai en sanglots, non point parce que j'avais mal, je ne souffrais pas, moi, du moins pas encore, mais l'idée de ce que devait éprouver ma mère m'était insupportable, d'un coup je mesurais son désespoir, ce formidable choc qu'elle avait dû ressentir, au moment où on lui ramenait mon père mort... Et d'abominables images m'assaillirent, je repoussai tante Cléo et m'enfuis au fond du jardin, pour souffrir tout à mon aise et ronger ma douleur... Car maintenant je souffrais, une souffrance sauvage, irrémédiable, à laquelle il ne me semblait pas possible d'échapper... L'instant s'était accompli, j'avais franchi la porte du malheur... Un grand cri inhumain montait en moi, comme une flamme noire... Et plein de haine je regardai le ciel stupidement bleu, la douceur des pierres inondées de soleil, tant de calme et de douceur de vivre que je ne goûterais jamais plus comme avant.

Monsieur et madame Leroux s'occupèrent de ma grand-mère, la pauvre vieille semblait hébétée, privée de réactions. Avoir vécu si longtemps pour voir mourir son unique enfant, ce malheur la dépassait. Tante Cléo m'emmena dans un taxi. J'avais fini par me calmer.

De temps à autre des sanglots m'agitaient encore, tante Cléo me prenait alors contre sa vaste poitrine qui sentait la poudre de riz et la transpiration. Elle me parlait de mon père. Elle en parlait au passé, lui qui vivait encore le matin même, et cette soudaineté de la mort que je n'avais jusqu'alors jamais éprouvée de façon concrète m'était odieuse. Je me heurtais à l'absurde, à l'inconcevable. Mon père était mort. Je ne lui parlerais plus. Je ne pourrais jamais plus lui poser ces mille et mille questions que j'avais remises à plus tard, par paresse ou par inconséquence, et qui resteraient à jamais sans réponse. Il me semblait que nous commencions à peine de vivre ensemble. Ce confort de l'âme que me procurait sa présence, je le croyais éternel, je n'avais point deviné qu'il fallait me hâter, profiter de lui à tout instant, sans relâche essayer de le connaître mieux. Et maintenant il n'était plus. Le remords de m'être montré si négligent, si indifférent, si égoïste, s'ajoutait à ma peine. Je me traitais de mauvais fils. Il y avait aussi que je m'accusais d'avoir peut-être hâté la fin de mon père, par ma vie dissolue. Depuis cette nuit où il était venu me chercher au commissariat, il n'était plus tout à fait le même, il paraissait soucieux lui d'ordinaire si gai, quelque chose le tracassait, le rongeait, il s'inquiétait à cause de moi, de ma faiblesse. Il ne m'avait pas fait de reproches, mais j'avais deviné combien mon comportement l'avait déçu. Je n'étais point tel qu'il m'avait souhaité, transparent et droit, je m'étais révélé fourbe, cachottier, dissimulé. Je m'étais montré indigne de lui, de l'exemple qu'il m'avait donné. Et peu à peu surgissait en moi la pensée d'une justice immanente qui m'avait puni de mes fautes.

Mon père était mort parce que je m'étais mal conduit. J'avais inscrit le nom du Diable sur un mur, et le Diable m'avait entendu. Dans un accès de désespoir je racontai tout à tante Cléo. Je m'accusai de toutes ces vilenies par moi commises, ces complicités troubles, ces fréquentations douteuses. Béant de remords je vidai mon sac. Et je ne doutais pas qu'un tel récit allait laisser tante Cléo horrifiée. Mais la brave femme me houspilla pour tout autre chose. Que je me fusse comporté en galopin, c'était de mon âge. Mais elle n'admettait pas mes remords.

– Tu ne vas pas te mettre en tête ces idées, petit crétin.

Et me saisissant par les épaules, avec ses fortes mains, elle me secoua comme pour faire tomber de moi ces pensées nocives. Un peu lâchement je me laissai faire. J'avais besoin d'être rassuré, d'entendre une voix autorisée m'affirmer que je demeurais le bon petit Augustin de toujours, que ce que j'avais pris pour de graves péchés n'était qu'enfantillage.

Chez nous, au moment de gravir l'escalier, je fus saisi de panique. J'avais peur de revoir ma mère. Voir souffrir ceux que l'on aime est parfois plus difficile que de souffrir soi-même. Mais je n'avais pas le droit de me dérober, c'était mon père qui était mort, nul ne pouvait agir à ma place. L'appartement était sombre, on avait fermé les persiennes et après le grand soleil du dehors cette obscurité me surprit. Une odeur que je ne connaissais pas encore m'assaillit, cette senteur ignoble et douceâtre que laissent derrière eux les croque-morts. Je m'étonnai aussi de trouver là quantité de gens que je connaissais à peine, des voisines, des collègues de mon père. On parlait bas. Plusieurs personnes m'embrassèrent dont je n'aurais su dire le nom. Je trouvai ma mère tassée sur une chaise, dans sa chambre. Elle me serra contre elle distraitement. J'aurais bien voulu pleurer, pour lui signifier ma détresse, mais mes larmes s'étaient taries, j'étais comme rempli de stupeur, pas très assuré que tout cela fût bien réel, ces flambeaux, ce rameau de buis, ces gens marmonnant autour du grand lit où reposait mon père. Il était là, étendu, totalement absent, je veux dire que rien, dans ce cadavre livide, ne me le rappelait plus. Ce n'était pas lui, cette chose roide et inanimée à la façon des pierres, je ne le reconnaissais pas, je ne parvenais pas à admettre que ce fût là mon père. Les yeux secs, le cœur privé d'émotion, longtemps je le regardai. Et plus je regardais ce corps couleur de cire plus me venait l'étrange conviction que mon père continuait de vivre quelque part, que sa voix résonnait encore, en quelque inaccessible contrée... Comme on s'occupait peu de moi, je m'en fus à l'autre bout de l'appartement. Maintenant ma douleur évoluait. À la souffrance aiguë des premiers instants succédait la sensation d'un terrible désastre. Plus rien jamais ne serait comme avant. J'avais connu le bonheur et il me fallait y renoncer. J'étais exclu du cercle, à jamais chassé. Cette sorte de vertige qui m'assaillait, je la connaissais bien, c'était celle-là même que dans mes nuits d'angoisse j'avais déjà ressentie, lorsque j'imaginais la mort des miens. Mais alors pour la chasser et retrouver ma paix il me suffisait jusque-là de donner la lumière, de me convaincre en un instant que rien n'était vrai de mes terreurs. Hélas il ne m'était plus possible de me rassurer. Ce gouffre tant de fois craint, tant de fois imaginé, redouté, il venait véritablement de s'ouvrir devant moi. J'aurais voulu crier, mais en même temps je savais que mon cri demeurerait inutile. Rien n'arracherait de moi ma souffrance, il me faudrait vivre avec elle, composer avec elle, m'habituer à elle peu à peu. Je savais qu'au fil des jours mon chagrin se tarirait. Mais compter en jours lorsque l'on souffre de la sorte m'apparaissait au moment même comme une insurmontable épreuve. Je doutais d'avoir assez de courage. J'aurais voulu extirper de moi cette souffrance, redevenir comme avant, ne fût-ce qu'un instant, retrouver ma quiétude perdue, ce paradis que je n'avais pas su goûter comme il aurait fallu, ce temps des années heureuses, lorsque j'étais un enfant comme les autres, avec un père et une mère. Car je n'étais plus comme les autres. Et à ma peine vint s'ajouter un sentiment peu avouable, au cours des jours qui suivirent, une sorte de honte. J'avais honte d'avoir perdu mon père, de me différencier des autres, de devenir un objet de sympathie et de pitié, pour les copains du lycée, pour les professeurs, pour tous ces gens qui me connaissaient et qui se croyaient tenus de me parler d'une voix particulière, comme adoucie, pour bien me montrer combien ils compatissaient. Et moins avouable encore fut cette mauvaise humeur qui me vint d'être dérangé dans mes habitudes. On ne s'occupait plus de moi. Je sentais que ma mère s'en allait à la dérive, mais au lieu de m'apitoyer sur elle je lui en voulais. Elle ne faisait plus du tout de cuisine, nous mangions d'un morceau de pain, d'un peu de fromage, elle n'avait plus cœur au ménage, mon lit n'était pas fait, je ne trouvais plus comme avant mes chemises repassées, mes souliers cirés, tout s'en allait à vau-l'eau, la poussière s'installait, le désordre. Le jour de l'enterrement il me fallut emprunter une cravate noire à Bérenger. Plusieurs fois je dus soutenir ma mère, le long de cette morne allée bordée de cyprès où nous suivions comme deux petits vieux la fourgonnette mortuaire. Une grande tendresse pour cette vieille femme effondrée, ma mère, me ravageait, elle était pitoyable, toute recroquevillée, toute ratatinée dans ses voiles, et cependant je me sentais très loin d'elle, je lui en voulais obscurément de me tenir comme à l'écart de son chagrin, de ne pas se raccrocher à moi davantage, comme si en perdant mon père elle avait perdu l'essentiel, comme si elle avait avoué que dans son cœur je n'avais jamais occupé que le second rang. Mais sans doute me montrais-je injuste. Ma souffrance auprès de la sienne n'était rien, j'avais l'avenir, l'espérance. Tandis que nous sacrifiions à cet affreux rite qui veut que l'on jette un peu de terre sur le cercueil elle eut une sorte de râle, je crus qu'elle allait s'évanouir. Au même instant un oiseau s'envola d'une tombe proche et je songeai à Vinca, il y eut en moi comme une petite lumière heureuse, un air guilleret que j'eus du mal à réprimer. Alors égoïstement je mesurai combien dans notre malheur ma part était la moins lourde. Et pour me mortifier, je sortis de ma poche le beau marron que Vinca m'avait offert jadis, et qui était la seule chose au monde à laquelle je fusse attaché, et je le jetai dans la fosse béante.

⋆

Au retour du cimetière tante Cléo et Bérenger nous accompagnèrent. Ils nous dirent leur intention de reprendre la vie commune. Bérenger, ganté de noir, très élégant, tournait autour de tante Cléo comme un caniche autour de sa maîtresse. S'il était réellement affecté par la mort de mon père, on le devinait tout frétillant d'avoir récupéré son grand amour. D'une main il s'essuyait une larme, de temps à autre, tandis que de l'autre il flattait l'énorme postérieur de sa moitié. Tante Cléo semblait d'ailleurs avoir rajeuni, sa robe sombre la mincissait et je remarquai pour la première fois qu'elle avait des fossettes aux joues, un regard câlin comme celui d'une petite fille. Pour nous remettre nous croquâmes quelques biscuits, avec un fond de vin rouge. Mais je n'avais pas faim. Ma mère non plus ne se sentait pas bien. Elle se plaignait de vapeurs, de maux de tête. Soudain elle s'évanouit. Je courus chercher un médecin. Celui-ci me rassura, ce n'était rien, un peu de surmenage, un surcroît d'émotion. Mais lorsque ma mère reprit connaissance elle eut une crise de nerfs. Le médecin décida qu'il valait mieux la mettre en observation durant quelques jours. Le soir même on l'hospitalisa à la clinique du docteur Pons, une maison de santé où l'on soignait les maladies nerveuses. J'insistai pour qu'on m'éclairât sur la gravité de son état. Depuis trois jours que je voguais dans le tragique, j'aurais accepté la mort de ma mère avec une certaine fatalité. Mais elle n'était pas en danger, on me l'affirma. Quelques semaines de repos la remettraient sur pied. Bérenger et tante Cléo voulurent m'emmener chez eux, on me dresserait un lit de camp. Je pourrais y demeurer jusqu'à la guérison de ma mère. Mais je refusai. L'idée de me retrouver seul chez moi me tentait, la pensée d'être mon maître, libre, de pouvoir aller et venir à ma guise, de sortir quand bon me semblerait. D'une certaine façon je n'étais pas fâché que ma mère fût hospitalisée. Rassuré sur son état, je mesurais combien l'excès de sa tristesse m'avait pesé pendant ces trois jours. Il émanait d'elle une détresse insupportable, on devinait qu'elle n'accepterait jamais, qu'elle ne se résignerait jamais. Et le malheur des autres, fût-il aussi le vôtre, finit par vous étouffer. J'avais besoin de respirer, j'avais besoin d'air pur. C'est avec soulagement que je quittai la clinique, pressé que j'étais d'échapper à cette odeur, à cette chambre surchauffée, à cet attirail de la maladie qui répugnait à ma bonne santé.

Il fut convenu que j'irais prendre mes repas chez tante Léone. Tante Cléo se chargerait de mon linge. Pour le reste je me débrouillerais, je retournerais au lycée, puisque les vacances s'achevaient, et je dormirais seul, la belle affaire, je n'étais plus à l'âge où l'on a peur des brigands, j'étais un homme. Et le fait est que je me découvrais plus mûr, soudain, mieux armé. La disparition de mon père m'avait vieilli. Ce premier soir de solitude, j'en éprouvai un amer plaisir. Mon chagrin était encore trop récent pour que je parle de bonheur, et d'affreuses images me hantaient, cette tombe ouverte, le raclement des cordes contre la pierre, mais je goûtais une sorte de quiétude indéfinissable à sentir l'appartement vide autour de moi, à me dire que si l'envie m'en prenait je pouvais m'évader sans avoir désormais à entourer ma fuite de précautions honteuses. Le sentiment de la liberté me baignait des pieds à la tête. C'était comme une eau tiède et bienfaisante dans laquelle je me délassais. Étendu dans mon lit, je lus jusqu'à une heure tardive. De temps à autre la pensée que mon père était mort surgissait dans ma mémoire, rouvrant ma blessure, et j'avais du mal à reprendre ma lecture, je me sentais à jamais meurtri. Puis ce coup de poignard perdait de son acuité, je reprenais goût à l'histoire que je lisais. C'est presque apaisé que je pénétrai dans le sommeil.

Mais au matin cette solitude avait perdu de son attrait, je me sentis à l'abandon. Ma mère ne viendrait pas me porter mon petit déjeuner, j'étais seul, aucun de ces bruits familiers qui me rassuraient d'ordinaire ne viendrait rompre cet écrasant silence, détruire cette sensation de vide, autour de moi, d'absence. J'avais faim. Je sautai du lit, mais en vain dans la cuisine je cherchai un peu de lait, ou de café, il n'y avait rien, personne n'était là pour s'occuper de moi, je ne devais compter que sur moi-même. Et cette maison que j'aimais tant, où je m'étais toujours senti tellement bien à l'abri, protégé, soudain m'apparut hostile et lugubre. Rien n'avait changé pourtant, mais je découvrais brusquement qu'un lieu en lui-même ne signifie rien, qu'il n'existe que par ceux qui l'habitent. Cette vaste cuisine qui avait toujours été pour moi le havre sûr, le point lumineux et chaud vers quoi je marchais, certain d'y trouver refuge et paix, soudain je n'en voyais plus que la laideur, les peintures écaillées, le désordre. J'exécrais cette cuisine, elle était vide, *vide*, dépossédée de ceux qui lui avaient donné une âme. Je m'enfuis au plus vite, n'en pouvant plus de solitude.

J'échouai chez tante Léone. La vieille dame était en peignoir, pas encore maquillée, et je pus découvrir pour la première fois les ravages de son visage. Jamais je ne l'avais supposée si déchue, si lasse, privée de ces couches de fards qui parvenaient à gommer un peu ses rides. Honteuse de se montrer à moi en si piteux état, elle me noya sous un flot de paroles cependant qu'elle me préparait un chocolat odorant. Elle n'était pas venue à l'enterrement.

– Mes pauvres jambes, Augustin. Je n'aurais jamais pu me traîner jusque là-bas. Ta maman comprendra.

Je l'excusais quant à moi du fond du cœur, je m'en fichais bien qu'elle fût venue ou non à l'enterrement. Mais elle m'agaçait, elle insistait beaucoup trop. Soudain elle s'effondra. Tu ne peux pas comprendre, Augustin. Elle s'affaissa sur une chaise, hoquetant et tressautant sous l'effet d'énormes sanglots. Tu ne peux pas comprendre, mon petit Augustin. Et qu'y avait-il donc que je ne pouvais pas comprendre? Elle m'ennuyait exagérément, avec ses mystères. Puis tout s'éclaira pour moi. Tante Léone depuis près de trente ans était amoureuse de mon père. Elle me l'avoua à petits mots mouillés, entrecoupés de soupirs, de crises subites. Personne jamais n'en avait rien su, j'étais le premier à l'apprendre. Mais maintenant elle ne pouvait plus se taire, il fallait que quelqu'un sache, et c'était moi qu'elle avait choisi pour sa navrante confidence.

– Ce n'est pas vrai, pour mes jambes, Augustin. J'aurais pu y aller. Mais je n'en ai pas eu le courage. Au dernier moment je n'ai pu me décider.

Pendant des heures j'ai dû écouter sa lamentable histoire. Après un aussi long silence, elle était intarissable, et attendrissante, pauvre vieille, avec cet entrelacs de sentiments contradictoires qu'elle déballait n'importe comment, ses jalousies envers ma mère, mais aussi la tendresse qu'elle lui portait, et cette adoration muette envers mon père, ces émois de gamine, lorsque le soir nous venions, ses coquetteries sans espoir, cette vénération résignée à n'être jamais récompensée. Maintenant tout était terminé. Sa minuscule part de bonheur lui avait été arrachée, elle n'aurait jamais plus l'ombre d'une joie, l'attente d'un peu de lumière. C'était elle qui avait convaincu Bérenger et tante Cléo de reprendre la vie commune. Qu'ils tâchent d'être heureux, tant qu'il en était encore temps. À tout moment la mort pouvait surgir, la mort, seul absolu véritable. Elle était contente qu'ils se soient réconciliés, ces deux-là, grâce à elle. Leurs griefs n'étaient pas bien solides. À quoi bon s'entêter.

– Mais pourtant, tante Léone ! Est-ce qu'autrefois tante Cléo n'a pas essayé de tuer Bérenger ?

– Comment as-tu pu croire ce mensonge, Augustin. Il s'est blessé en accrochant un portemanteau. J'y étais. Je peux en témoigner.

– Crois-tu vraiment qu'ils pourront être heureux ? Tante Cléo n'est plus… n'est plus tellement jolie.

– Qu'est-ce que cela signifie, la beauté, quand on aime vraiment, mon petit Augustin ? Tu es encore bien jeune, mais un jour sans doute à ton tour connaîtras-tu l'amour. Et c'est vrai qu'il est triste et révoltant de voir vieillir ceux que l'on aime, s'abîmer un visage, se déformer un corps. Mais auprès de l'absence, qu'importe un visage flétri. L'absence, Augustin. La désolation suprême. Ne plus être auprès de celui que l'on aime, Augustin.

Alors je songeai à Vinca, et je fus illuminé par cette évidence, même vieille je continuerais de l'aimer, même déchue, même infirme. Son corps m'enchantait, certes, et je ne parvenais pas à l'imaginer privé de sa grâce, mais ce n'était point seulement cette grâce qui m'emplissait d'aise lorsque j'étais auprès d'elle, il y avait autre chose, autre chose que je ne pouvais définir, un accord intérieur, une assonance, un je-ne-sais-quoi passant d'elle à moi et qui faisait que loin d'elle je n'étais pas vraiment heureux. Alors je décidai de consacrer désormais à Vinca tous les instants de liberté dont je disposais. Une angoisse me vint. Un jour la vie se chargerait bien de nous désunir, et combien regretterais-je alors toutes ces heures vécues loin d'elle, tout ce temps perdu par ma faute. Mais à quoi serviraient mes regrets, ils ne pourraient en rien adoucir mon remords. La chance avait voulu que Vinca fût sur ma route, le destin hélas faisait que j'étais libre, me priver d'elle eût été sacrilège. Le soir même j'allai l'attendre à la sortie du théâtre. Je ne l'avais pas revue depuis plusieurs jours, je la trouvai fatiguée, un peu triste, elle si gaie d'ordinaire. Elle s'excusa elle aussi de n'être point venue à l'enterrement de mon père, elle n'avait pas osé, de peur de se montrer indiscrète. Je la rassurai. Elle avait bien fait. Je n'aurais pas aimé qu'elle fût témoin de ma détresse. Comme elle me disait combien elle avait pensé à moi, durant ces derniers jours, une idée subite me traversa la tête. Je racontai la maladie de ma mère, je dis ma solitude. Et pour bien l'attendrir j'en rajoutai. Pauvre Augustin. Pauvre petit Augustin. Je décrivis l'appartement lugubre, le silence des longs couloirs, des pièces vides. Puis, quand je la sentis toute bouleversée, je me jetai à l'eau. Accepterait-elle que je vienne vivre quelques jours auprès d'elle? Oh, pas longtemps, juste le temps de retrouver mon équilibre. Je me ferais tout petit. Je me contenterais d'un matelas par terre. Je ne la gênerais pas. Je saurais me faire discret, léger, invisible... Je m'attendais à un refus, ou tout au moins à des réticences, mais elle battit des mains.

– Comme c'est gentil, Augustin, ce que tu me proposes là !

Tous deux nous rêvâmes. Nous ferions la dînette, nous jouerions aux cartes. Le soir nous nous endormirions en nous racontant des histoires, tous deux couchés côte à côte, chacun dans notre lit, comme un vieux ménage. Ce serait le meilleur temps de notre vie.

– Pourvu que ta maman ne guérisse pas trop vite, dit-elle.

Puis, comprenant ce que ces mots pouvaient avoir de cruel, elle m'embrassa en s'excusant.

– Jamais je n'aurais dû dire cette sottise, Augustin.

Je la rassurai. Je savais combien peu elle était méchante, et qu'aucune pensée mauvaise ne pouvait l'atteindre. Le soir même j'allai dormir chez elle. Longtemps nous bavardâmes, jusqu'à une heure avancée. Mais j'eus beaucoup de mal à m'endormir, couché sur un vieil édredon jeté à même le sol. J'avais froid. Je me tournais et me retournais dans ma couette, sans parvenir à me réchauffer. Alors Vinca m'appela. Qu'as-tu, bonhomme. Pourquoi ne dors-tu pas. Je lui dis la vérité. Elle me fit promettre d'être sage et m'autorisa à venir m'allonger près d'elle, dans la tiédeur des draps. Qu'elle sentait bon ! Je posai ma tête au creux de son épaule, à ma place familière. Que tu sentais bon Vinca. Comme la soie de ta chevelure était douce à mes lèvres. Je lui dis que même vieille je continuerais de l'aimer, qu'elle ne vieillirait pas pour moi, qu'il était d'ailleurs impossible qu'elle vieillisse aussi longtemps qu'elle vivrait. D'ordinaire mes propos l'auraient fait rire. Mais ce soir-là elle ne répondit même pas, je sentais qu'elle n'était pas dans son état habituel, que quelque chose la tracassait.

– Qu'y a-t-il, Vinca ? Qu'est-ce que tu as ?

Dans le noir elle se redressa.

– Écoute, Augustin. Autant que tu le saches. J'ai revu mon amant.

– Ah, fis-je, cependant qu'une horrible douleur étreignait ma poitrine. Est-ce que vous avez…

– Oui, Augustin. Oui. Nous avons fait l'amour.

Elle me raconta qu'un dimanche après-midi où elle ne dansait pas elle n'avait pu résister plus longtemps. Elle avait pris le train, elle lui avait téléphoné dès son arrivée, d'un café. Il avait réussi à se libérer, ils avaient passé la nuit ensemble, dans un hôtel proche de la gare. Au matin elle était repartie.

– Pourquoi me racontes-tu ça, Vinca. Cela me fait mal.

– Mais ne comprends-tu point, Augustin ? C'est moi qui ai mal. Je ne l'aime plus. Peut-être ne l'ai-je jamais aimé, en vérité. Et maintenant je me retrouve toute seule, avec un grand vide en moi. C'est terrible, Augustin, un tel vide. L'impression que l'on a perdu son âme.

Elle se recoucha. Je passai mon bras autour de ses épaules, pour la consoler. Je me sentais inquiet, plein d'appréhension. Ce bel amant dont elle était éprise, je ne le redoutais pas, son absence me préservait, tant qu'il l'occuperait tout entière elle lui demeurerait fidèle. Mais son cœur était vacant, désormais, et un autre viendrait qui à son tour l'envoûterait. Et cet autre, je ne le savais que trop bien, cet autre ne serait jamais moi.

Le lendemain je retournai au lycée, les vacances étaient finies. Les marronniers croulaient de fleurs roses, la cour de récréation sentait le printemps. Le grand Cros vint me serrer la main. Il avait appris la nouvelle, maladroitement il me dit combien cela l'avait touché. Venant de lui cette sympathie me fit plaisir, mais je supportai mal la curiosité des autres, ces coups d'œil furtifs et gourmands vers celui que j'étais devenu, un type qui a perdu son père. À la longue d'ailleurs on me laissa tranquille, à cet âge les sujets d'intérêt s'épuisent vite. J'éprouvai quelque difficulté à me remettre au travail, puis la routine joua, je retrouvai ce goût de l'étude qui m'a toujours tenu, ce plaisir du théorème qui vous guide, cette excitation des pièges déjoués. À midi j'allai déjeuner chez tante Léone, puis dès la dernière bouchée je courus chez moi préparer ma valise. C'était dit, j'allais vivre chez Vinca. Une mutation s'était opérée en moi, en quelques jours. Je me voulais libre, débarrassé de toute autorité. Personne ne serait au courant de ma fugue. Je me voulais indépendant. C'était comme si la mort de mon père avait provoqué en moi une prise de conscience, le gamin que j'étais encore il y avait quelques jours n'existait plus, son souvenir en moi s'effaçait, j'avais du mal à imaginer mes réactions anciennes, mes timidités. Prestement j'enfouis quelques vêtements et du linge dans un grand sac. J'essayai de ficeler un matelas, puis j'y renonçai, c'était trop encombrant et de toute façon je préférais dormir avec Vinca. Je n'espérais rien d'autre que la douceur de sa présence, mais à cette dernière je ne pouvais renoncer.

J'allais partir lorsque soudain je me rappelai que j'étais sans argent. Je savais que mes parents gardaient leurs économies dans leur chambre, cachées sous une pile de draps, tout au fond d'une armoire. Jamais en temps ordinaire je ne me serais permis d'ouvrir cette armoire, mais j'y étais contraint. Vinca ne pouvait subvenir seule à mes besoins. Je me mis à la recherche du trousseau de clefs familial. Fouillant un peu partout, je ressentis soudain une espèce de répugnance. Ces tiroirs, ces poches que je retournais, tout cela qui avait appartenu à mon père, je ne pouvais m'en saisir sans un sentiment de vague dégoût, comme si la mort eût effleuré ces objets aussi. Enfin je découvris le trousseau de clefs sur une cheminée, bien en évidence. Je dus m'y reprendre à trois fois pour ouvrir l'armoire, j'avais le sentiment de commettre une bassesse. J'avais beau me raisonner et me dire que ce que j'accomplissais là était légitime, je ne pouvais me départir de ce sentiment de faute. L'argent était bien là, à peine dissimulé. Je ne pris que quelques billets, résolu d'ailleurs à en rendre compte à ma mère dès son retour. Et j'allais refermer l'armoire lorsque sur la dernière étagère, un peu en retrait, j'aperçus quelque chose qui m'intrigua, un grand nombre de boîtes de conserve, soigneusement alignées, objets insolites s'il en fût dans cette armoire où l'on ne rangeait que du linge. Que venaient faire là ces boîtes de conserve ? Je grimpai sur une chaise et examinai de plus près ma trouvaille. En moi quelque chose se serra. Ce n'étaient point là des boîtes de conserve ordinaires, mais des bombes. Aucun doute n'était possible. On avait remplacé les couvercles métalliques par des rondelles de carton d'où pendait une mèche. Je comptai une douzaine de ces engins, lourds chacun environ d'un kilo. M'étant hissé sur la pointe des pieds, je découvris encore un détail qui me glaça. Dessinée sur la légère couche de poussière qui recouvrait l'étagère, on pouvait encore discerner l'empreinte d'une vingtaine d'autres de ces objets. Ainsi donc c'était mon père qui commettait ces attentats. L'horreur de ma découverte me donna comme un vertige, je dus descendre de ma chaise. Ainsi donc c'était mon père. Abasourdi, je refusais d'admettre l'évidence, cependant qu'une foule de coïncidences s'imposait à moi, de soupçons, de bizarreries, cette indulgence que le pauvre homme témoignait pour le criminel, sa volonté de l'excuser, de l'expliquer, de le justifier... Son incrédulité, lorsqu'on avait arrêté cet accordeur de pianos... Et cette ultime preuve irréfutable : depuis sa mort il n'y avait plus eu d'attentats. C'était lui. Je ne pouvais plus en douter. Mais pourquoi... Mais pourquoi... N'était-il pas heureux? N'était-il pas comblé?... Ah... J'en avais des sueurs, une envie de vomir... Un désir d'appeler au secours, d'implorer... Qu'avais-je besoin d'ouvrir cette armoire, qu'avais-je besoin de savoir... C'était lui, mon père, cet être doux et paisible... Et si raisonnable, si étonnamment raisonnable, comme privé de doutes, de ce grain de folie que tous nous possédons... Je ne parvenais pas à comprendre... Quel mal secret le rongeait, qu'il essayait de calmer... Quelle hantise... Quel désir insatisfait, lui qui prétendait posséder tout au monde... Moi... Et ma mère... Et son travail... Lui qui s'accommodait de tout… Lui qui pardonnait tout… Quel gouffre l'habitait, quelle plaie soigneusement dissimulée lui griffait l'âme, qui l'obligeait à se muer en malfaiteur, certains soirs… Mais était-ce bien lui… Et le doute s'empara de moi… J'essayai de me remettre en mémoire les circonstances… Les horaires… Tel jour à telle heure… Où était-il, avec qui était-il… Et si ce n'était pas lui… Où était-il, ce jour-là… Si je pouvais me rappeler… Mais tout se brouillait dans ma tête, s'effondrait, je ne parvenais plus à rassembler mes souvenirs… J'en avais les oreilles bourdonnantes, les joues en feu… Savoir… Comprendre… Être sûr… Mais pourquoi… Pour quelle raison majeure, impérieuse… Pas pour s'amuser, bien sûr… Il n'était pas ainsi… À moins que tout cela ne fût qu'une farce, une gigantesque farce, un canular, une énorme bêtise, pour se prouver à soi-même que l'on n'est point tout à fait vieux, hors de toute jeunesse… Une simple gaminerie… Mais il avait toute sa raison… C'était un homme pondéré, plein de sérieux, jamais n'avançant que ce dont il était sûr… Et justement… Il disait… Il disait… Mais que disait-il au juste… Ses paroles m'échappaient… Il était mort… Il était mort… Jamais il ne me répondrait…

Chaque jour je me rendais à la clinique, pour prendre des nouvelles de ma mère. Elle allait mieux, mais on ne me permettait pas de la voir, elle était encore trop fatiguée. Enfin je fus admis à pénétrer dans sa chambre. Je la trouvai assise dans son lit, souriante, les joues roses. Mais ses cheveux étaient devenus tout blancs, et malgré son sourire il y avait dans son regard quelque chose d'égaré, une lueur de détresse. Elle s'inquiéta de la façon dont je vivais. Je la rassurai, tout se passait très bien, elle n'avait aucun souci à se faire. Je lui avouai que j'avais dû ouvrir l'armoire de sa chambre pour y prendre un peu d'argent. Je l'observais : elle n'eut aucune réaction. Pourtant elle ne pouvait ignorer l'existence de ces bombes, c'était *son* armoire, elle ne pouvait pas ne pas les avoir aperçues. Je fus tenté de l'interroger. Mais la pitié m'arrêta. Je la sentais si lasse, si détachée de tout que je n'avais pas le cœur de la brusquer. Qu'elle connût l'affreux secret de mon père, je n'en doutais pas. Mais je n'avais pas le droit de lui arracher ce secret, puisqu'elle ne voulait pas me le confier.

Tous les jours je revins à la clinique du docteur Pons. Et la joie que j'avais de retrouver ma mère était chaque fois empoisonnée par ces questions que je n'osais pas lui poser. Je lui en voulais de mon propre silence. J'aurais souhaité qu'elle me devinât, qu'elle mît fin à mes doutes. Je n'admettais pas qu'elle me cachât quoi que ce fût, l'amour qu'elle me portait m'en paraissait diminué. Pourtant moi aussi je ne lui disais pas tout. Je ne lui avais pas avoué que désormais je vivais chez Vinca. Elle n'aurait pas compris. Elle n'aurait pas admis que ce temps de deuil, ce temps où sombrait notre foyer, et qui n'aurait dû m'apporter que de la tristesse, des regrets, se révélait au contraire comme l'un des plus doux de mon existence. Certes je n'étais point complètement heureux, je doutais d'ailleurs de l'être jamais, mais j'accédais à une sorte de calme, de bonheur un peu mélancolique et précaire dont le charme était si profond que j'aurais eu honte de le confier à ma mère, elle qui avait tout perdu. La mort de mon père m'affectait encore, mais elle ne me révoltait plus. Je m'y habituais peu à peu, égoïstement. Mon seul tourment véritable venait de ce que je redoutais la fin de cette période un peu folle, de ce temps baigné d'irréalité et d'enchantement où j'habitais chez Vinca. J'avais conscience que ce temps s'achèverait, tôt ou tard, qu'il me faudrait reprendre mes habitudes, réintégrer notre maison où tout m'apparaîtrait alors plus morne et plus gris que jamais. Et lucidement je goûtais chacune de ces secondes passées auprès de Vinca avec la certitude que je n'en connaîtrais jamais de plus merveilleuses, de plus denses. Auprès d'elle tout m'était facile et léger, je vivais dans l'allégresse. La nuit parfois je m'éveillais, je la regardais dormir, à la lueur que reflétait la Porte-Vieille, et la délicatesse de son visage aux paupières closes m'emplissait d'adoration. Je la vénérais. J'aimais sa voix, son rire, sa façon de me regarder en coin lorsqu'elle s'apprêtait à commettre une espièglerie, mais aussi ce sérieux qu'elle mettait dans les actes les plus ordinaires de la vie, préparer notre repas, coudre un bouton, soigner son cochon d'Inde. Elle était adroite et méticuleuse, le moindre de ses gestes était empli d'économie et de souplesse. Elle prenait grand soin d'elle-même, mais sans vanité aucune. Au matin longuement je la regardais qui s'observait dans la glace, sans indulgence. Elle se voulait parfaite, mais uniquement par goût de la perfection, sans souci de plaire ou d'être mieux qu'une autre. Cependant elle changeait. Sa beauté n'était pas en cause, mais depuis qu'elle avait revu son amant elle était moins gaie, plus pâle, plus tournée vers elle-même. Je m'inquiétais de ses yeux cernés, de son rire moins clair. Pour la distraire, lorsqu'elle ne dansait pas, je l'emmenais au cinéma, ou bien nous allions faire de longues promenades, après ses répétitions. J'apprenais à mieux la connaître. Son jugement sur toutes choses était tellement empreint de sagesse et de réflexion que je mesurais alors combien grande était la différence d'âge qui nous séparait. Jusqu'alors je m'étais fait une grande confiance, je m'imaginais que ma façon de regarder le monde était la seule juste, toute opinion qui contrevenait aux miennes m'apparaissait stupide. Patiemment Vinca me démontrait mes erreurs, m'obligeait à reconnaître mes torts. Et vexé sur-le-champ de devoir lui donner raison, je finissais par me rendre. Elle était ma conscience.

Pourtant j'ai commis l'erreur de ne pas toujours l'écouter. Un dimanche après-midi, après le spectacle, nous étions retournés à cette foire aux attractions qu'elle affectionnait tant. Je me souviens, elle portait une robe légère qui découvrait ses bras, il faisait déjà chaud, l'air sentait le berlingot, la gaufre et la poussière. Je la tenais par la main. Tout l'intéressait, les petits singes dans leur cage, les lutteurs, la grande roue. Elle s'émerveillait de la moindre chose, et je m'émerveillais en sa compagnie. Moi qui m'étais cru revenu de tout, j'apprenais avec elle à être heureux de nouveau. Nous allions à pas lents, de baraque en baraque, sans souci du temps, des heures qui passaient. Je voulais croire que toute ma vie continuerait de la sorte, à marcher à travers une fête en tenant la main de Vinca. Soudain, en débouchant sur la grande esplanade, j'ai cru voir, mais si loin que je n'en étais pas certain, j'ai cru voir Juredieu au volant d'une auto tamponnante. Juredieu. Aussitôt une sorte de fièvre m'a pris, une exaltation grandissante, Juredieu était là, dans ce manège, à vingt pas. Juredieu mon copain, mon seul vrai copain… Et des forces hurlantes se sont déchaînées en moi… Juredieu était là, j'allais le retrouver, tout allait recommencer comme avant… Ah, je me croyais heureux, je me croyais comblé… Et c'était vrai que j'aimais Vinca, mais comme cet amour m'apparaissait monotone, auprès de cette formidable joie qui m'habitait… Juredieu était là, que je n'avais cessé d'attendre…

Vinca elle aussi l'avait vu.

– N'y va pas, dit-elle en s'agrippant à moi. Je te le défends.

– Mais il le faut, dis-je. Je ne vais pas le laisser filer. Attends-moi, je reviens.

– Augustin, je te supplie de ne pas y aller. C'est ton mauvais ange, il te perdra.

– Mon mauvais ange !... Mais c'est le type le plus formidable que j'aie jamais connu.

– Il faut que je te dise... Je n'ai pas osé te raconter, Augustin, mais maintenant il le faut...

Qu'avait-elle à me raconter ? Elle m'agaçait. Juredieu était là, au volant de cette petite auto rouge. Je ne voulais pas en savoir davantage. Nous allions nous retrouver, et ce qu'elle avait à me dire n'avait aucune importance. Mais elle insista. Il faut que tu le saches, Augustin. Ton Juredieu n'est qu'un vilain personnage, un faux ami... Quoi ! Que lui reprochait-elle, à Juredieu. Qu'avait-il fait de si abominable ? Je m'en fichais bien, après tout, puisque maintenant je l'avais retrouvé. Mais elle me força à l'écouter. Il était venu l'attendre un soir, à la sortie du théâtre... C'était l'époque où j'étais chez ma grand-mère... Tout d'abord elle avait fait celle qui ne le reconnaissait pas, il ne lui était pas sympathique... Mais il voulait avoir de mes nouvelles, avait-il prétendu.

– Et puis je me sentais tellement seule, Augustin... Tu me manquais, j'étais heureuse de parler de toi, même avec lui... Il y avait aussi que c'était le lendemain du jour... De ce jour que je t'ai raconté, lorsque j'ai compris que j'avais perdu mon amour... Je ne savais plus où j'en étais... Je n'étais plus moi-même, Augustin... Alors j'ai accepté de l'écouter... Il me parlait de toi, et puis il était gentil, amusant... Comme il sait être *drôle*, Augustin, quand il veut... Il s'est excusé, à cause de ce premier soir, lorsque je vous ai rencontrés tous les deux... Il m'a demandé si je lui en voulais toujours... Mais je ne lui en voulais pas… J'avais de la peine, à cause de cette découverte que je venais de faire… Tant de rêves détruits, de foi perdue… Je n'avais pas le cœur à lui en vouloir… J'étais tellement seule, Augustin… Et puis ce qu'il me disait me berçait… Il prétendait ne m'avoir jamais oubliée… Que j'étais sa bonne fée, son étoile… Qu'il était indigne de moi… J'ai fini par le croire…

– Mais j'ai toujours souhaité vous réunir, Vinca. Vous étiez les deux êtres au monde auxquels je tenais le plus, après mes parents. Que s'est-il donc passé !

– Rien, Augustin. Rien. Simplement qu'il se moquait de moi. Tout de suite après je l'ai bien compris, hélas.

– Tout de suite après quoi, Vinca !

– Ne m'oblige pas à te le dire.

– Je veux savoir. Tu n'as pas le droit de te taire.

– Ah que la vie est laide, parfois. Laide et triste.

– Parle, Vinca. Dis-moi la vérité.

– Quelle vérité. Il se moquait de moi, voilà tout. Il me l'a avoué. Il s'était juré de se venger de moi, *de mes grands airs*, a-t-il dit. De m'avoir, puis de me rire au nez.

– Ce n'est pas vrai. Dis-moi que tu mens. Tu n'as pas fait ça, Vinca. Tu n'as pas couché avec ce salaud… Mais comment as-tu fait ça ! Toi ! Toi !

– J'étais tellement seule, ce soir-là. Tellement désemparée.

Nous étions face à face, dans la foule, ne sachant que nous dire, n'osant même pas nous regarder. Une immense détresse me venait, l'impression que j'avais perdu quelque chose d'irremplaçable, et en même temps grondait en moi une fureur meurtrière. Jamais je ne pardonnerais à Juredieu. Jamais. L'envie de me venger me saisit, l'envie de frapper, de cogner, de mordre. Le salaud. M'avoir bafoué de la sorte. Avoir à jamais terni cette petite flamme, cette chanson que j'avais au cœur. Vinca… Vinca que je ne pourrais plus jamais regarder comme avant…

– Attends-moi, dis-je. Je vais aller lui casser la gueule, à ce salaud.

– Non… N'y va pas, Augustin. Je t'en prie… Il te ferait du mal… Et puis si tu voulais comprendre… Si tu pouvais comprendre combien tout cela n'a aucune importance… Il ne s'est rien passé, Augustin… Un mauvais rêve… Rien, je te le jure…

– Pour toi, peut-être. Mais pas pour lui.

– N'y va pas, Augustin. C'est ton mauvais ange.

Elle s'accrochait à ma veste, mais je parvins à lui faire lâcher prise. Là-bas Juredieu tournait toujours, sur son petit bolide écarlate. Je courus. Des bandes de gosses assiégeaient le manège, une musique hurlait. Je réussis à m'avancer jusqu'au bord de la piste. Comme il paraissait insouciant, Juredieu, comme il était hors de mon drame ! Avec quelle adresse il la faisait virer, sa voiture, en avant, en arrière, comme il la conduisait avec astuce, évitant l'un, tamponnant l'autre ! Vlan ! Une fille, bien sûr, qui sous le choc se pâmait d'aise. Comme il était beau, Juredieu, avec ses traits intacts et purs et sa mèche sur l'œil. L'abominable fripouille. Le scélérat. Je lui adressai de grands gestes, mais il ne me vit pas, tout entier pris par l'excitation du jeu. Une petite rouquine semblait l'intéresser particulièrement. Vlan ! Vlan ! La fille en eut le souffle coupé. Elle était adorablement mignonne, cette gosse, avec son petit nez retroussé et ses yeux clairs. J'admirai la façon dont Juredieu la traquait. Elle ne lui échapperait pas, c'était sûr. Pourquoi fallait-il que tu m'aies fait tant de mal, Juredieu ! À nous deux, nous l'aurions embarquée, cette rouquine. Nous l'aurions entortillée, ficelée, partagée. Car c'était bien cela le plus clair de notre amitié : partager. Pourquoi fallait-il que tu aies tout gâché. Nous serions partis bras dessus bras dessous tous les trois, avec cette fille, et le temps se serait aboli, nous aurions retrouvé notre merveilleuse entente, notre complicité, nous ne nous serions plus jamais quittés. Plus jamais. Car je t'avais tant regretté, Juredieu. Pas un instant je n'avais cessé de te regretter. Et même quand je me faisais la promesse de ne plus te revoir, je me mentais à moi-même, je n'y croyais pas véritablement, je gardais l'espoir de te voir ressurgir, devant moi, avec dans ton regard cette petite lueur de connivence, cet appel.

À un moment il vint heurter le bord de la piste, tout près de moi. Dans le vacarme je criai son nom. Juredieu ! Juredieu ! Il finit par m'entendre.

– Salut, vieux !

Il leva son bras en signe de bonjour puis repartit. Qu'avais-je espéré ? Je le connaissais bien, pourtant, je n'ignorais rien de son indifférence à l'égard de tout ce qui n'était pas son plaisir. Et pour l'heure son plaisir c'était ce ballet stupide, ces pétarades d'étincelles. Mais j'étais venu pour lui casser la gueule. Je courus tout au bord du manège, à sa poursuite. On aurait dit qu'il me fuyait, à peine arrivais-je près de lui qu'il filait en sens inverse... Je m'acharnai... Plusieurs fois je me fis bousculer, des voyous, des morveux... Enfin la sirène se déclencha, immobilisant les petites autos... En trois bonds je fus près de lui...

– Laisse-moi monter, dis-je, j'ai à te parler.
– Fous-moi la paix. Tu m'as déjà assez porté la poisse.
– Écoute, j'ai vraiment besoin de te parler.
– Une autre fois.
Pour le décider à m'écouter il me fallait un argument de poids. Désespérément je cherchai... Qu'avais-je à lui offrir, qui pût l'allécher ? Soudain je crus avoir trouvé.
– J'ai découvert l'auteur des attentats, dis-je. Je sais même où il cachait ses bombes.
– Vraiment ? Eh bien bravo, vieux. Bravo.
Si j'avais cru l'étonner, c'était raté. Il me regardait d'un œil goguenard, l'air de se ficher de moi.
– Je te le jure, dis-je. Je sais où se trouvent les bombes.
La sirène hurla derechef. Je ne pouvais rester là plus longtemps.
– Allez, monte, dit-il. Raconte-moi ça. Tu m'intéresses.
Je me glissai près de lui. L'auto repartit en hoquetant.
Il m'en coûtait de trahir mon père, de livrer son terrible secret. Mais je m'étais trop avancé, je n'avais plus le choix. Je racontai ma découverte.
– Intéressant, ça, dit Juredieu. As-tu écouté la radio, aujourd'hui ?
– La radio ? Pourquoi ?
– Pauvre cloche ! Ton père, l'auteur des attentats ! Ne me fais pas rire ! Mais on l'a pincé, l'auteur des attentats, ce matin même. Il est sous les verrous...
– Non... Ça n'est pas possible... J'ai vu les bombes, je peux te les montrer... Crois-moi, Juredieu, je n'ai rien inventé.
– Tu as vu des bombes, et après ? Il était libre d'en fabriquer, ton père. Il ne devait pas être le seul. Ça doit

fourmiller à l'heure qu'il est, les types qui goupillent leurs petits pétards… Se donner le grand frisson, à peu de frais… Faire comme si… Imaginer… Rêver… Poum !… Poum !… Mais agir pour de bon, ça c'est autre chose… Se glisser dans la nuit, son paquet à la main… Raser les murailles. Trembler au moindre flic… Et malgré tout gratter l'allumette… Cela oui, ce doit être exaltant… Et terrible… Et recommencer, malgré sa peur de jour en jour plus grande… Se dominer… Affoler les gens, ces cons… Avec des jambes en flanelle… Cœur battant… Ce doit être formidable, vieux… Délectable… Viens… On va aller les chercher, tes bombes… On va s'amuser, je te le jure… Ah, ils l'ont coffré, leur bonhomme… Mais nous allons prendre sa relève… Et pour nous pincer nous autres il faudra sacrément courir… Galoper… On va se donner du bon temps, vieux !

Il sauta de la voiture et m'entraîna. Mais j'étais venu pour tout autre chose, je voulais lui casser la gueule, me venger… Cependant je ne comprenais déjà plus le sens de ma fureur, je le regardais, et je me répétais qu'il avait couché avec Vinca, mais ces mots atroces ne m'atteignaient plus, je n'en éprouvais nulle souffrance, rien, c'était une pensée abstraite dénuée de pouvoir, il avait couché avec Vinca, c'était vrai, mais l'essentiel était qu'il fût là, de nouveau, mon ami, mon copain, lui sans qui ma vie demeurait insipide, lui qui dès qu'il apparaissait m'emplissait d'exaltation. Il avait couché avec Vinca, c'était vrai, mais cela n'avait aucune signification, aucun poids. Et tandis que nous nous éloignions, soudain je m'aperçus que j'avais oublié Vinca. Je l'avais abandonnée, au cœur de cette foire, sans même songer à la prévenir. Longtemps elle m'attendrait, puis elle comprendrait. Elle rentrerait chez elle, un peu triste. Et peut-être penserait-elle que je l'aimais moins que je ne le prétendais. Mais cela n'avait aucune importance. Pour l'heure seul comptait Juredieu. Il m'avait tout d'abord fait grise mine, mais maintenant tout semblait arrangé. Et nous repartions vers notre destin, côte à côte ! Ah ! Nous allions fameusement rigoler ! Nous allions nous en payer, tous les deux ! Des filles ! Et des cuites terribles ! Et des nuits formidables ! Nous étions libres, aguerris, sûrs de nous-mêmes. La vie s'offrait à nous... L'espace... La terre entière à culbuter... Qu'on se le dise... Nous nous étions retrouvés... Jamais personne ne pourrait plus nous séparer... Jamais... Ni pères ni flicaille... Ni sottes amours... Rien... Jusqu'au bout nous irions, tous les deux, ivres de nous-mêmes...

Juredieu me raconta. Son père avait fini par céder, on l'avait retiré de Fénelon. Il suivait des cours par correspondance, ce qui lui laissait beaucoup de temps libre. Le matin il travaillait dur, mais il avait pour lui ses après-midi, et surtout ses nuits. Je lui demandai s'il voyait toujours Dolorès. Mais elle ne lui avait pas pardonné ses cochonneries. Elle l'avait proprement éjecté.

– Aucune importance, vieux. Une mocheté pareille, ça ne se regrette pas.

Depuis il avait connu une certaine Rosine, mais elle non plus n'avait pas duré. Et pour l'instant il était seul.

– Au fond ça délasse, la solitude. C'est reposant. Mais ne t'inquiète pas, je vais me remettre en campagne.

– Et Vinca ? dis-je, poussé par le goût de me faire mal.

– Vinca ? Elle t'a raconté ? Rien d'extraordinaire, ta Vinca. Du vent.

– Pourquoi tu m'as fait ça, Juredieu ?

– Pourquoi je t'ai fait ça ? Mais je ne t'ai rien fait, moi. J'ai tiré un coup, rien de plus. Et puis je t'ai bien refilé mes bonnes femmes, pourquoi je me gênerais avec les tiennes ?

D'une certaine manière il avait raison, et peut-être après tout était-il sincère. Il ignorait l'amour, lui, la jalousie. Comment aurait-il pu deviner ? En attendant j'avais mieux à faire que de me délecter de mon malheur. C'était excitant, ces bombes. Nous allions mettre la police dans le plus grand désarroi. Polichinelle au trou ? Polichinelle revient ! Badaboum ! Boum ! La ville allait trembler de nos fracassants météores ! J'en frissonnais d'aise. Quelle farce. Quelle adorable farce que nous allions jouer là. Et ce pauvre diable que l'on avait coffré ? Qu'en penserait-il, lui, qu'on ait si tôt pris sa relève ? Il n'en croirait pas ses oreilles ! Vlan ! À tous les horizons ! Aux quatre vents ! Badaboum ! Il ne s'en remettrait pas, le malheureux. Il en perdrait la tête. Mais au fait avait-on dit à la radio qui il était ce plaisantin ? Un ancien artilleur ? Sans doute un nostalgique... Un amateur d'extases... Il faudra nous montrer dignes de lui, hein, Juredieu ? Ne blesser personne, prendre bien soin... Mais alors faire du bruit, énormément de bruit et de fumée, n'est-ce pas...

Nous avons emporté trois bombes dans mon cartable. Juredieu voulait qu'on en fasse éclater une tout de suite, n'importe où, mais j'ai réussi à le convaincre, on ne savait pas ce qu'elles contenaient, ces bombes, mieux valait en essayer une, vérifier sa puissance, ne pas tout démolir, qui sait. Je n'avais pas l'âme sanguinaire. Mais où pouvions-nous l'essayer, cette bombe ? À la campagne ? Soudain il m'est venu une idée, j'ai pensé au jardin du grand Cros, ce lieu sauvage. On pourrait l'attacher à un arbre, notre bombe. On verrait bien si l'arbre résistait.

Justement le grand Cros était là, juché sur le marchepied du *Nautilus*. Il s'embêtait. Sa joie quand il nous a vus m'a fait bien plaisir.

– Et ta Marjolaine, Cros ? Elle va bien ?

– Elle va bien.

Il eut un grand soupir. Depuis quelque temps ça ne marchait plus aussi fort, ses amours. Un peu de brouille. Mademoiselle avait des idées de grandeur. Elle voulait être « étoile », elle aussi. Comme Vinca. Alors elle se posait des questions sur leur avenir à tous deux, s'il était raisonnable pour elle de viser tellement bas, au cas où son destin l'expédierait aux nues. Pauvre vieux. Flanque-lui des beignes, à ta Marjolaine. Ça lui remettra la tête à l'endroit. Mais pour l'heure viens t'amuser. Viens voir ça, Cros. Des bombes. Des vraies. Des pétaradantes. Des énormes. De quoi faire exploser la ville entière. Tu vas voir. Les pigeons à trois kilomètres à la ronde vont tournoyer, ça va faire un boucan terrible... Mais pourvu qu'on puisse s'en servir, de ces bombes, qu'elles ne soient pas trop meurtrières, trop formidables... On n'est pas des assassins, tout de même, on est des types pleins de mesure, raisonnables, sérieux... C'est juste s'amuser qu'on veut, faire du bruit...

Juredieu a lui-même attaché la bombe à un petit platane, avec une ficelle. Cros et moi nous nous sommes couchés dans l'herbe, derrière des madriers. Malgré tout j'étais un peu inquiet. Juredieu a gratté une première allumette, que le vent a éteinte. Puis il a réussi à enflammer la mèche, il a couru vers nous... Il allait s'aplatir lui aussi lorsque tout a sauté, l'arbre, la terre, l'espace, tout, dans un cataclysme effroyable, une terrible odeur... Puis une avalanche de cailloux, de mottes entières, d'éclats... La fin du monde, ou presque... Et ce silence, et toujours cette odeur... Je me suis relevé... Juredieu était étendu sur le dos, il geignait... Son visage était intact, mais d'une atroce pâleur, un instant j'ai espéré qu'il n'avait pas grand-chose... Mais alors j'ai vu tout ce sang, collé à sa chemise, une tache gluante et large comme deux mains, au côté droit... J'ai défait les boutons, le plus doucement que j'ai pu, pour bien me rendre compte... Derrière moi j'ai entendu le grand Cros qui vomissait, je lui ai dit de se dépêcher, d'aller quérir de l'aide, un médecin, n'importe qui... C'était une plaie bien horrible, avec des bulles, on aurait dit qu'en s'échappant la vie de mon pauvre Juredieu bouillonnait. Il voulait me parler, il faisait des efforts... Tais-toi, mon vieux, tais-toi, ce ne sera rien... Le grand Cros est allé chercher du secours, on te sortira de là... Mais il savait bien que je lui mentais, et les larmes qui inondaient mon visage lui disaient suffisamment qu'aucune aide jamais n'arriverait... Je t'ai tant aimé, Juredieu... Mon vieux copain, mon frère... Tant aimé... Comme il faisait toujours des efforts pour me parler, tout doucement j'ai soulevé sa tête... J'ai deviné ses paroles plus que je ne les ai entendues... Toujours les mêmes, jusqu'au moment ultime... Rien n'existe vraiment, vieux, même pas ça... Rien n'existe vraiment... Ses yeux ont chaviré... Ses yeux tout embués... Un instant je n'ai pas osé baisser ses paupières... Puis je n'ai pu supporter ce regard... Cette absence... Au loin j'entendais toute une rumeur, des gens qui accouraient... Des curieux, des indifférents... Le vent jouait avec sa mèche, jamais encore je n'avais remarqué combien ses cheveux étaient légers, et gracieux l'arc de ses sourcils... Au fond de moi je savais bien qu'il finirait ainsi, il n'aurait pu mener bien longtemps pareille existence.

Ce 314e titre du Dilettante a été achevé d'imprimer à 2 222 exemplaires le 13 septembre 2012 par l'Imprimerie Floch à Mayenne (Mayenne). Il a été tiré, en outre, 13 exemplaires sur vélin pur chiffon, numérotés à la main. L'ensemble de ces exemplaires constitue l'édition originale de « La vraie vie est ailleurs », de Jean Forton.

Dépôt légal : 3e trimestre 2012
(83134)
Imprimé en France